中公文庫

佐藤春夫台湾小説集

女 誡 扇 綺 譚

佐 藤 春 夫

中央公論新社

目次

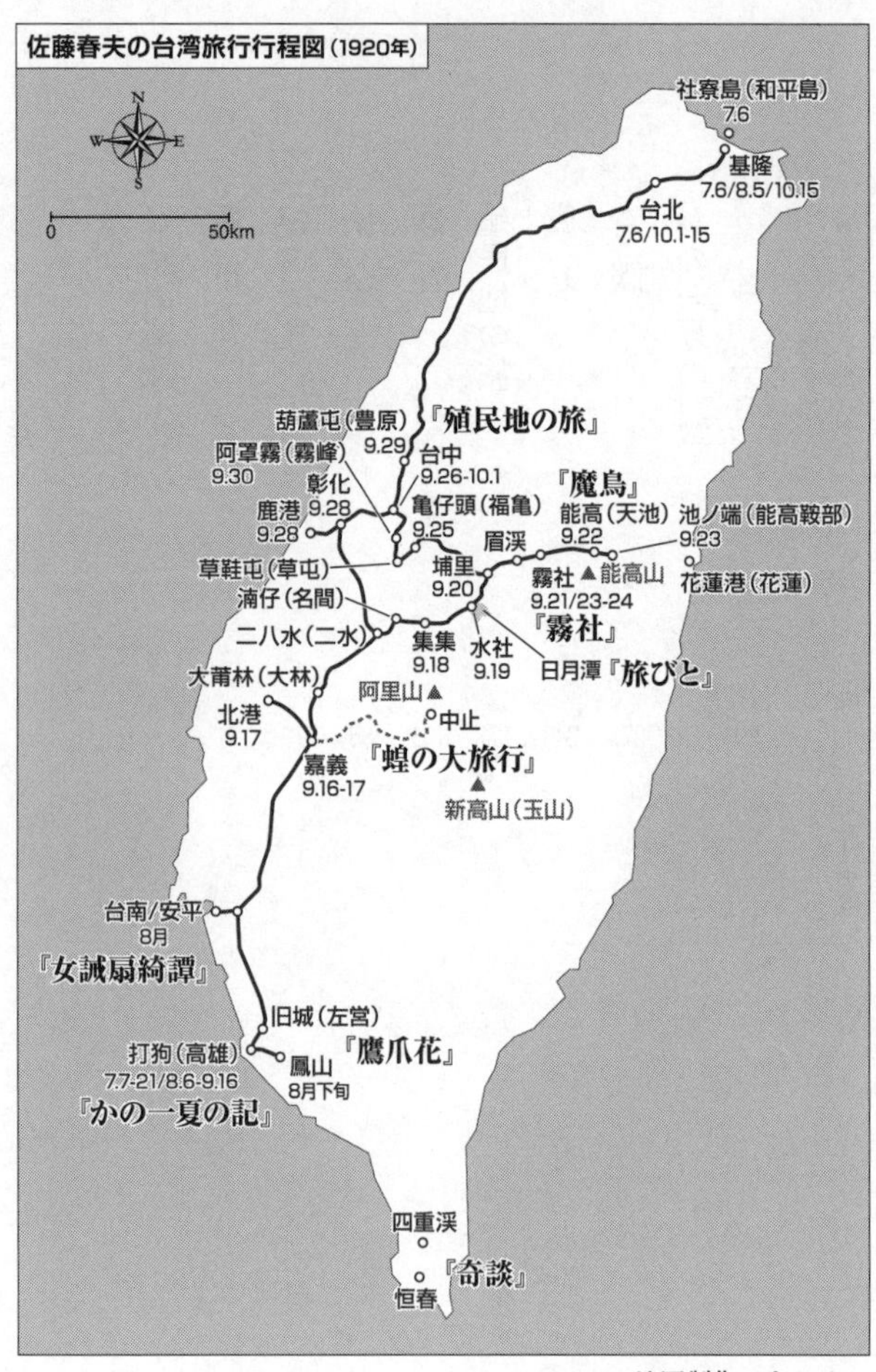
佐藤春夫の台湾旅行行程図（1920年）
N
S
W
E
0
50km
社寮島（和平島）
7.6
基隆
7.6/8.5/10.15
台北
7.6/10.1-15
葫蘆屯（豊原）
9.29
『殖民地の旅』
阿罩霧（霧峰）
9.30
台中
9.26-10.1
彰化
9.28
『魔鳥』
鹿港
9.28
亀仔頭（福亀）
9.25
能高（天池）
9.22
池ノ端（能高鞍部）
9.23
眉渓
草鞋屯（草屯）
埔里
9.20
霧社
9.21/23-24
能高山
花蓮港（花蓮）
湳仔（名間）
『霧社』
二八水（二水）
集集
9.18
水社
9.19
日月潭『旅びと』
大莆林（大林）
阿里山
北港
9.17
中止
嘉義
9.16-17
『蝗の大旅行』
新高山（玉山）
台南/安平
8月
『女誡扇綺譚』
旧城（左営）
『鷹爪花』
打狗（高雄）
7.7-21/8.6-9.16
鳳山
8月下旬
『かの一夏の記』
四重渓
『奇談』
恒春

地図制作：もりそん

佐藤春夫台湾小説集

女誡扇綺譚

女誡扇綺譚

初出：『女性』一九二五年五月号
写真は「台湾の処女」（一九一〇年代の絵葉書より）

一　赤嵌城址

クッタウカン——字でかけば禿頭港。すべて禿頭（クッタウ）というのは、面白い言葉だが物事の行きづまりを意味する俗語だから、禿頭港とはやがて安平港（アンピンカン）の最も奥の港ということであるらしい。台南市の西端（にしはず）れで安平の廃港に接するあたりではあるが、そうして名前だけの説明を聞けばなるほどと思うかも知れないが、その場所を事実目前に見た人は、寧ろ却ってそんなところに港（カン）と名づけているのを訝（いぶか）しく感ずるに違いない。それはただ低い湿っぽい蘆荻の多い泥沼に沿うた貧民窟みたようなところで、しかも海からは殆んど一里も距（へだた）っている。沼を埋め立てた塵塚の臭いが暑さに蒸せ返って鼻をつく厭な場末で、そんなところに土着の台湾人のせせこましい家が、不行儀に、それもぎっしりと立並んでいる。土人街のなかでもここらは最も用もない辺なのだが、私はその日、友人の世外民に誘われるがままに、安平港の廃市を見物に行ってのかえり路を、世外民が参考のために持って来た台湾府古図の導くがままに、ひょっくりこんなところへ来ていた。

★

人はよく荒廃の美を説く。又その概念だけなら私にもある。しかし私はまだそれを痛切に実感した事はなかった。安平へ行ってみて私はやっとそれが判りかかったような気がした。そこにはさまで古くないとは言え、さまざまの歴史がある。この島の主要な歴史と言えば、蘭人の壮図、鄭成功の雄志、新しくはまた劉永福の野望の末路も皆この一港市に関聯していると言っても差支ないのだが、私はここでそれを説こうとも思わないし、また好古家で且詩人たる世外民なら知らないこと、私には出来そうもない。私が安平で荒廃の美に打たれたというのは、又必ずしもその史的知識の為めではないのである。だから誰でもいい、何も知らずにでもいい。ただ一度そこへ足を踏み込んでみさえすれば、そこの衰頽(たいはい)した市街は直ぐに目に映る。そうして若(も)し心ある人ならば、そのなかから凄然たる美を感じそうなものだと思うのである。

台南から四十分ほどの間を、土か石かになったつもりでトロッコで運ばれなければならない。坦々たる殆んど一直線の道の両側は、安平魚(アンピンヒイ)の養魚場なのだが、見た目には、田圃ともつかず沼ともつかぬ。海であったものが埋まってしまった――というより埋まりつつあるのだが、古図によるともともと遠浅であったものと見えて、名所図絵式のこの地図に水牛に曳かせた車の輞が半分以上も水に漬っているのは、このあたりの方角であろう。しかし今はたとい田圃のようではあっても陸地には違いない。そうしてそこの、変化もとりとめもない道をトロッコが滑走して行く。熱国のいつも青々として草いきれのする場所でありながら、荒野のような印象のせいか、思い出すと、草が枯れていたような気持さえする。これが安平の情調の序曲である。

トロッコの着いたところから、むかし和蘭人が築いたという TE CASTLE ZEELANDIA 所謂土人の赤嵌城を目あてに歩いて行く道では、目につく家という家は悉く荒れ果てたままの無住である。あまりふるくない以前に外国人が経営していた製糖会社の社宅であるが、その会社が解散すると同時に空屋になってしまった。何れも立派な煉瓦づくりの相当な構えの洋館で、ちょっとした前栽さえ型ばかりは残っている。しかし砂ばかりの土には雑草もあまり蔓ってはいない。その並び立った空屋の窓という窓のガラスは、子供たちがいたずらに投げた石の為めでもあろうか、破れて穴があいてないものはなく、その軒には巣でもつくっているのか驚くほどたくさんな雀が、黒く集合して喋りつづけている。

私たちは試みにその一軒のなかへ這入ってみた。内にはこなごなに散ばって光っているガラスの破片と壊れた窓枠とが塵埃に埋っているよりほかは何もなかった。しかし二階で人の話声がするので上って行ってみると、そこのベランダに乞食ではないかと思えるような装いをした老人が、これでも使えるのだろうかと疑われるぼろぼろになった漁網をつくろっている傍に、この爺の孫ででもあるか、五つ六つの男の子がしきりにひとり言を喋りながら、手であたりの埃を掻き集めて遊んでいたらしいのが、我々の足音に驚いて闖入者を見上げた。老漁夫も我々を怖れているような目つきをした。彼等はどこか近所の者であろうが、暑さをこの廃屋の二階に避けていたのであろう。ともかくもこれほど立派な廃屋が軒を連ねて立っている市街は、私にとっては空想も出来なかった事実である。（この二三年後に台湾の行政制度が変って台南の官衙でも急に増員する必要が生じた時、これらの安平の廃屋を一時、官舎にしたらよかろうという説があったが、尤もなことである。）

赤嵌城址に登って見た。ただ名ばかりが残っているので、コンクリートで築かれた古い礎のあとがあるとはいうけれども、どれがどれだかさすがの世外民もそれを知らなかった。今は税関倶楽部の一部分になっている小高い丘の上である。私の友、世外民はその丘の上で例の古図を取ひろげながら、所謂安平港外の七鯤身のあとを指さし、また古書に見えているという鬼工奇絶と評せられる赤嵌城の建築などに就て詳しく説明をしてくれたものであるが、私は生憎と皆忘れてしまった。そうして私の驚いたことというのは、むかし安平の内港と称したところのものは今は、全く埋没してしまっているのだというだけの事であった――全くあまり単純すぎた話ではあるが。事実、私は歴史なんてものにはてんで興味がないほど若かった。そうしてもし世外民の影響がなかったならば、安平などという愚にもつかないところへ来てみるような心掛さえなかったろう。そういう程度の私だから、同じような若い身空で世外民がしきりと過去を述べ立てて咏嘆めいた口をきくのを、さすがは支那人の血をうけた詩人は違ったものだ位にしか思っていなかったのである。そのような私ではあり、またいくら蘭人壮図の址と言ったところで、その古を偲ぶよすがになるようなものとても見当らないのだから一向仕方がなかったけれども、それでもその丘の眺望そのものは人の情感を唆らずにはいないものであった。単に景色としてみても私はあれほど荒涼たる自然がそう沢山あろうとは思わない。私にもし、エドガア・アラン・ポオの筆力があったとしたら、私は恐らく、この景を描き出して、彼の「アッシャ家の崩壊」の冒頭に対抗することが出来るろうに。

私の目の前に展がったのは一面の泥の海であった。黄ばんだ褐色をして、それがしかもせせっこましい波の穂を無数にあとからあとからと皺して来る、十重二十重という言葉はあるが、あのように重ねがさねに打ち返す浪を描く言葉は我々の語彙にはないであろう。その浪は水平線までつづいて、それがみな一様に我々の立っている方向へ押寄せて来るのである。昔は赤嵌城の真下まで海であったというが、今はこの丘からまだ二三丁も海浜がある。その遠さの為めに浪の音も聞えない程である。それほどに安平の外港も埋まってしまったけれども、しかしその無限に重なりつづく濁浪は生温い風と極度の遠浅の砂とに煽られて、今にも丘の脚下まで押寄せて来るように感ぜられる。その濁り切った浪の面には、熱帯の正午に近い太陽さえ、その光を反射させることが出来ないと見える。光のないこの奇怪な海——というよりも水の枯野原の真中に、無辺際に重りつづく浪と間断なく闘いながら一葉の舢舨(サンパン)が、何を目的にか、ひたすらに沖へ沖へと急いでいる。

　白く灼けた真昼の下。光を全く吸い込んでしまっている海。水平線まで重なり重なる小さな浪頭。洪水を思わせるその色。翩翻(へんぽん)と漂うている小舟。激しい活動的な景色のなかに闃(げき)として何の物音もひびかない。時折にマラリヤ患者の息吹のように蒸れたのろい微風が動いて来る。それらすべてが一種内面的な風景を形成して、象徴めいて、悪夢のような不気味さをさえ私に与えたのである。いや、形容だけではない、この景色に接してから後、私は乱酔の後の日などに、ここによく似た殺風景な海浜を悪夢に見て怯かされたことが二三度もあった。——このような海を私がしばらく見入っている間、世外民もまた私と同じような感銘を持ったかも知れない、——このよく喋る男もとうとう押黙ってしまっていた。私は目を低く垂れて思わず溜息を洩した。尤も、多少は感慨のせいであったかも知れないが、大部分は炎天の暑さに喘いだのである。今更だが、こういう暑さは蝙蝠傘などのかげで防げるものではない。

「ウ、ウ、ウ、ウ――」

不意に微かに、たとえばこの景色全体が呻くような音が響き渡った、見ると、水平線の上に一隻の蒸気船が黒く小さく、その煙筒や檣などが僅に鮮かに見える程の遠さに浮んでいた。沿岸航路の船らしい。そうしてさっきから浪に揺れている舢舨はそれの艀(はしけ)で、間もなく本船の来ることを予想して急いでいたものらしい。

「あの蒸気はどこへ着くのだい」

私が世外民に尋ねると、我々の案内について来たトロッコ運搬夫が代って答えをした――

「もう着いている。今の汽笛は着いた合図です」

「あそこへか。――あんな遠くへか」

「そうです。あれより内へは来ません」

私はもう一ぺん沖の方を念の為めに見てから呟いた――

「フム、これが港か！」

「そうだ！」世外民は私の声に応じた、「港だ。昔は、昔は台湾第一の港だ！」

「昔は……」私も思わず無意味に繰返した。それが多少感動的でいやだったと気がついた時、私は軽く虚無的に言い直した、

「昔は……か」

丘を下りて我々の出たところは、もと来た路ではなかった。ここは比較的旧い町筋であると見えて、一たいが古びていた。あたりの支那風の家屋はみんな貧しい漁夫などのものと見えて、あのベランダのある二階建の堂々たる空屋にくらべるまでもなく、小さくて哀れであった。そうしてもともと所謂艉身たる出島の一つであったと見えて、地質も自から変っていた。砂ではなくもっと軽い、歩く度に足もとからひどい塵が舞い立つ白茶けた土であった。但、来たときと一向変らない事は、そのあたりで私は全く人間のかげを見かけなかった事である。通筋の家々は必ずしも皆空屋でもないであろうのに、どこの門口にも出入する人はなく、また話声さえ洩れなかった。私たちが町を一巡した間に逢った人間というのはただあの廃屋のベランダにいた老漁夫と小児とだけである。行人に出逢うようなことなどは一度もなかった。深夜の街とてもこれほどに人気が絶えていることはないと言いたい。しかも眩しい太陽が照りつけているのだから、さびしさは一種別様の深さを帯びていた。我々は黙々と歩いた。不意にあたりの家並のどこかから、日ざかりのつれづれを慰めようとでもいうのか、絃と呼ばれている胡弓をならし出した者があった。

「月下の吹笛よりも更に悲しい」

詩人世外民は、早くも耳にとめて私にそう言うのであった。月下の吹笛を聯想するところに彼の例のマンネリズムとセンチメンタリズムとがあるが、でも彼の感じ方には賛成していい。

私たちは再び養魚場の土堤の路をトロッコで帰ったが、それの帰り着いたところ、台南市の西郊が、私のこれから言おうとする禿頭港なのである。安平見物を完うするためにこのあたりをも一巡しようと世外民が言い出した時、時刻が過ぎてしまってひどく空腹を覚えていながらも私が別に、もう沢山だと言わなかったところを見ても、私がこの半日のうちに安平に対して多少の興味を持つようになっていたことは判るだろう。

しかしトロッコから下りて一町とは歩かないうちに、私は禿頭港などは蛇足だったと、思い始めたのである。ただ水溜の多い、不潔な入組んだ場末というより外には、一向何の奇もありそうには見えなかった。

二　禿頭港の廃屋

道を左に折れると私たちはまた泥水のあるところへ出た。片側町で、路に沿うたところには石垣があって、その垣の向うから大きな榕樹が枝を路まで突き出していた。私たちはその樹かげへぐったりして立ちどまった。上衣を脱いで煙草へ火をつけて、さて改めてあたりを見まわすと、今出て来たこの路は、今までのせせっこましい貧民区よりはよほど町らしかった。現に私たちが背を倚せている石垣も古くこそはなっているけれども相当な家でなければ、このあたりでこれほどの石垣を外囲いにしたのはあまり見かけない。そう思ってあたりを見渡すと、この一廓は非常にふんだんに石を用いている。みな古色を帯びてそれ故目立たないけれども、このあたりが今まで歩いて来たすべての場所とその気持が全く違って、汚いながらにも妙に裕かに感ぜられるというのも、どうやら石が沢山に用いてあることがその理由であるらしい。

この町筋――と云っても一町足らずで尽きてしまうが、この片側町の私たちの立っている方は、それぞれに石囲いをした五六軒の住宅であるが、その別の側、即ち私たちが向って立った前方は例によって悪臭を発する泥水である。黒い土の上には少しばかりの水が漂うていて、浅いところには泥を捏り歩きながら豚が五六疋遊んでいるし、稍(やや)深そうなところには油のようなどろどろの水に波紋を画きながら家鴨が群れて浮んでいる。この水溜の普通のものと違うところは、これは濠の底に涸れ残ったものであることである。大きな切石がこの泥池のぐるりを御町寧に取囲んでいる。しかも巾は七八間もあり、長さはと言えばこの町全体に沿うている。深さは少くも十尺はある。この濠の向うには汀からすぐに立った高い石囲がある。長い石垣のちょうど中ほどがすっかり瓦解してしまっている。いや悉く崩れたのではないらしい。もともとその部分がわざと石垣をしてなかったらしい。その角であった一角がくずれたのに違いない。落ち崩れた石が幾塊か乱れ重なって、埋め残された角々を泥の中から現している。その大きな石と言い巨溝と言い、恰(あたか)も小規模な古城の廃墟を見るような感じである。いや、事実、城なのかも知れないのだ——崩れた石垣の向うのはずれに遠く、一本の龍眼肉(ゲンゲン)の大樹が黒いまでにまるく、青空へ枝を茂らせていて、そのかげに灰白色の高い建物があるのは、ごく小型でこそはあれ、どうしたって銃楼でなければならない。円い建物でその平な屋根のふちには規則正しい凹凸をした砦があり、その下にはまた真四角な銃眼窓がある。

「君！」

私は、またしても古図をひらいている世外民の肩をゆすぶって彼の注意を呼ぶと同時に、今発見したものを指さした——

「ね、何だろう、あれは？」

そう言って私は歩き出した、その小さな櫓の砦の方へ。——屋敷のなかには、気がつくとほかにも屋根が見える。それの長さで家は大きな構だということがわかる。その屋敷を私は見たいと思った。石囲いの崩れたところからきっと見えると思った。何でもいい、少しは変ったものを見つけなければ、禿頭港はあまり忌々しすぎる。

石垣のとぎれた前まで来ると、それを通して案の定、家がしかも的面に見えた。いや、偶然にそうだったのではない。この家はそう見るような意嚮によって造られていたのである。また石囲いの中絶しているのはやはりただ崩れ果てたのではなく、もとからそこが特にあけてあった跡がある。水門としてであろう。何故かというのに濠はずっとこの屋敷の庭の中まで喰入っていて、崩れた石囲いの彼方も亦、正しい長方形の小さい濠である。十艘の舢舨を並べて繋ぐだけの広さは確にある。そうしてその汀に下りるために、そこには正面に石段が三級ある。しかもその水は涸き切ってしまって、露わな底から石段まではどう見ても七尺以上の高さがある。——もしこの石段にすれすれになるほど水があったならば、今は豚と家鴨との遊び場所であるこの大きな空しい濠も一面に水になるであろう。それにしてもこれ程の濠を庭園の内と外とに築いた家は、その正面からの外観は、三つの棟によって凹字形をしている。凸字形の濠に対して、それに沿うて建てられている。正面に長く展がった軒は五間もあり、またその左右に翼をなして切妻を見せている出屋の屋根は各四間はあろう。それが総二階なのである。——一たいが小造りな平家を幾つも並べて建てる習慣のある支那住宅の原則から見て、これは甚だ大きな住居と言えるであろう。私はくたびれた足を休める意味でしゃがんだ序に、土の上へこの家の見取図をかき、それから目分量で測った間数によって、この建物は延坪百五十坪は悠にあると計算した。一たい私は必要な是非ともしなければならない事に対してはこの上なくずぼらなくせに、無用なことにかけては妙に熱中する性癖が、その頃最もひどかった。

「何をしているんだい？」

世外民の声がして、彼は私のうしろに突立っていた。私は何故かいたずらを見つけられた小児のようにばつの悪いのを感じたので、立って土の上の図線を足で踏みにじりながら、

「何でもない……。――大きな家だね」

「そう。やっぱり廃屋だね」

彼から言われるまでもなく私もそれは看て取っていた。理由は何もないが、誰の目に見てもあまりに荒れ果てている。沢山の窓は残らずしまっているが、そうでないものは戸そのものがもう朽ちて、なくなってしまったに相違ない。

「全く豪華な家だな。二階の亞字欄を見給え。実に細かな細工だ。またあの壁をごらん。あの家は裸の煉瓦造りではないのだ。美しい色ですっかり化粧している。一帯に淡い紅色の漆喰で塗ってある。そのぐるりはまたくっきりと空色のほそい輪郭だろう。色が褪せて白っちゃけてしまっているところが、却って夢幻的ではないか。走馬楼（ツァウベラウ）の軒下の雨に打たれないあたりには、まだ色彩がほんのりと残っている」

私が延坪を考えている間に、同じ家に就て世外民には彼の観方があったのだ。彼の注意

によって私はもう一ぺん仔細に眺め出した。なるほど、二階の走馬楼――ベランダの奥の壁には、淡いながらに鮮かな色がしっとり、時代を帯びていた。事実この廃屋は見ているほど、その隅々から素晴らしい豪華が滾々と湧き出して来るのを感じた。たとえばその礎である。普通土間のなかに住んでいる支那人の家は、その礎は一般にごく低い。地面よりただ一足だけ高くつくられている。それだのに今我々の目の前にあるこの廃屋の礎は、高さ三尺ぐらいはあり、やはり見事に揃った切石で積み畳んであった。もっと注意すると、水門の突当りにあたる場所には、その汀に三級の石段があることはもう知っているが、その奥の家の高い礎にもやはり二三級の石段がある。その間口二間ほどの石段の両側に、二本の円柱があって、それが二階の走馬楼を支えているのだが、この円柱は、……どうも少し遠すぎてはっきりとはわからないけれども、普通の外の柱よりも壮麗である。上の方には何やらごちゃごちゃと彫刻でもしてあるらしい。その根元にあたるあたり、地上にはやはり石の細工で出来た大きな水盤らしいのが、左右相対(シンメトリー)をして据えつけてある。――これらの事物がこの正面を特別に堂々たるものにしているのが私の注意を惹いた。私には、そこがこの家の玄関口ではないかと思われて来た。

そこで私は自分の疑問を世外民に話した――

「このうちは、君、ここが正面、――玄関だろうかね」

「そうだろうよ」

「濠の方に向いて？」

「濠？　――この港へ面してね」

世外民の「港」という一言が自分をハッと思わせた。そうして私は口のなかで禿頭港と呼んでみた。私は禿頭港を見に来ていながら、ここが港であったことは、いつの間にやらつい忘却していたのである。一つには私は、この目の前の数奇な廃屋に見とれていたのと、もう一つにはあたりの変遷にどこにも海のような、港のような名残を捜し出すことが出来なかったからである。この点に於ては世外民は、殊に私とは異っている。彼はこの港と興亡を共にした種族でこの土地にとっては私のような無関心者（ストレンジャー）ではなく、またそんな理窟よりも彼は今のさっき古図を披いてしみじみと見入っているうちに、このあたりの往時の有様を脳裡に描いていたのであろう。「港」の一語は私に対して一種霊感的なものであった。今まで死んでいたこの廃屋がやっと霊を得たのを私は感じた。泥水の濠ではないのだ。この廃渠こそむかし、朝夕の満潮があの石段をひたひたと浸した。走馬楼はきらかに波の光る港に面して展かれてあった。そうして海を玄関にしてこの家は在ったのか。――してみれば、何をする家だかは知らないけれども、この家こそ盛時の安平の絶好な片身ではなかったか。私はこの家の大きさと古さと美しさとだけを見て、その意味を今まで全く気づかずにいたのだ。

今まで気づかなかっただけに、私の興味と好奇とが相縺れて一時に昂った。「這入ってみようじゃないか。——誰も住んではいないのだろう」私は息込んでそう言ったものの、濠を距てまた高い石囲いを繞しているこの屋敷へはどこから這入れるのだか、ちょっと見当がつかなかった——道ばたの廃屋なら、さっき安平でやったように、つかつかと入り込んでみたいのだが。後に考え合せた事だが、入口が直ぐにわからないというこの同じ理由が、この廃屋を、その情趣の上でも事実の上でも、陰気な別天地として保存するのに有力であったのであろう。

その家のなかへ這入ってみたいという考えが、世外民に同感でない筈はない。世外民はきょろきょろとあたりを見廻していたが、我々が背をよせて立っていた石囲いの奥に、家の日かげに台湾人の老婆がひとり、棕櫚の葉の団扇に風を求めて小さな木の椅子に腰かけているのを彼は見つけた。彼は直ぐにそこへ歩いて行って、何か話をしていた。向側の廃屋を指ざしたりしている様子で、そのふたりの対話の題目はおのずと知れる。

世外民はすぐに私の方へ帰って来た。「わかったよ、君。あの道を行って」彼は言いながら濠のわきにある道を指さして「向うに裏門があるそうだ。少し入組んでいるようだが、行けば解るとさ。——やっぱり廃屋だ。もう永いこと誰も住んでいないそうだ。もとは沈という台湾南部では第一の富豪の邸だったのだそうだ。立派な筈さ」

話しながら私たちはその裏門を捜した。世外民が不確な聴き方をして来ていたので、私たちはちっとまごついた。こせこせした家の間へ入り込んでしまった。尋ねようにもあたりに人は見当らなかった。このあたりは割に繁華なところらしいのだが、人気のないのは、今が午後二時頃の日盛りで、彼等の風習でこの時刻には大抵の人間が午睡を貪っているのである。私たちは仕方なしにいい加減に歩いたが、もともと近いところまで来ていた事ではあり、また目ざす家は聳えていたから自(おのず)とわかった。但、その家はあの濠のあちらから見た時には、ただ一つの高楼であったが、裏へ来て見ると、その楼の後には低い屋根が二三重もつながっていた。所謂五落の家というのはこんなのであろうが、大家族の住居だということが一層はっきりすると同時に、あの正面の二階建が主要な部屋だということは更に確かだ。私たちは他の場所よりも、あの走馬楼のある二階や円柱のあった玄関が第一に見たかった。それ故、私たちは裏門を入るとすぐに、低い建物はその外側を廻って、表へ出た。

円柱はやはり石造りであった。遠くから、上部にごちゃごちゃあると見たものは果して彫刻で、二本の柱ともそこに纏っている龍を形取ったものであったが、一つは上に昇っていたし、一つは下に降りようとしていた。雨に打たれない部分の凹みのあたりには、それを彩った朱や金が黒みながらもくっきりと残っていた。割合から言って模様の部分が多すぎて、全体として柱が低く感ぜられたし、また家の他の部分にくらべて多少古風で荘重すぎるように私は感じた。しかし私と世外民とは、この二つの柱をてんでに撫でて見ながら、この家が遠見よりも、ここに来て見れば近まさりして贅沢なのを知った、細部が自と目についたからである。尤も、もし私に真の美術的見識があったならば、たかが植民地の暴富者の似而非趣味を嘲笑ったかも知れないが、それにしても、風雨に曝されて物毎にさびれている事が厭味と野卑とを救い、それにやっとその一部分だけが残されてあるということは却って人に空想の自由をも与えたし、また哀れむべきさまざまな不調和を見出すより前にただその異国情緒を先ず喜ぶということもあり得る。況んや、私は美的鑑識にかけては単なるイカモノ喰いなことは自ら心得ている。

細長い石を網代に組み並べた床の縁は巾四尺ぐらい、その上が二階の走馬楼である。私たちはそこへ上ってみたいのだ。観音開きになった玄関の木扉は、一枚はもう毀れて外れてしまっていた。残っている扉に手をかけて、私は部屋のなかを覗いた。——二階へ上る階段がどこにあるだろうかと思って。支那家屋に住み慣れている世外民には大たいの見当が判ると見えて、彼はすぐずかずかと二三歩広間のなかへ歩み込んだ。

「××××、×××××！」

不意にその時、二階から声がした。低いが透きとおるような声であった。誰も居ないと思っていた折から、ことにそれが私のそこに這入ろうとする瞬間であっただけに、その呼吸が私をひどく不意打した。ことに私には判らない言葉で、だから鳥の叫ぶような声に思えたのは一層へんであった。思いがけなかったのは、しかし、私ひとりではない。世外民も踏み込んだ足をぴたと留めて、疑うように二階の方を見上げた。それから彼は答えるが如くまた、問うが如く叫んだ――

「××!?」

「××!?」

――世外民の声は、広間のなかで反響して鳴った。世外民と私とは互に顔を見合せながら再び二階からの声を待ったけれども、声はそれっきり、もう何もなかった。世外民は足音を窃んで私のところへ出て来た。

「二階から何か言ったろう」

「うん」

「人が住んでいるんだね」

私たちは声をしのばせてこれだけの事を言うと、入ってくる時とは大へん変った歩調で――つまり遠慮がちに、黙って裏門から出た。しばらく沈黙したが出てしまってからやっ

と私は言った、

「女の声だったね。一たい何を言ったのだい？　はっきり聞えたのに何だかわからなかった」

「そうだろう。ありゃ泉州人（ツェンチャオナン）の言葉だものね」

普通に、この島で全く広く用いられるのは厦門（エイムン）の言葉で、それならば私も三年ここにいる間に多少覚えていた――尤も今は大部分忘れたが。泉州の言葉は無論私に解ろう筈はなかったのである。

「で、何と言ったの――泉州言葉で」

「さ、僕にもはっきり解らないが。『どうしたの？　なぜもっと早くいらっしゃらない。……』――と、何だか……」

「へえ？　そんな事かい。で、君は何と言ったの」

「いや、わからないから、もう一度聞き返しただけだ」

私たちはきょとんとしたまま、疲労と不審と空腹とをごっちゃに感じながら、自然の筋道として再び先刻の濠に沿うた道に出て来た。ふと先方を見渡すと、自分たちが先刻そこから始めてあの廃屋を注視したその同じ場所に、老婆がひとり立って、じっと我々がしたと同じように濠を越してあの廃屋をもの珍しげに見入っているのであった。それが、近づくに従って、今のさっき世外民に裏門への道を教えた同じ老婆だということが分った。

「お婆さん」その前まで来た時に世外民は無愛想に呼びかけた。「嘘を教えてくれましたね」

「道はわかりませんでしたか」

「いいや。――でも、人が住んでいるじゃありませんか」

「人が？　へえ？　どんな人が？　見ましたか？」

この老婆は、我々も意外に思うほど熱心な目つきで私たちの返事を待つらしい。

「見やしませんよ。這入って行こうとしたら二階から声をかけられたのさ」

「どんな声？　女ですか？」

「女だよ」

「泉州言葉で？」

「そうだ！　どうして？」

「まあ！　何と言ったのです!?」

「よくわからないのだが、『なぜもっと早く来ないのだ？』と言ったと思うのです」

「本当ですか？　本当ですか！　本当に、貴方がた、お聞きになったのですか！　泉州言葉で、『なぜもっと早く来ないのだ』って!?」

「おお！」

台湾人の古い人には男にも女にも、欧洲人などと同じく演劇的な誇張の巧みな表情術がある。その老婆は今それを見せているが、彼女のそれはただの身振りではなく真情が溢れ出ている。恐怖に似た目つきになり、気のせいか顔色まで青くなった。この突然な変化が寧ろ私たちの方を不気味にした位である。彼女はその感動が少し鎮まるのを待ちでもするように沈黙して、しかし私たちに注いだ凝視をつづけながら、最後に言った――

「早く縁喜直しをしておいでなさい。――貴方がたは、貴方がたは死霊の声を聞いたのです！」

三　戦慄

老婆は改めてやっと語り出した、初めはひとり言めいた口調で……

「……そういう噂は長いこと聞いてはいました。けれどもその声を本当に、自分が本当に聞いたという人を――貴方がたのような人を見るのは始めてです。若い男の人たちは、一たいそこへ近づいてはいけなかったのです。貴方がたは最初、私にその裏口をおききになった時に、私はほんとうはお留めしたいと思ったのですが、それには長い話がいるし、また昔ものが何をいうかとお笑いになると思ったものですから……。それに今はもう月日も経ったことではあり、私もまさかそんなことがあろうと信じなかったものだから……。でも、私は何か悪い事が起らねばいいと気がかりになって、実は貴方がたの様子をこちらから見守っていたところです。――あれは昔から幽霊屋敷だというので、この辺では誰も近づく人のなかったところなのです。――ごらんなさい。あそこの大きな龍眼肉の樹には見事な実が鈴生りにみのるのですが、それだって採りに行く人もない程です……」

彼女は向うに見える大樹を指さし、自とその下の銃楼が目についたのであろう――

「昔はあの家は、海賊が覘って来るというので、あの櫓の上に毎晩鉄砲をもった不寝番が立った程の金持でした。北方の林に対抗して南方の沈と言えば、誰ひとり知らぬ人はなかったのです。いいえ、まだつい六十年になるかならぬかぐらいの事です。大きな戎克船を五十艘も持って、泉州や漳州や福州はもとより広東の方まで取引をしたという大商人で船問屋を兼ねていました。『安平港の沈か、沈の安平港か』とみんな唄ったものです。――御存じのとおりそのころの安平港はまだ立派な港で、そのなかでも禿頭港と言えば安平と台南の市街とのつづくところで、港内でも第一の船着きでした。これほど賑やかなところは台南にもなかった程だといいます。――沈は本当に安平港の主だったと見える。――沈家が没落すると一緒に、安平港は急に火が消えたようになりました。沈のいない安平港へは用がないと言って来なくなった船が沢山あるそうです。それに海はだんだん浅くなるばかりで、しかもいつの間にか気がついた頃にはすっかり埋まっていたのですよ。この急な変り方までが、まるで沈家にそっくりだと、今もよくみんなして年寄りたちは話し合いますよ。……沈の家ですか？　それがまた不思議なほど急に、一度に、唯の一夏の、しかも只の一晩のうちに急に没落したのです。百万長者が目を開けて見ると乞食になっていたのです。夢でもこうは急に変るまい。他人事ながら考えれば人間が味気なくなる——と、家の父は、この話が出るとよくそう言いました。何でも沈の家ではその時、盛りの絶頂だったのです。今の普請もついその三四年前に出来上ったばかりで、その普請がまた大したもので、石でも木でもみんな漳州や泉州から運んだので、五十艘の持船がみんな、その為めに二度ずつ、それればかりに通うたという程ですよ。それというのも沈家には、この子の為めなら、双親とも目がないという可愛い、ひとり娘があって、それの聟取りの用意にこんな大がかりな普請をしたものだそうです。それに美しい娘だったそうです——私が見た時には、もう四十ぐらいになってもいたし、落ぶれてへんになってはいましたが、それでもそう聞けばなるほどと思うようなところはありました。……」

「そんなにまた、急に、どうして沈の家が没落したのです？」世外民は、性急に話の重大な点をとらえてたずねた。

「ごめんなさい。私は年寄で話が下手で」――聞いているうちに解って来たが、この老婆は上品な中流の老婦人であった。「怖ろしい海の颶風だったのです。陸でも崩れた家が沢山あったそうです。それはそうでしょう。――ごらんなさい、あの沈の家の水門の石垣でさえあの角が吹き崩されたのだそうです。そうしてそれを直すことさえもう出来なかったので、今もそのままに残っているのですが、夜が明けてみてその石垣――そのころはまだ築いたばかりの新しい石垣の、あんな大きな石が崩れ落ちているのを見て、沈の主人は心配そうにそれを見ていたそうです。運の悪い事に、その晩、宵のうちは静かな満月の夜でもあったそうだし、沈の五十艘の船はみんな海に出ていたのだそうです。沈の主人は――五十位の人だったそうですが、崩れた石垣を見るにつけても、海に出ていた持船が心配だったのでしょう。船の便りは容易に知れなかったそうですが、五日立っても十日立っても帰る船はなかったそうです。ただ人間だけが、それも船出した時の十分の一ぐらいの人数がぽつぽつと病み呆けて帰って来て、それぞれに難船の話を伝えただけでした。無事に帰った船は只の一艘もなかったそうです。尤も、人の噂では、港にいて颶風に出会わなかった船も三艘や五艘はあったに相違ないが、友船が本当に難船したことから悪企みを思いついて、自分達の船も難船して自分は死んだような顔をして、船も荷物も横領したまま遠くへ行ってしまって帰って来なかったものも、どうやらあるらしいと言います。現に何処とかの誰は広東で、死んだ筈の何の某に逢ったの、名前と色どりとこそ変っていたが沈の船の『躑躅』とそっくりのものを厦門で見かけたなどと、言う人もあったそうです。何にしても一杯に荷物を積み込んだ大船が五十艘帰って来なかったのです。その騒ぎはどんなだったか判るではありませんか。なかには沈自身の荷物ではないものも半分以上あって、荷主は、みんな沈の家へ申し合せて押かけて、その償いを持って帰ったそうです。普請や娘の支度などで金を費ったあとではあり、それに派手な人で商いも大きかっただけに、手許には案外、金も銀も少かったと言います。人の心というものは怖ろしいもので、こうなって仕舞うと、取るものは残らず取立てても、払って貰える可きものは何も取れない。そればかりか殆んど日どりまで定っていた娘の養子は断って来たそうです。もともと金持の沈と縁組をする筈で貧乏人の沈と縁を結ぶつもりではなかったからでしょう。……おお、あそこに、いい日蔭が出来ました。あそこへ行ってまあ腰でもお掛けなさい」

老婆は、ちょうど前栽に一本だけあった榕樹が、少し西に傾いた日ざしによってやや広い影を造ったのを見つけて、そう言いながら自分がさきに立って小さな足でよちよちと歩いた。今まで別に気がつかずにいたが、この老婆の家というのも大したことはないが一とおりの家で、昔の繁華の地に残っているだけの事はあった。

樹かげで老婆は更に話しつづけた。彼女はよほど話好きと見えて、また上手でもある。

ただ小さい声で早口で、それが私にとっては外国語だけに聴きとりにくい場合や、判らない言葉などもある。私は後に世外民にも改めて聞き返したりしたが、更に老婆の説きつづけたことは次のようである――

前述のような具合で沈の家が没落し出すと、それが緒で主人の沈は病気になりそれが間もなく死ぬと同時に、縁談の破れたことを悲しんでいた娘は重なる新しい歎きのために鬱々としていた挙句、とうとう狂気してしまう。その娘を不憫に思っているうちにその母親も病気で死んでしまう。全く、作り話のように、不運は鎖になってつづいた。一たいこの沈という家に就て世間ではいろいろなことを言う。

★

その四代ほど前というのは、何でも泉州から台湾中部の胡蘆屯（コロトン）の附近へ来た人で、もともと多少の資産はあったそうだが、一代のうちにそれほどの大富豪になったに就ては、何かにつけて随分と非常なやり口があったらしい。虚構か事実かは知らないけれどもこんなことを言う――例えば、或時の如き隣接した四辺の田畑の境界標を、その収穫が近づいたころを見計って、夜のうちに出来るだけ四方へ遠くまで動かして置く。その石標を抱いて手下の男が幾人も一晩のうちに建てなおして置くのだ。次の日になると平気な顔をして、その他人の田畑を非常な多人数で一時に刈入れにかかった。所有者達が驚いて抗議をすると、その石標を楯に逆に公事（くじ）を起した。その前にはずっと以前から、その道の役人とは十分結託していたから、彼の公事は負る筈はなかった。彼は悪い役人に扶けられまた扶けて、台湾の中部の広い土地は数年のうちに彼のものになり、そこのどの役人達だって彼の頤の動くままに動かなければならないようになった、悪い国を一つこしらえた程の勢であった。一たいこの頃、沈は兄弟でそんなことをしていたのだが、兄の方は鹿港（ロッカン）の役所で役人と口論の末に、役人を斬ろうとして却って殺されてしまった。これだっても、どうやら弟の沈が仕組んで兄を殺させたのだという噂さえある程で、兄弟のうちでも弟の方に一層悪声がある。実際、兄の方はいくらかはよかったらしい。ある時、彼等のいつもの策で、隣の畑へ犂（すき）を入れようとしたのだ。その時にはその畑に持主が這入っているのを眼の前に見ながら最も図太くやりだしたのだ。というのはその畑の持主というのは七十程の寡婦だった。だから、何の怖れることもなかったのだ。しかし第一の犂をその畑に入れようとすると、場にあったこの年とった女は、急に走って来て、その犂の前の地面へ小さな体を投げ出した。――

「助けて下さい。これは私の命なのです。私の夫と息子とがむかし汗を流した土地です。今は私がこうして少しばかりの自分の食い代を作り出す土地です。――この土地を取り上げる程なら、この老ぼれの命をとって下さい！」

沈の手下に働くだけに悪い者どもばかりではあったけれども、さすがに犁をとめたまま、土をさえ突こうとする者もなかった。男どもは帰ってこの事を兄の沈に話すと、彼は苦笑をして「仕方がない」と答えたそうだ。弟の沈はその時は何も知らなかった。しかし、その後二三日して畑を見廻りに来て、馬上から見渡すと彼等の畑のなかにひどく荒れているところがあるので作男どもを叱った。するとそれが例の寡婦の畑だと判って、始めてその事情を聞いた。なるほど、今もひとり老ぼれの婆さんがそこにいるのを見ると、彼は馬を進めた。そうして近くに働いていた自分の作男に、言った——

「犁を持って来い」

主人の気質を知っているから作男は拒むことが出来なかった。主人は再び言った——

「ここの荒れている畑へ、犁を入れろ。こら！　いつもいう通り、おれは自分の地所の近所に手のとどかない畑があるのは、気に入らないのだ」

老寡婦はこの前と同じ方法を取って哀願した。作男が主人の命令とこの命懸けの懇願との板挟みになって躊躇しているのを見ると、沈は馬から下りた。畑のなかへ歩み入りながら、

「婆さん。さあ退いた。畑というものは荒して置くものじゃない」

そう言いながら、大きな犂を引いている水牛の尻に鞭をかざした。婆さんは沈の顔を見上げたきり動こうとはしなかった。

「本当に死にたいんだな。もう死んでもいい年だ」

言ったかと思うと、ふり上げていた鞭を強かに水牛の尻に当てた。水牛が急に歩き出した。無論、婆さんは轢殺された。

「さあぐずぐずせずに、あとを早くやれ——。こんな老ぼれのために広い地面を遊ばして置いてなるものか」

いつもと大して変らない声でそう言いながら、この男は馬に乗って帰ってしまった。これほどの男だからこそ、その兄があんな死に方をした時にも、世間では弟の穽に落ちたのだと言って、でも自分の手に懸けないだけがまだしも兄弟の情だ、などと噂したそうである。何にしても、兄が死んでしまってから弟がその管理を一切ひとりでやった。その後、その家は一層栄えるし、彼は七十近くまで生きていて——悪い事をしても報いはないものかと思うような生涯を終る時に、彼は一つの遺言をしたのだ。その遺言は甚だ注意すべきものである。

「今から後、三十年経ったら我々の家族は、田地をすっかり売り払って仕舞わなきゃならない。それから南部の安平へ行ってそこで船を持って本国の対岸地方と商売をするのだ」

その理由を尋ねようと思うともう昏睡してしまっていた。しかし子供はその遺言を守って、安平の禿頭港へ出て来たのだと言う。――この遺言の話はやっぱり沈の一族からずっと後に洩れたというので皆知っていたが、あの一晩の颶風が基で、それこそ颶風のように沈家に吹き寄せた不幸の折から、世間の人々は沈家の祖先の遺言から、またその祖先のした悪行をさまざまに思い出して、因果は応報でさすがに天上聖母は沈の持船を守らない。――あの遺言こそまるで子孫に今日の天罰を受けさせようと思って、老寡婦の死霊が臨終の仇敵に乗り移ったのだとか、あの颶風はその老寡婦が犁で殺されてから何十何年目の祥月命日であるとか、人々は沈家の悲運を同情しながらもそんなことを噂した。何にしても、大きな不運の後であとからあとから一時に皆、死に絶えてしまって、遺った人というのは年若い娘ひとりで、それさえ気が狂って生きていた。

祖先にたといどんな噂があろうとも、こうして生きている繊弱い女をほって置くわけにはいかないというので、近隣の人々は、いつも食事くらいは運んでやった。それが永い間絶えなかったというのも、いわば金持の余徳とも言えよう。というのは食事を運んでやる人たちは、その都度何かしら、その家のそこらに飾ってある品物の手軽なものを、一つ二つずつこっそりと持って来る者があるらしかった。部屋にあったものは自と少くなり、そうなると近隣でも相当な家の人達はもうそこへ行かなくなった――他人のものを少しずつ掠めてくるような人たちの一人と思われたくないと思って、自と控えるようになったのである。その代りにはまた、厚かましい人があって、当然のような顔をして品物を持って来てそれを売払ったりするような人も出て来た。下さいと言って頼むと気の違っている人は、極く大様にくれるということであった。——「さあ、お祝いに何なりと持っておいで」高価なものをそういう風に奪われて、やっぱりあの家では昔の年貢を今収めているのだよなどと、口さがない人々は言った。

どういう風に、娘は気が違っているのかというのに、娘は刻々に人の——恐らくは彼女の夫の、来るのを待っているらしかった。人の足音が来さえすれば叫ぶのだ——泉州言葉で、

「どうしたのです。なぜもっと早く来て下さらない？」

——つまり、我々が聞いたのと全く同じような言葉なのだ。彼女は姿こそ年とったがその声は、いつまでも若く美しかった！——我々が聞いたその声のように？

その声を聞いて、人々は深い哀れに打たれながら、その部屋へ這入って行くと、彼女は人々を先ず凝視して、それからさめざめと泣くのだ。待っていた人でなかった事を怨むのだ。そこで人々は明日こそその当の人が来るだろうと言って慰める。彼女はまた新しい希望を湧き起す。彼女はいつも美しい着物を着て人を待つ用意をしていた。たしかに海を越

えて来るその夫を待っているのだということは疑いなかった。そういう風にして彼女は二十年以上も生きていたのだろう――

「私が十七の年に、始めてこの家へ来たころには、その人はまだ生きていたものです」と、この長話を我々に語った禿頭港の老婦人は言った。――この婦人ももう六十に近いであろうが四十年位前にこの家へ嫁に来たものと見える。「私は近づいてその人を見た事はありませんけれども、天気の静な日などには、よく皆が『またお嬢さんが出ているよ』というものだから、見ると走馬楼の欄干によりかかって、ずっと遠い海の方を長いこと――半日も立って見ているらしいようなことがよくありました。夫を乗せた船の帆でも見えるように思ったものですかねえ。いずれやっぱりその海が見えるからでしょう、お嬢さんのいる部屋というのは、あの二階ばかりで外の部屋へは一足も出なかったそうです。皆はお嬢さん、お嬢さんと呼び慣わしてはいましたが、その頃はもうやがて四十ぐらいにはなっているだろうという事でした。それが、何日からかお嬢さんの姿をまるで見かけなくなったのです。病気ででもあろうかと思って人が行ってみると、お嬢さんはそこの寝牀のなかでもう腐りかかろうとしていたそうです。金簪を飾って花嫁姿をしていたと言いますよ。――それが不思議な事に、それだのに、その人が二階へ上ろうとすると、やっぱりお嬢さんが生きていた時と同じように、涼しい声でいつもの言葉を呼びかけたそうです。ね！　貴方がたが聞いたのと少しも違わない言葉ですよ！　だから死んでいようなどとは露思(つゆおも)わなかっただけにその人は一層びっくりしたとの事です。それから後にも、その声をそこで聞いたという人は時々あったのです。――お嬢さんは病気というよりは、もしや飢えて死んだのではあるまいかと云う人もあります。というのはその家のなかには、昔そこにあった見事な様々の品物が、もう何一つ残っていなかったそうですから。そうして死骸に附いていた金簪は葬の費用になったと言います」

四　怪傑沈氏

この風変りな一日の終りに私と世外民とは酔仙閣(ツイツェンコ)にいた。――私たちのよく出かける旗亭である。

これが若し私が入社した当時のような熱心な新聞記者だったら、趣味的ないい特種(とくだね)でも拾った気になって、早速「廃港ローマンス」とか何とか割註をして、さぞセンセイショナルな文字を羅列することを胸中に企てていただろうが、その頃は私はもう自分の新聞を上等にしてやろうなどという考えは毛頭なかった。毎日の出社さえ満足には勤めずにわが酒徒世外民とばかり飲み暮していた。諸君はさだめし私の文章のなかに、さまざまな蕪雑を発見することだろうと覚悟はしているが、それこそ私がそのころ飲んだ酒と書き飛ばした文字との覿面の酬いであろう……。

——で、私たちは酔仙閣で飲んでいた。

世外民は禿頭港の廃屋に対して心から怪異の思いがしているらしい。そう言えばあの話はいかにも支那風に出来ている。廃屋や廃址に美女の霊が遺っているのは、支那文学の一つの定型である。それだけにこの民族にとってはよく共感できるらしい。しかし、私はというとどうもそうは行かない。私がそのうちで少しばかり気に入った点と言えば、その道具立が総て大きくその色彩が悪くアクどい事にあった。もしこれを本当に表現することさえ出来れば、浮世絵師芳年の狂想などはアマイものにして仕舞うことが出来るかも知れない。そのなかにある人物は根強く大陸的で、話柄の美としてはそれが醜と同居しているところの野蛮のなかに近代的なところがある。幽霊話とすればそれが夜陰や月明ではなしに、明るさもこの上ない烈日のさなかなのが取柄だが、総じてこの話は怪異譚としては一番価値に乏しい。それだのに世外民などは専らそこに興味を繫いでいるらしい。いや、むしろ恐怖してさえいる。彼は自分が幽霊と対話したと思っているのかも知れない。

私は世外民の荒唐無稽好きを笑っている。——というのはそれに対しては私はもうとっくに思い当ったことがあるからだ。なぜ私はあの時すぐ引返して、あの廃屋の声のところへ入込んでいなかったろうか。そうすれば世外民に今こうは頑張らせはしないのだ。それをしなかったというのも世外民があまり厭がるのと、それよりも空腹であったのと、また億劫な思いをして行ってみるまでもなく解っていると信じたからだ。それもすぐに、そうと気がついたのならよかったのに、あんな判りきった事が、なぜ一時間も経ってからやっと気がついたというのだろう。多分、あまりに思いがけなく踏込もうとするその刹那であった為めと、二階から響いて来た言葉が外国語だったのと、それにつづいてあの老婦人の大袈裟な戦慄の身振りやら、ちょっと異様な話やらで、全くくやしい事だが私も暫くの間は、多少驚かされたものと見える。本当に理智の働く余裕はなかったらしい。——廃屋だと確めて置いた家の中から人声がしたのであってみれば、それはその家の住人でない誰かが、そこにいたのにきまっている。その人のために我々が這入って行くことを遠慮する理由は少しもなかった筈だ。現に安平の家のなかにだって網を繕っていた人間の声がしても我々は平気で闖入して行った程だ。何のために我々は躊躇したか。世外民が「人が住んでいるんだね」と言ったからだ。世外民は何故そんなことを言ったか。それはその時の彼の心理を考えなければならない。多分、声が我々の踏み込んだ瞬間に恰もそれを咎めるがごとく響いた事が一つ——しかも、その言葉の意味は、あとで聞けば全く反対のものであるが。またあの廃屋は安平のものよりも数十倍も堂々としていて荒れながらにもなお犯しがたい権威を具えていた事。最後に一番重なる理由としてはそれが単に、女の若そうな玲瓏たる声であったが為めに、若い男である世外民も私も無意識のうちに妙にひるんでいたのである。そうして、その声に就ては何の考えることをもせずに、ただびっくりして帰って来てしまったのである。

「何にしても這入って見さえすればよかったのになあ。馬鹿々々しい、誰が幽霊の声などを聞くものか。生きて心臓のドキドキしている若い女——多分、若くて美しいだろうよ、そんな気がするな——それがそこにいただけの事さ。——生きていればこそものも言うのさ……」

「でも、むかしから伝わっているのと同じ言葉を、しかも泉州言葉を、それもそのたった一言を、その女が何故我々に向って言うのだ」世外民は抗議した。

「泉州言葉は幽霊の専用語ではあるまいぜ。泉州人なら生きた人間の方がどうも普通に使うらしいぜ。アハ、ハハ。それが偶然、幽霊が言い慣れた言葉と同じだったのは不思議と言えば不思議さね。——でもたったそれだけの事だ。君はあの言葉が我々に向って言われたと思い込むから、幽霊の正体がわからないのだよ。——外の人間に向って言った言葉が偶然我々に聞かれたのだ。いや、我々を外の人間と間違えて、その女が言いかけたのさ。そうと気がついたから、たった一言だけしか言わなかったのだ。君、何でもないよくある幽霊だぜ、ありゃ……」

「それじゃ、昔からその同じ言葉を聞いたというその人達はどうしたのだ」

「知らない」私は言った。「そりゃ僕が聞いたのじゃないのだからね。——ただ、多分は君のような、幽霊好きが聞いたのだろうよ。だから僕は自分の関係しない昔のことは一切知らないのだ。ただ今日の声なら、あれは正しく生きてる若い女の声だよ！　世外民君、君は一たいあまり詩人過ぎる。旧い伝統がしみ込んでいるのは結構ではあるが、月の光では、ものごとはぼんやりしか見えないぜ。美しいか汚いかは知らないが、ともかく太陽の光の方がはっきりと見えるからね」

「比喩などを言わずに、はっきり言ってくれ給え」一本気な世外民は少々憤っているらしい。

「では言うがね、亡びたものの荒廃のなかにむかしの霊が生き残っているという美観は、——こりゃ支那の伝統的なものだが、僕に言わせると、……君、憤ってはいかんよ——どうも亡国的趣味だね。亡びたものがどうしていつまでもあるものか。無ければこそ亡びたというのじゃないか」

「君！」世外民は大きな声を出した。「亡びたものと、荒廃とは違うだろう。——亡びたものはなるほど無くなったものかも知れない。しかし荒廃とは無くなろうとしつつある者のなかに、まだ生きた精神が残っているということじゃないか」

「なるほど。これは君のいうとおりであった。しかしともかくも荒廃は本当に生きていることとは違うね。だろう？　荒廃の解釈はまあ僕が間違ったとしてもいいが、そこにはいつまでもその霊が横溢しはしないのだ。むしろ、一つのものが廃れようとしているその影からは、もっと力のある潑剌とした生きたものがその廃朽を利用して生れるのだよ。ね、君！　くちた木にだってさまざまな茸が簇(むらが)るではないか。我々は荒廃の美に囚われて歎くよりも、そこから新しく誕生するものを讃美しようじゃないか——なんて、柄にない事を言っていら。そういう人生観が、腹の底にちゃんとしまってある程なら、僕だって台湾三界でこんなだらしない酒飲みになりゃしないだろうがね。だからさ、僕がそういう生き方をしているかどうかは先ず二の次にしてさ」

「成程。——ところでそれが、禿頭港の幽霊——でないというならば、その生きた女の声と何の関係があるんだろう？」

「下らない理窟を言ったが僕のいうのは簡単なことなのだ。ね、我々の聞いたあの声の言ったのは『どうしたの？　なぜもっと早くいらっしゃらない。……』云々というのだったそうだね。そりゃ無論誰が聞いても人を待っている言葉さ。で、あの場所の伝説のことは後にして、虚心に考えると、若い女が——生きた女がだよ、人に気づかれないような場所にたったひとりでいて、人の足音を聞きつけて、今の一言を言ったとすれば、これは男を待っているのじゃないだろうかという疑いは、誰にでも起る。あたりまえの順序だ。我々があの際、すぐそう感じなかったのが反って不思議だ。あの際、僕があれを日本語で聞いたのだったら一瞬間にそう感附くよ。そこであの場所だが、気味の悪い噂があって人の絶対に立ち寄らない場所だ。しかも時刻はというと近所の人々がみな午睡をする頃だ。恋人たちが人に隠れて逢うには絶好の時と所ではないか。――それも互によほど愛していると僕が考えるのは、それはいずれあそこからそう遠いところに住んでいる人ではなかろうが、それならあの家に纏わる不気味千万な噂はもとより知っているのだろうから、迷信深い台湾人がその恐ろしさにめげずに、あの場所を択ぶというところに、その恋人たちの熱烈が現れている。それから、また僕は考えるね。そのふたりは大分以前から、あの時刻とあの場所とを利用することに慣れているのだ。でない位なら、そんないやな場所へ、女が先に来て待つ度胸も珍しいし、男だってそれじゃあまり不人情さ。――君が、あの声を聞いて咄嗟(とっさ)にそれをその住人のものと断定してしまったのも無理はないよ。彼等はそこをもう自分たちふたりの場所と信じ切っているほど、その場所に安心し慣れ切っているのだ。それならばこそ我々の足音を聞いただけで軽々しく、あんな声をかけたりしたのだ。――あそこへは全く近よる人もないと見えるね。そのくせあの家は、女ひとりで入って行っても何の怖ろしい事もないほど、異変のない場所なのさ。若い美しい女――芸者（ゲイトア）の玉葉仔（ゲフュア）のような奴かな。いや、若い女でなくって――」

「声は若かったがな」

「さ、声は若くっても、事実は図太い年増女かも知れないな。でなきゃ、やっぱり必ず若い熱烈なる少女か。――それはどうでもいい。判らない。しかし兎も角もさ、今日のあの声は不埒かは知らないが不思議は何もない生きた女のもので、あそこが逢曳（あいびき）の場所に択ばれていたという事と、又それだから、あそこにはほんの噂だけで何の怪異もない事は、おのずと明瞭さ。僕は疑わない――ああ、這入って行って見りゃよかったのになあ」

「例によってそろそろと理窟っぽくなったぞ。――理窟には合っていそうだよ。ただね、それが僕の神経を鎮めるには何の役にも立たない」

「そうかい。困ったね」

　世外民はやっぱり私に同感しようとはしない。私は少しばかり、ほんの少しだが、忌々しかった。私は酒を飲めば飲むほど、奇妙に理窟っぽくなる。人を説き伏せたくなる。そこでお喋りになるというごく好くない癖があった。自分では頭が冴えて来るような気がするんだが、それは酔っぱらいの己惚れで傍で聞いたらさぞおかしいのだろう。私はつづけた。

「仕方がない。君は何とでも思い給え。だが、今日の事実は怪異譚としてはまるで何の値打もないのだがなあ。禿頭港で聞いた話にしたって、因縁話にはなっているものか。――そんな見方をすりゃ、せいぜい三面特種の値打だ。寧ろ面白いのは、あんな荒っぽいいやな話のなかに案外、支那人というものの性格や生活が現れていることだ。……」

「夜中に境界標の石を四方へ拡げる話か。――ありゃ、君、台湾の大地主のことなら、みんなあんな風に言うんだ。あれこそ台湾共通の伝説だよ。――現に」と世外民は酒で蒼くなった顔を苦笑させて「僕の家のことだってもそう言ってらあ！」

「へえ？　これはなお面白い。いずれはどこかに本当の例が、事実あったのだろうがね。多分、あの沈家が本当だろう。それにしてもそいつをどこの大地主にも応用するところはえらい。実際、あの話はあらゆる富豪というものを簡単明瞭に説明するからね。ふむ、そうかね。だがそれよりも僕にもっと面白いのは犁でよぼよぼの老寡婦を突き殺す話だ。――僕はその沈の祖先というのは粗野な悪党でこそあるがなかなかの人傑だったような気がするのだ。ね、そうでなければ道理に合わない。いかに清朝の末期に近い政府だって、また先が植民地の台湾だからと言って、そうそう腐敗した碌でなしの役人ばかりをあとへあとへ派遣したわけではあるまい。それが皆丸められるのだ。単に金の力だけではあるまい。沈にはきっと役人たちよりもえらい経営の才があったのだ――まあ聞きたまえ、僕の幻想だから。胡蘆屯附近と言えば、君、この島でも最も好く開墾された農業地だろう。『……いつもいう通り、おれは自分の地所の近所に手のとどかない畑があるのは、気に入らないのだ。……婆さん。さあどいた。畑というものは荒して置くものじゃない。……本当に死にたいんだな。もう死んでもいい年だ』か。そう言ってひらりと馬を下りて自分の手で突き殺したと言ったね。僕には強い実行力のある男の横顔が見えるような気がするんだ。そういう男の手によってこそ、未開の山も野も開墾出来るのだ。草創時代の植民地はそういう人間を必要としたのだ。役人たちの目の利いたものは、彼の事業を、政府自身の為めに楽しみにしていたかも知れないのだ。その報酬に悪徳を見逃すばかりか、暗には奨励していたかも知れないのだ。その男はちゃんとそれを心得ていた。その遺言が更に面白いではないか。『三十年すれば』いかに植民地政治でもだんだん行届いて整って来た挙句には、彼が折角開拓した広大な土地を、今度は彼よりももっと大きい暴虐者が出て左右することを見抜いていたのだ。何と怖ろしい識見ではないか——彼は政治というものの根本義を、まるで社会学者みたいに知っていて、それを利用したのだ。人のものを掠奪してそれへすっかり仕上げをかけて、やれ田だの畑だのと鍍金をするさ、そいつを売払って金に代える。それから商売をするんだね。全く商売というものは世が開化した後の唯一の戦争だからね。しかも安全な戦争だ——元手の多い奴ほど勝つに決っている。彼は自分の子孫たちに必勝の戦術を伝授して置いたのさ。奴の仕事は何もかも生きる力に満ちている。万歳だ。ところでさ、そのような先見のある男でも、自然が不意に何をするかは知らなかったのが、人間の浅ましさだ。繁茂していた自然を永い間かかって斬り苛んだ結果に贏ち得た富を、一晩の颶風でやっぱりもとの自然に返上したというのだから好いな。態を見やがれさ。――するとやっぱり因果応報ということになるのかな。僕はそんなことを説教するつもりではなかったっけな……」

私はいつの間にかひどく酔って来て、舌も縺れては来るし、段々冴えて来ると己惚れていた頭がへんにとりとめがなくなり、ふと口走った――「花嫁の姿をして腐っていたって？　よくある奴さ。花嫁の姿をして死ぬ。それがだんだん腐ってくる、か。生きている奴で冷たくなって、だんだん腐ってくるのもある。金簪で飾ってさ、ウム」

世外民はこれも亦いつもの癖で、深淵のように沈黙したまま、私のおかしな言葉などは聞き咎めるどころか、てんで耳に入らぬらしく、老酒の盃を持ち上げたままで中空を凝視していた。

「世外民、世外民。この男の盃を持っているところには少々魔気があるて」

★

世外民という風変りな名を、私はこの話の当初から何の説明もなしに連発していることに気がついたが、これは私の台湾時代の殆んど唯一の友人である。この妙な名前はもとより匿名である。彼のペンネームである。彼の投稿したものを見て私はそれを新聞に採録した。私は彼の詩――無論、漢詩であるが、その文才を十分解したというわけではないが、寧ろその反抗の気概を喜んだのである。しかし、その詩は一度採録したきりだった。当局から注意があって、私は呼び出されて統治上有害だと言うのでその非常識を咎められた。再度の投稿に対しては、私は正直にその旨を附記して返送した。すると、世外民は私を訪ねて遊びに来た。見かけは優雅な若者であったが案外な酒徒で、盃盤が私たちを深い友達にした。彼は台南から汽車で一時間行程の亀山（クウソアム）の麓の豪家の出であった。家は代々秀才を出したというので知られていた。その頃の私は、つまらない話だが或る失恋事件によって自暴自棄に堕入って、世上のすべてのものを否定した態度で、だから世外民が友達になったのだ。この頃の私にいつも酒に不自由させなかったのがこの世外民だ。だが私が世外民の幇間をつとめたと誰も思うまい。第一に世外民は友をこそ求めたが幇間などを必要とする男ではなかった。私はその点を敬していた。――この話として何の用もあることではないが、私の交友録を抄録したまでである。彼が私との訣別を惜んで私に与えた一詩を私は覚えている。――あまり上手な詩でもないそうだが、私にはそんなことはどうでもいい。

登彼高岡空夕曛
天辺孤雁嘆離群
温盟何不必酒杯
君夢我時我夢君

五　女誡扇

私がいやがる世外民を無理に強いて、禿頭港の廃屋のなかへ、今度こそ這入って行ったのは、彼がその次に台南へ出て来た時であった。多分最初にあの家を発見してから五日とは経ていなかったろう——世外民は当時少くとも週に二度は私を訪れたものなのだから。

「さあ。今日こそ僕の想像の的確なことを見せる。運がよければ、君がそれほど気に病む幽霊の正体が見られるかも知れないよ」

私はこう宣言して、この前の機会と同じ時刻を択んだ。そこに幽霊のいないことを信じている私は、しかし、自分の事を、高い雕欄(ちょうらん)のいい窪みを見つけて巣を営んでいる双燕(そうえん)を驚愕させる蛇ではないかと思って、最初は考えたのだが構わないと思った。というのはもしそこに一対の男女がいるようならば、自分はその時の相手の風態によっては、わざと気がつかないふりをして、彼等をその家の居住者のように扱って、自分達が無法にも闖入したのを謝罪しようと用意したからである。私たちはそれだからごく普通の足音をさせて、あの石の円柱のある表からこの前の日のとおりに入口を這入った。その時、さすがに私もちょっと立止って聞き耳を立ててはみた。勿論どんな泉州言葉も聞かれはしなかった。それだのに困った事に、世外民は気味悪がって先に這入らないのだ。表の広間のなかはうす暗くて、またこんな家のどこに二階への階段があるか、私には見当がつきにくい。しかし世外民は口で案内して、表扉を這入って広間の奥の左或は右の小扉を開いてみたら、そこから上るようになっているだろう、というのである。その広間というのは二十畳以上はあるだろう。四つの閉めた窓の破れた隙間からの光で見ると、他には何一つないらしい。私は這入って行った。その時、思わず私が呻ったのは、例の声を聞いたからではないのだ。ただの閉め切った部屋の臭いである。どんな臭いとも言えない。ただ蒸れるようなやつで、それがしかし建物がいいから熱いのではない。割に冷たくっていて蒸れるとでもいうより外には言い方がない。この臭いを、世外民は案外平気らしかった。天井を見ると真白に粉がふいて黴がはえている。その黴の臭いだったかも知れない。私たちは先ず右の扉を開けた。――果してすぐそこが階段であった。巾二尺位の細いのが一直線に少し急な傾斜で立っている。それが上からの光で割に明るい。何も怖気がさすようなものは一つもないが、また私は伝説をそう眼中におかないが、それでもやはりそう明るい心持にはなれないことは確だ。気味が悪いと言っては言いすぎるが、私はよく世外民をひっぱって来たと思った。私はひとりででも一度来てみる意志はあったのだが、もしもひとりだったらあまり落着いて見物はしにくいかと思う。それにしてもあんな伝説を迷信深く抱いている人々が、たといそれは二人連れであった事が確でも、第一日によくまあここへ来たものだと言える。いや、よくもここを択ぶ気になったものだ。私はこの細い階段を恋人たちが互に寄りそいながらおずおずして、のぼって行った時を想像してみた。

私は世外民を振り返って促しながら、階段を昇り出した。そこには私の想像を満足させることには、ごく稀にではあるがこのごろでもそこを昇降する人間があることは疑えなかった。というのは、それは何も鮮かな足跡ではないのだが、寧ろ譬えば冬原の草の上におのずと出来た小径という具合に、そこだけは他の部分より黒くなって、白い塵埃のなかから、階段の板の色がぼんやり見えているのであった。二階には人のけはいはない。私は幽霊の正体は先ず見られそうにもないと思った。二階へ出た。

案外にそこは明るかった。その代りどうしてだか急に暑くムッとした。人影のようなものは何もなかった。気が落着いて来たので私は何もかも注意して見ることが出来たが、床の上にもまた人の歩いたあとがあって、それがまた一筋の道になって残っている。L形になった部屋の壁のかげから、光が帯になって流れて来る。この部屋へ沢山の明るさを供給しているのは、その窓で、人の歩いたあともまたその窓の方へ行っている。壁のかげに誰かがピッタリと身をよせて隠れているような気もする。私はその窓の方へおのずと歩いて行った。我々の足元から立つ塵は、光の帯のなかで舞い立った。顔に珍しく風が当って、明るい窓というのが開いていること、その壁に沿うて一つの台があることが、一時に私の目についた。台というのはごく厚く黒檀で出来たもので、四方には五尺ほどの高さの細い柱が、その上にはやはり黒檀の屋根を支えている。その大きさから言って寝牀のように思われた。

「寝牀だね」

「そうだ」

これが私と世外民とが、この家へ這入ってからやっと第一に取交した会話であった。寝牀には塵は積ってはいなかった——少くとも軽い塵より外には。そうして黒檀は落着いた調子で冷々と底光りがしていた。私は世外民を顧みながら、その寝牀の上を指さした。私の指が黒檀の厚板の面へ白くうつった。

世外民は頷いた。

その寝牀の外には家具と言えば、目立つものも目立たないものも文字通りに一つもなかった。話に聞いたあの金簪を飾った花嫁姿の狂女は、この寝牀の上で腐りつつあったのではないだろうか。それにしてはこれだけの立派な檀木の家具を、今だにここに遺してあるのは、憐憫によってではなく、やはり恐怖からであろう。

寝牀のうしろの壁の上には大小幾疋かの壁虎が、時々のっそりと動く。尤もこれは珍しい事ではない。この地方では、どこの家の天井にだって多少は動いている。内地に於ける蜘蛛ぐらいの資格である。ただこの壁の上には、広さの割合から言って少々多すぎるだけだ。六坪ほどの壁に三四十疋はいた。

世外民はどうだか知らないが、私はもう充分に自分の見たところのもので満足であった。帰ろうと思って、帰りがけにもう一度窓外の碧い天を見た。その他の場所はあまりに気を沈ませたからだ。帰ろうとして私はふと自分の足もとへ目を落すと、そこに、ちょうど寝牀のすぐ下に、扇子見たようなものがある――骨が四五本開いたままで。私は身をかがめて拾った。そのままハンケチと一緒に自分のポケットのなかへ入れた。なぜかというのに世外民はいつの間にか帰るために、私に背を向けて四五歩も歩き出していたからだ。

世外民も私も下りる時には何だかひどく急いだ。表入口を出る時には今まで圧えていた不気味が爆発したのを感じて、我々は無意識に早足で出た。そうして無言をつづけてその屋敷の裏門を出た。

「どうだい。世外民君。別に幽霊もいなかったね」

「うむ」世外民は不承不承に承認しはしたが「しかし、君、君はあの黒檀の寝台の上へ今出て来た大きな紅い蛾を見なかったね。まるで掌ほどもあるのだ。それがどこからか出て来て、あの黒光りの板の上を這っているのを一目は美しいと思ったが、見ているうちに、僕はへんに気味が悪くなって、出たくなったのだ」

「へえ。そんなものが出て来たか。僕は知らなかった。僕はただ壁虎を見ただけだ。君、君の詩ではないのか。幻想ではないのか」

——私は世外民があの寝牀の上で死んだ狂女のことをそう美化しているのだろうと思った。

「いいや、本当だとも。あんな大きな紅い蛾を、僕は始めてだ」

私は歩きながら、思い出してさっきの扇をとり出してみた。そうして予想外に立派なのに驚き、また困りもした。

その女持の扇子というのは親骨は象牙で、そこへもって来て水仙が薄肉(うすにく)で彫ってある。その花と蕾との部分は透彫になっている。それだけでも立派な細工らしいのに、開けてみると甚だ凝ったものであった。表には殆んど一面に紅白の蓮を描いている。裏は象牙の骨が見えて——表一枚だけしか紙を貼っていないので、裏からは骨があらわれるように出来ていたのだが、その象牙の骨の上には金泥で何か文章が書いてある。

「君、」私はもう一度表を見返しながら世外民に呼びかけた。「王秋豊というのは名のある画家かね」

「王秋豊？　さ。聞かないがね。なぜ」

私は黙ってその扇子を渡した。世外民が訝しがったのは言うまでもない。私もちょっと何と言っていいかわからなかった——私は無頼児ではあったが、盗んで来たような気がしていけないのだ。私はそのままの話をすると、世外民は案外何でもないような顔をして、それよりも仔細にその扇をしらべながら歩いていた——

「王秋豊？　大した人の画ではないが職人でもないな。不蔓不枝」彼はその画賛を読んだのだ。「愛蓮説のうちの一句だね。不蔓不枝。——だが女の扇にしちゃ不吉な言葉じゃないか。蔓せず枝せざるほど婦女にとって悲しい事はあるまいよ。どうしてまた富貴多子にでもしないのだろう——平凡すぎると思ったのかな」

「一たい幸福というのは平凡だね。で、その富貴多子とかいうのは何だい」

「牡丹が富貴、柘榴が多子さ」世外民は扇のうらを返して見て、口のなかで読みつづけながら「おや、これは曹大家の女誡の一節か。専心章だから、なるほど、不蔓不枝を択んだかな……」

扇は案外に世外民の興味をひいたと見える。それを吟味して彼がそんなことを言っている間に、私はまた私で同じ扇に就て全く別様のことを考えていた。

その扇はうち見たところ、少くとも現代の製作ではない。そうしてその凝った意匠は、その親が、愛する娘が人妻になろうとする時に与えるものに相当している。——恐らく沈家のものに相違ないであろう。昔、狂女がそれを手に持って死んでいなかったとも限らない。その扇だ。更に私は仮に、禿頭港の細民区の奔放無智な娘をひとり空想する。彼女は本能の導くがままに悽惨な伝説の家をも怖れない。また昔、それの上でどんな人がどんな死をしたかを忘れ果ててあの豪華な寝牀の上に、その手には婦女の道徳に就て明記しました暗示したこの扇をそれが何であるかを知らずに且つ弄び且つ翻して、彼女の汗にまみれた情夫に涼風を贈っている……。彼女は生きた命の氾濫にまかせて一切を無視する。——私はその善悪を説くのではない。「善悪の彼岸」を言うのだ……

六　エピロオグ

あの廃屋はそういうわけで私の感興を多少惹いた。何ごとにもそう興味を見出さなかったその頃の私としては、ほんの当座だけにしろそんな気持になったのは珍しいのだが、それらすべての話をとおして、私は主として三個の人物を幻想した。市井の英雄児ともいうべき沈の祖先、狂念によって永遠に明日を見出している女、野性によって習俗を超えた少女、――とでもいう、ともかく、そんな人物が跳梁するのが私には愉快であった。そいつを活動のシネリオにでもしてみる気があって、私は「死の花嫁」だとか「紅の蛾」などという題などを考えてみたりしたほどであった。しかしそう思ってみるだけで、やらないと言うかやれないと言うか、ともかく実行力のないのが私なので、その私が前述の三人物の空想をしたのだからおかしい。意味がそこにあるかも知れない。そうして私自身はというと、いかなる方法でも世の中を征服するどころか、世の力によって刻々に圧しつぶされ、見放されつつあった。尤も私は何の力もないくせに精一杯の我儘をふるまって、それで或程度だけのことなら押し通してもいたのだ。それでは何によって私がやっとそれだけでも強かったか。自暴自棄。この哀れむべき強さが、他のものと違うところは、第一自分自身がそれによって決して愉快ではないということにある。私は事実、刻々を甚だ不愉快に送っていた。それというのも私は当然、早く忘れてしまうべき或る女の面影を、私の眼底にいつまでも持っていすぎたからである。

私は先ず第一に酒を飲むことをやめなければならない。何故かというのに私は自分に快適だから酒を飲むのではない。自分に快適でないことをしているのはよくない。無論、新聞社などは酒よりもさきにやめたい程だ。で、すると結局は或は生きることが快適でなくなるかも知れない惧れがある。だが、若しそうならば生きることそのものをも、やめるのが寧ろ正しいかも知れない。……

柄になく、と思うかも知れないが、私は時折にそんなことをひどく考え込む事があった。その日もちょうどそうであった。折から世外民が訪れた。

「君」世外民はいきなり非常な興奮を以て叫んだ。「君、知っている？　――禿頭港の首くくりはね……」

「え？」私はごく軽くではあるが死に就て考えていた折からだったから少しへんな気がした。「首くくり？　何の首くくりだ？」

「知らないのか？　新聞にも出ているのに」

「僕は新聞は読まない。それに今日で四日社を休んでいる」

「禿頭港で首くくりがあったのだよ。――あの我々がいつか見た家さ。――誰も行かない家さ。あそこで若い男が縊死していたのだ。新聞には尤も十行ばかりしか出ない。僕は今、用があって行ったさきでその噂を聞いて来たのだからよく知っているが、あの黒檀の寝牀を足場にしてやったらしいのだ。美しい若い男だそうだよ、それがね、口元に微笑をふくんでいたというので、やっぱり例の声でおびき寄せられたのだ。『花嫁もとうとう婿をとった』と言っているよ――皆は。それがさ、やっぱりもう腐敗して少しくさいぐらいになっていたのだそうだ。僕は聞いていてゾクッとした。我々が聞いたあの声やそれに紅い蛾なぞを思い出してね」

私もふっと死の悪臭が鼻をかすめるような気がした――あの黴くさい広間の空気を鼻に追想したのだろう。世外民はその家の怪異を又新しく言い出して、私がそこで拾った扇を気味悪がり私にそれを捨ててしまうように説くのであった。――この間はあんなに興味を持って、自分でも欲しいようなことを言った癖に。尤も私がやろうと言った時にはやはり、今と同じく不気味がって、結局いらないとは言ったが。私としてはまた世外民にやろうと思った程だから、捨ててしまっても惜しいとも思わないが、私はその理由を認めなかった。またいざ捨てよと言われると、勿体ないほど珍奇な細工にも思えた。私は世外民の迷信を笑った。

「大通りの真中で縊死人があってそれが腐るまで気がつかない、とでもいうのなら不思議はあるだろうが、人の行かないところで自殺したり逢曳したりするのは一向当り前じゃないか。――ただあんな淋しいところが市街のなかにあるのは、何かとよくないね」

私はその家の内部の記憶をはっきり目前に浮べてそう言った。

同時に私にはこの縊死の発見に就て一つの疑問が起った。というのは、あの部屋のなかで起った事は誰もそこに這入って行かない以上は、一切発見される筈がない。あそこには開いた窓が一つあるにはあったが、そこには青い天より外には何も見えない——つまり天以外からは覗けない。もし臭気が四辺にもれるにしては、あの家の周囲があまりに広すぎる。そう考えているうちに、私は大して興味のなかったこの話が又面白くなって来るのを感じながら言った。

「出鱈目さね。いや、死人はあったろう。若い美しい男だなんて。もう美しいか醜いか年とったか若いかも見分けがつくものか」

「いや、でも皆そう言っている」

「それじゃ、誰がその死人を発見したのだ？　あそこならどこからも見えず、誰も偶然行ってみるわけはないがな」ふと、私は場所が同じだということから考えて、この縊死人——年若く美しいと伝えられる者と、いつか私が空想し独断したあの逢曳とがどうも関係ありそうに思えて来た。そこで私は世外民に言った。「いつでもいいが今度序に、その死人を発見したのはどんな人だか聞いてきてもらいたいものだ。それがもし泉州生れの若い女だったらもう何もかもわかるのだよ。——いつか我々が聞いたあの廃屋の声の主も。それから今度の縊死人の原因も。——本当に若い男だったというのなら、それや失恋の結果だろう。——幽霊の声にまどわされて死ぬより失恋で死ぬ方がよくある事実だものね。尤も二つとも自分から生んだ幻影だという点は同じだが」

私は大して興味はなかった。しかし世外民が大へん面白がった。罪を人に着せるのではない。これは本当だ。事実、世外民が先ず興味をもちすぎた。そうしてそれが私に伝染したのだ。世外民は私の観察に同感すると早速、その場を立って発見者を調べるために出かけた程なのだ。近所へ行って聞けばわかるだろうというので。

間もなく、世外民は帰って来たが、その答を聞いて私は、台湾人というものの無邪気なのに、今更ながら驚いたのである。彼等の噂するところによると、それは黄という姓の穀物問屋の娘が、――家は禿頭港から少し遠いところにあるそうだが――彼女が偶然に夢で見たというその男がどうやら死んだ若者だし、それが這入って行った大きな不思議な家というのが、どうも禿頭港のあの廃屋らしい。その暗示によって、なくなった男の行衛を捜していた人々はやっと発見することが出来たというのである。霊感を持った女だという風に人々が伝えていると言う。

私は無智な人々が他を信ずることの篤いのに一驚すると同時に、そんな事を言ってうまうまと人をたぶらかすような少女ならば、いずれは図々しい奴だろうと思うと、何もかもあばいてやれという気になった。私はまだ年が若かったから人情を知らずに、思えば、若い女が智慧に余って吐いた馬鹿々々しい嘘を、同情をもって見てやれなかったのだ。

「世外民君。来て一役持ってくれ給え」

私は例の扇をポケットに入れ、それから新聞記者の肩書のある名刺がまだ残っているかどうかを確めた上で外へ出た。無論、その穀物問屋へ行こうと思い立ったからである。そうして娘に逢えば扇を突きつけて詰問しさえすれば判るが、ただその親が新聞記者などに娘を会わせるかどうかはむつかしい。逢わせるにしてもその対話を監視するかもしれない。世外民がうまくその間で計らってくれる手筈ではあるが、それにしてもその娘が泉州の言葉しか知らなかったらそれっきりだがなどと思っているうちに、私はもうさっき勢い込んだことなどはどうでもよくなった。自分に何の役にも立たない事に興味を持った自分を、私は自分でおかしくなった。

「つまらない。もうよそう」

世外民はしかし折角来たのだからという。それに穀物問屋はすぐ二三軒さきの家だった。それから後の出来事はすべて私の考えどおりと言いたい所だが、事実は私の空想より少しは思いがけない。

まず第一にその穀屋というのは思ったより大問屋であった。又、主人というのは寧ろ私の訪問を歓迎した位だ。その男は台湾人の相当な商人によくある奴で内地人とつきあうことが好きらしく、ことに今日は娘がそんな霊感を持っている噂が高まって、新聞記者の来るのがうれしいと言うのであった。そうして店からずっと奥の方へ通してくれた。

「汝来仔請坐（ニライアチンツォ）」

と叫んだのは娘ではなく、そこに、籠の中ではなくて裸の留木にいた白い鸚鵡である。

娘は、しかし、我々の訪れを見てびっくりしたらしく、私の名刺を受取った手がふるえ、顔は蒼白になった。それをつつみ匿すのは空しい努力であった。彼女は年は十八ぐらいで、美しくない事はない。私はまず彼女の態度を黙って見ていた。

「あ、よくいらっしゃいました」

思いがけなくも娘は日本語で、それも流麗な口調であった。椅子にかけながら私は言った——

「お嬢さん。あなたは泉州語をごぞんじですか？」

「いいえ！」

娘は不意に奇妙なことを問われたのを疑うように、私を見上げたが、その好もしい瞳のなかに嘘はなかった。私はポケットから扇をとり出した。それを半ばひろげて卓子の上に置きながら私はまた言った——

「この扇を御存じでしょう」

「まあ、」娘は手にとってみて「美しい扇ですこと」物珍しそうに扇の面を見つめていた。

「あなたはその扇を御存じない筈はないのです」私は試みに少しおこったように言ってみた。

「ケ、ケ、ケッ、ケ、ケ」

鸚鵡が私の言葉に反抗して一度に冠を立てた。

みんな黙っているなかに、不意に激しく啜泣く声がして、それは鸚鵡の背景をなす帳の陰から聞えて来たのだ。涙をすすり上げる声とともに言葉が聞えてきた――

「みんなおっしゃって下さいまし、お嬢さま。もう構いませんわ。その代りにその扇は私にいただかしてください」

「……………」

誰も何と答えていいかわからなかった。世外民と私とは目を見合した。

姿の見えない女はむせび泣きながら更に言った。「誰方だか存じませんが、お嬢さまは少しも知らない事なのです。わたしの苦しみを見兼ねて下さっただけなのです。ただあなたが拾っておいでになったその扇――蓮の花の扇を私に下さい。その代りには何でもみんな申します」

「いいえ。それには及びません」私はその声に向って答えた。「私はもう何も聞きたくない。扇もお返ししますよ」

「私のでもありませんが」推測しがたい女は口ごもりながら「ただ私の思い出ではあります」

「さよなら」私たちは立ちあがった。私は卓上の扇を一度とり上げてから、置き直した。

「この扇はあの奥にいる人にあげて下さい。どういう人かは知らないが、あなたからよく慰めておあげなさい。私は新聞などへは書きも何もしやしないのです」

「有難うございます。有難うございます」黄嬢の目には涙があふれ出た。

★

幾日目かで社へ出てみると、同僚の一人が警察から採って来た種のなかに、穀商黄氏の下婢十七になる女が主人の世話した内地人に嫁することを嫌って、罌粟（けし）の実を多量に食って死んだというのがあった。彼女は幼くて孤児になり、この隣人に拾われて養育されていたのだという。この記事を書く男は、台湾人が内地人に嫁することを嫌ったというところに焦点を置いて、それが不都合であるかの如き口吻の記事を作っていた。——あの廃屋の逢曳の女、——不思議な因縁によって、私がその声だけは二度も聞きながら、姿は終に一瞥することも出来なかったあの少女は、事実に於ては、自分の幻想の人物と大変違ったもののように私は今は感ずる。

鷹爪花

初出：『中央公論』一九二三年八月号

写真は、「下淡水渓鉄橋」（一九三〇年頃の絵葉書より）鳳山から阿緱（屏東）への途中にある。当時、「東洋一の大鉄橋」と呼ばれた鳳山――台湾南部の古い都市――を見物に行った時だ。陳という人の案内であった。二十六七の青年だ。やはり同姓の陳という人が鳳山にいる。そこへ遊びに行って見ようというのである。

八月末のことであった。もう涼風が立っていたろうて？　場所は台湾だよ。台湾の涼風はおそらく二月末にでもなったら（！）吹くだろう。

鳳山の陳は米屋であった。支那風の家屋の米屋の二階だ。米屋の二階の夏と言えば、それだけでも、もう暑さはたっぷりの気がするだろう。狭っ苦しい部屋なのだ。風は死んでいた。「暑い」と互に挨拶をするけれども、事実は、彼等はそうそれを苦にしてはいないらしいのだ。その暑さにビールを飲ませるのだ。そりゃ渇を医すにはいいだろうが、それ以上にあとから汗を発散するのにもっと有力だ。だから、僕は辞退するけれども彼等はなか〳〵聞かない。とうとうコップに三杯ほど飲まされちゃった。さてこれから昼寝でもして、夕方にそこらをぶら〳〵して見ようかなどと言っているところへ来たのがひとりの憲兵だ。

すると、主人でない方の陳が、少し暑いけれどもこの近くの尼寺があるから行って見ようと言う。そうして俥を二台命じた。どうも憲兵が来たので仕方がなくその部屋から出なけりゃならなくなったような事情らしいから、僕もいやとは言わなかった。幌をした俥の中の暑さは論外だが、そのうちにどこかで遠雷がして来て、今まで死んでいた風がどうやら少し動き出したらしい。

　尼寺への道には川があって橋があった。我々の俥の渡ったのは新らしい橋だったが、その少し遠くに旧い橋がある。何でも古くからある有名なものだそうだ。それを見ながら行くと田圃へ出た。片側はその地方特有の竹林であった。竹の葉を動して風が来る。

　尼寺は竹林のなかにあった。大きくないお寺だ。皆、ひる寝でもしているのかひっそりしている。尼寺だから男は入れないのだそうだけれども、陳は金持であるし、この尼寺へ喜捨したりした事があるので、ここの一番えらい尼さんとも知り合いだから見物できるのだそうである。——つかつかと本堂へ這入って行った。誰も居ない。香の煙も立っていない。それで本堂の次の間へ行った。そこは客をもてなす部屋である。そこにも誰もいない。陳はその部屋へ這入るなり自分のうちのように気安げにそこの長榻（ながいす）へ身を横にしながら、何だか高らかに台湾語をしゃべった。——人が出て来た。婆さんであった。何かお世辞を言って、お茶をくれた。僕はそのお茶を——極く熱い奴を吹きながら飲んでいた。その時僕を陳が肘で突っついた。何かの相図だ。目をあげると、その瞬間、陳の目が教えたものは、本堂を通して向うの部屋の扉のかげからちらと僕たちの方を覗いた女であった。白い顔は印象をとらえるひまもなく、ただ水色の裳だけが眼底に揺れて残った。

「陳さん――鳳山の陳さんの妹！」

そう彼が囁いた。それから話しつづけた。

「あの人、男を嫌い。それで尼さんになると言ってここへ来ました。まだ本当の尼さんではありません。――そのうちに尼さんになるでしょう。」それからまた陳は言った。

「鳳山の陳さん兄弟、男二人あります。兄さん阿片密輸入して今調べられています。弟の陳さん、米のことで詐欺になる。それで憲兵さん、そのことで来たのでしょう。兄さんたちよくない人でも、妹さん、おとなしい。」

――そんなことを、そんな日本語で陳は言う。私はふと、その尼さんになろうとしている友人の妹を、この陳が好いているのじゃないかなどと空想してみた。陳は小柄なきゃしゃな美男子だった。

……庭の方を見ると、日が当っていながら、雨がぽつぽつと降り出していた。道理で暑いのをちょっと忘れていたと思った。見ているうちに、急に日ざしがかげって、大粒の雨がそれから土砂降りに落ちて来た。雷がはためいた。怖ろしくなってどうしようかと思っているともう、日が当って来た。何という気違いのようなお天気だろう。

「ここ、台湾でも神鳴一番よく鳴ります。このもっとさき、台湾で一番大きな鉄橋あります。そこ、よく神鳴落ちる。今日も、きっと今日も落ちたのでしょう」

僕たちは、うそのような驟雨の晴れたあとの庭へ出た。竹林のかげに、芝生があって、紅い大きな花が何と鮮やかであること！　竹の葉にはみんな露を持っていた。それが、ばらばらと雫くして滴った。一つ一つの雫には虹がある。そのお伽噺のような花園で、陳は僕にへんな形の——仏手柑のような形で、しかし小指の三分の一ほどの、そうして青い真実に「青い花」を捜し出して摘んでくれた——

「この花、いい匂でしょう」

全く蜜のようにあまったるくって蒸せるようだ——

「いい匂です。何という花です？」

「鷹の爪の花——鷹爪花（イエンヌユンアンホア）」

その鷹爪花をかぎながら真蒼な空を見ていたら、空一杯の虹がきっかりと浮んだ。

夢ではない。ほんとうの話だ。

蝗の大旅行

初出：『童話』一九二一年九月号
写真は、『蝗の大旅行』（改造社、一九二六年）の
島田訥郎による挿絵

僕は去年の今ごろ、台湾の方へ旅行をした。

台湾というところは無論「甚だ暑い（チン・ソア）」だが、その代り、南の方では夏中ほとんど毎日夕立があって夜分には遠い海を渡ってい丶風が来るので「仲々涼しい（カ・チウチン）」だ。夕立の後では、こ丶以外ではめったに見られないようなくっきりと美しい虹が、空一ぱいに橋をかける。その丸い橋の下を、白鷺が群をして飛んでいる。いろ〳〵な紅や黄色の花が方々にどっさり咲いている。眩しいように鮮やかな色をしている。また、そんなに劇しい色をして居ない代りに、甘い重苦しくなるほど劇しい匂を持った花もどっさりある——茉莉（パクリ）だとか、鷹爪花（イエヌニアンホア）だとか、素馨（スウヒイエン）だとか。小鳥も我々の見なれないのがいろ〳〵あるが、皆、ラリルレロの気持ちのい丶音を高く囀る。何という鳥だか知らないが、相思樹のかげで「私はお前が好きだ（ゴア・ティヤ・リイ）」と、そんな風に啼いているのもあった。……こう書いているうちにも、さまざまに台湾が思い出されて、今にももう一度出かけて行きたいような気がする。台湾はなか〳〵面白いい丶ところだ。

で、僕が台湾を旅行している間に見た「本当の童話」をしよう。

僕は南の方にいたので、内地への帰りがけに南から北へところ〴〵見物をしたが、阿里山の有名な大森林は是非見て置きたいと思ったのに、その二週間ほど前に、台湾全体に大暴風雨があって阿里山の登山鉄道が散々にこわれてしまっていたので、とうとうそこへは行けないでしまった。それで、その山へ登るつもりで嘉義という町へ行ったのだが、嘉義で無駄に二日泊って、朝の五時半ごろに汽車でその町を出発した。僕はいゝ天気だった。その上、朝早いので涼しくて、何とも言えない楽しい気がした。僕は子供の時の遠足の朝を思い出しながら気が勇み立った。大きな竹藪のかげに水たまりがあって、睡蓮の花が白く浮いているようなところを見ながら、朝風を切って汽車が走るのであった。

確か、嘉義から二つ目ぐらいの停車場であったと思う。汽車が停ったから、外を見ると赤い煉瓦の大きな煙突があって、こゝも工場町と見える。このあたりで大きな煙突のあるのは十中八九砂糖会社の工場なのである。その時、そこのプラットホオムに四十五六の紳士がいて、僕のいる車室へ乗り込んで来た。その後から赤帽が大きなかばんを持ち込む。そのまた後から別にまたもう一人のいくらか若い紳士が這入って来た。年とった方の紳士というのは、直ぐ私のすじ向うの座席へ腰を下した。この人はおなかの大きな太った人で、きっと会社の役員だろうと僕は思った。赤帽のあとから来た紳士は貧相な痩せた人であるが、この人は腰をかけないで太った紳士の前に立ったまゝつゞけさまに幾つもお辞儀をしていた。この人もきっと会社の人で、上役が旅行をするのを見送りに来たのに違いない。これはこの二人の風采や態度を見くらべてもよく解る。太った紳士が金ぐさりのぶらさがったおなかを突き出して何か一言いうと、痩せた紳士はきっと二つゞけてお辞儀をした。汽車は五分間停車と見えてなかなか動き出さない。二人の紳士はもう言うことがなくなったらしいが、痩せた方の人は発車の合図があるまではそこに立っているつもりと見えて、車室の床の上に目を落したまゝ、手持無沙汰に彼の麦稈帽子を弄んでいた。

　僕は先刻からこの二人の紳士を見ていて、それからこの痩せた紳士が慰みにいじっている麦稈帽子に何心なく目を留めたが、見ると、この帽子の頭の角のところに一疋の蝗(いなご)がじっと縋っていた。それは帽子が動いても別にあわてる様子とてもなくじっとしている。今に、この痩せた紳士が自分の帽子にいる虫に気がついて、払い落しはしないかと、僕は何故ともなく蝗のためにそれが心配だったが、帽子の持主は一向気がつかないらしかった。

　突然、発車の鈴がひゞくと痩せた紳士は慌てゝ太った紳士にもう一度お辞儀をして置いて、例の麦稈帽子を冠ると急いで向き直って歩き出した。その刹那に、今までじっとしていた蝗は急に威勢よく、大飛躍をした。古ぼけた麦稈帽子からひらりと身をかわすと、青天鵞絨(ビロード)の座席の上へ一気に飛び下りた。

「田中君！」

太った紳士が急に何か思い出したらしく、僕のわきの窓から首を出して、痩せた紳士を呼びとめた時には、汽車はもうコト〳〵と動き出していた。しかし太った紳士がその隣から慌てゝ立ち上ろうが、汽車が動き出そうが、太った紳士が再びその傍へ大きなお尻をどっかと下して座席が凹もうが、二等室の一隅、ちょうど私の真向うに陣取った例の蝗は少しも驚かなかった。長い二本の足をきちんと揃えて立てゝ、蝗はつつましくあの太った紳士の隣席に、その太った紳士よりは、ずっと紳士らしく行儀よく乗っかっている。

僕は汽車に乗り込んだ蝗を見るのは生れて初めてゞある。田中君の帽子から汽車へ乗り換えた蝗のことを考えると、僕は——子供のような気軽な心になっている僕は、可笑しさが心からこみ上げて来て、その可笑しさで口のまわりがもぐ〳〵動いて来る。僕は笑いころげたい気持を堪えて、その蝗から暫く目を放さなかった。一たい、この蝗はどこからどんな風に田中君の帽子へ飛び乗ったか。そうしてこの汽車でどこまで行くのだろうか。台中の近所は米の産地だからそろ〳〵取入れが近づいたというのでその地方へ出張するのだろうか。それともこの蝗はどこか遠方の親類を訪ねるのだろうか。それとも又ほんの気紛れの旅行だろうか……。

汽車は次の停車場に著いた。四五人乗り込んだ、下りた人もあった。しかし蝗はじっとして未だ遠くまで行くらしかった。その次の停車場でも、もう一つその次のでも下りはしなかった。やはり最初のとおりに行儀よく遠慮がちにつゝましく坐っていた。新聞を読むのに気を取られている乗客たちは、誰一人この風変りな小さな乗客には目をとめなかった。これが結局この小さな乗客には仕合せであろう。

それにしてもこの蝗は何処まで遠く行くつもりであろう。もう今まで来たゞけだって、人間にとっては何でもない遠さだが、彼にとっては僕が東京から台湾へ来たぐらい遠い旅であるかも知れない。それから、僕はそんなことを考えて見た。僕が東京から台湾へ来たのだって、世界を漫遊した人にとってはほんの小旅行に相違ない、更に、人間よりもっとえらい者——それは何だか知らないが、もしそんな者があって、さまざまな違った星の世界を幾つもまわり歩いて来たとしたならば、そのえらい者にとっては人間の世界漫遊などは、たかの知れたほんの小さな星の上を一まわりした小旅行に過ぎないであろう。蝗の目には人間は見えないかも知れない。同様に人間の目には人間よりずっと大きなものは見えないかも知れない。僕らが汽車と呼んでいるものとても、ひょっとすると、僕らには気のつかない程大きなえらい者の「田中君の麦稈帽子」かも知れたものじゃない。……

僕がそんな事を考えているうちに、汽車はどん〳〵走ってやがて僕の下車しようという二八水の停車場の近くに来た。僕は手まわりの荷物を用意してから、向側にいるあの風変りな旅客の方へ立って行った。

「やあ！ 蝗君、大へんな大旅行じゃありませんか。君は一たいどこまで行かれるのです。真直ぐ行けば基隆（キールン）まで行きますよ。基隆から船で内地へ行かれるのですか。それとも別に目あてのない気紛れの旅行ですか。それなら、どうです？ 僕も旅行家ですが僕と一緒に二八水で降りては。そこから僕は日月潭という名所を見物に行くのだが、君も一緒に行こうではありませんか。」

僕は心のなかで、蝗にこう呼びかけながら、僕の緑色のうらのあるヘルメット帽を裏がえしにして、その緑色の方を示しながらこの小さな大旅行家を誘うて見た。この旅行家が常に緑色を愛していることを僕は知っているから。しかし、蝗は外に用事があるのか、日月潭の見物は望ましくないのか、僕の帽子へは乗ろうとはしなかった。

汽車を下りる僕は、出がけにもう一度その蝗の方へふりかえって、やはり心のなかで言った――

「蝗君。大旅行家。ではさよなら。用心をし給え――途中でいたずらっ子につかまってその美しい脚をもがれないように。失敬。」

旅びと

初出：『新潮』一九二四年六月号

写真は、舞台となった「涵碧楼」（一九二〇年頃の絵葉書より）

一

「いらっしゃいまし、さぞお暑うございましたでしょう。——さきほどからお待ち申し上げて居りました。それでも大へんお早くお着きで……」

——と、こうその女が言ったと言えば、君たちは愛想のいい宿屋の女中がお世辞を言ったと思うでしょう。それに違いないのです。ただ、それだけの言葉がしんみりとした味に受け取れたと思いたまえ。

いい女かいって？

いずれ殖民地の宿屋の女中だろうって？

そう何もかも、一ぺんじゃ返答に困る。一つ、ゆっくりと話す。——だが、断っておきますがね、何でもない事なのです。

二

景色を言わぬと風情が浅い。なに、もったいぶるのじゃない。

二八水という――化粧品にまがいそうな名の駅で本線を下りた。朝の九時すぎだった。支線というのが例のおもちゃのような箱の汽車なのだが、それが通じていさえすりゃ、それでも有難いことには、その日の夕刻には、思うところへ着けるものを、それが駄目だった。――あの大風で、――君たちは石垣島という名を御承知か知ら。もし御承知なら、そりゃきっといつも颱風の中心地として覚えていられるに違いないのだが、まったく石垣島というのは風の寄合場所として出来ている島じゃないかと思える位、その石垣島を目がけて、二十四時というものひっきりなしに押寄せた大風があったのはつい一週間も前のことだった。世界中の、――と言ったのではすこし吹きすぎるだろうが、全くは日本中の風が、ありったけ、いくら風だってよくもこうあったものだと思えるほど、それがまたありったけの雲を背負い込んで飛んで来た。でも、次の日にはけろりと晴れ渡ってくれたからよかったものの、次の日の新聞は風害を伝えるために三面一頁はぶっつぶれ、しかも各地のことは一つもしっかりとは書いていない。その筈、通信機関は全部駄目になってしまった。何でも新聞のいうことを真にうけると本島三十年来とかで、いかにもここは本家の石垣島とは隣づき合いをしているのだから、土人の家などは、根が土をかためて乾し固めたのをつみ累ねてあっただけの事だったものだから、その日の雨と風とで家は溶けて流れて、残った部分は飛んでしまったという始末だった。無理もない、あの風では、家どころか、島全体だって一尺や三尺ぐらいなら東の方――西風だったが――東の方へにじり寄ったろうとも思える。いつも威張り返っている人間という奴が、穴ごもりした虫ほどにも元気がなくなって、その日はうす暗い家々のなかで、ろくに口を利かずに怯えていた。――私は放れ島にいる意識で郷愁をつのらせながらすくみ込んでいた。

阿里山へ私が登りそこねたのもその大風のおかげだったが、というのは、雲桟も唯ならずとか何とか言っているそこの登山鉄道が木の葉のようにこなごなに飛んでしまったのだ。だから二八水を下りた時にも案じたのだが、果してここの鉄路も駄目だった――ほんの一時間かそこらの道のりを走るだけの道はあるそうだが、あとは水嵩の増した濁水渓の濁水が、山くずれをさせて、おもちゃの鉄道などは、ところどころにだけあるとの話だった。――汽車の動くところだけ、それも途中で一個所徒歩連絡をして……道中記を言っていると永くなる。ともかくも、普通なら日のうちに行けるところを、なか一日泊らなきゃならない事になった。

泊ったところは集々街と言った。――話題の女は、まだ出て来ない。それは集々街の宿ではない。日月潭のほとりである。

三

その道中のすがたを、私は君たちに見せたい。集々街から日月潭のあるところまでの私の道中、いや、何とかいうところで二八水からの小さな汽車を捨ててから、集々街までの姿でもいい。あの時の私の姿を見れば君たちはきっと私に対する態度が改まるだろうよ。

名も知らない寒駅に私は下車した。下りたくはないのだが、もうこれより先へは連れて行ってくれないからである。私は少し途方にくれて、それでも、今のさっき汽車のなかで、私を日月潭へ見物にゆく内地からの旅人だと認めて親切にいろいろの注意を与えてくれた人があったから、その人の言葉どおりに行けば、どうやら辿り着きはするだろうとは思っていた。行き着きさえすればあとは心当にしている案内もある筈なのである。それにしても見も知らない山坂を私はどうして越えるだろう——。ともかくもと、寒駅のプラットフォムを出る。と、——私が君たちに見せたいというのはここから先きのことなのだが、改札口のところに、ひとりの若い紳士がいた。——思いがけなくも私を出迎えに来ていてくれたのである。

これを手始めにして、私は、この王土の果の山の中で、三日間ほどというものは貴賓のようなもてなしを受けることになった。

寛大で好奇的な要路の顕官が、公文で命令を出したのだ。――私をせいぜい歓待してやれ！　と言って。思い屈してこの南方の岸までうろつきに来た私は、文学者という資格で待遇されている。半ばは気紛れのように発せられた長官の命令を受取って、人々は、文学者というものはどんなものだか知らないが、何しろ長官の命令だとあって見れば、気の毒に、私がどんな小僧でも私を篤くもてなさなければならないものと決めているらしい。

先ず人は、私にはとって置きの上等の言葉を使ってくれる。台車はというと、特別に椅子のついた日覆のあるのが用意してある。――いかに貴賓でもここは山の中だから、内地では、土を運ぶのと同じトロッコへ、しかし今もいうとおり椅子が特別に作りつけになって、乳母車のもののように飾のある日覆のついたトロッコへ私を乗せてくれる。その台車が熱のある風を切って滑走していると、行く手の方から、もう一台別のこれは日覆も何もない平民の台車がすれ違う。向うの台車から声をかけて、二つの台車は互に半町も行き過ぎたところで止った。止ったところで気がついてみると、向うから来たこの台車というのがやっぱり私を出迎えに来たのである。私を迎えるのにはひとりでは足りないものと見える。しかも今度の「お出迎」はお出迎自身が家来をつれているほどの人である。

こうして私は、特別仕立の台車で、別に一台分のお出迎えを従えて、悠々と集々街へ着いたのである。集々街へ着いて見ると、ちゃんと宿屋を用意してくれてある。お出迎の人々は改めてもう一度慇懃に挨拶をして、小さい村だからこれよりいい宿屋のないことやら、まだ三時だがこれから先へ行ってみてももう泊るところのないことやら、その外は忘れてしまったような言葉をどっさり、それも代り代りに立ち代り入れ代り言いに来てくれる。何でも私は、ここで名刺を半ダースは貰っただろうと思う。——これはみんな日月潭を水源地にする大仕掛な電力会社の創立事務に従事している人々である。この会社は半官半民の事業なので、顕官の命令はこの会社へ発せられたものと思われる。夜になると若い工夫に大きな地図を持たせて、ひとりの紳士が、これはまた昼間のとは別の人だったと見えて、その証拠にはまた名刺を一枚くれてから、さて会社の事業というのを詳しく説明をしてくれたものだが私は折角の事をもう一つも覚えてはいない。——たった一つ、一年もかかったような工事が、この間のような大風雨にでも会おうものなら一晩でめちゃめちゃになるのだから十年の計画が年期が過ぎた今日でも思わしい成績を上げられないのは無理ではないとこぼしていたことである。

寝る仕度をしていると、

「どうぞ御ゆっくりお休み下さいませ。明朝は適当なころに私がお目をおさましに参ります」

そんなことを言って、さっきから時々この部屋へ出入りする或る人が、障子のそばへ坐って鄭重に御辞儀をしてくれる。そんな人々というのがみんな、私よりは十も十五も年長の人なのだから、こう見えたって根は正直に出来ている私だから、甚だ参る。

朝。目があいて見ると、廊下の外から声がする。

「お目ざめでございますか。まだ早う御座います。どうぞごゆるりと御仕度下さいませ」

私が起きるけはいのするのを、そこで今まで番をしていてくれたのかと疑われる程である。

駕籠の用意がしてくれてあるという。――いつもなら台車が通るのだが、例の風で鉄路はこれからさき砕けてしまっているのだ。駕籠の話は昨夜、たかが四里か五里ぐらいならたといどんな山道でも歩けるというと、そんなことを仰言っては私どもが困るといった。何が困るのだか、ともかくも私を是非とも駕籠へ乗せるつもりにしているらしい。その駕籠は、今朝になっての話では、普通の輿というのは無いから、――あるにはあるのだが、それでは山道が自由に通れないから、椅子駕籠というので我慢をしてくれないか。日覆も何もないのだが、その代りに風は通る。どんな山道でもこれなら自由に行けるという。私はもとより我慢するもしないもないが、どんな駕籠だか物好きに尋ねてみようと思ったが、乗ればわかることだから問わなかった。さてその駕籠が来たという知らせと一緒に、今度は通る道のことに就て「お願い」に来る。一たい道は二筋ある。一つは新道でいい道だけれども二里からまわりになる。一つは旧道で山坂だけれども近い。それに朝のうちには西の坂を登って、午後からは東の坂を下ることになる。それで道はいつも日かげで涼しい。駕籠かきどもは旧道を行きたがっているけれども急な坂道だけにきっと少しは「お乗心地」が悪いに違いない。尤もどんな坂だって決して下りてお運を願うなどということは決してない。駕籠かきどもの勝手をお許し下さるだろうかというのである。で、私は「許し」てやったね。

そこの宿料はいくらだったか知らない。私の気づかないうちに誰かが払ってあったからだ。

四

宿を出たのは七時だった。だが山かげの集々の街は朝霧のなかだった。街の人々はみんな私を見た。立ち留って見た。ふりかえって見た。

どんなえらい御役人が通るかと思ったに違いない。——実際、どなたが風水害の視察をなさるのだ、と尋ねた人があったということである。

あたりまえだ。私はふたりの輿丁(かごかき)の外に五人以上のお供を、私の駕籠のあとさきへ従えている。私ひとり駕籠の上に聳えている。唯、えらいお役人にしては、貧弱なのは私のお人柄と風態だった。痩せ細った青二才だ。白いヘルメットは安ものの、ボール紙が心だから廂のところがぐにゃぐにゃになってしまっている。ポンジイの上衣は長旅でへたばって、汗染みた。形容ではない、事実、背中のあたりは汗が染み込んで色が変っている。それだからこそ人々は一そう私を見るのだろう。そういう男が何だってあんな物々しい行列をつくっているのだろうと。

そんなことより、この椅子駕籠とやらの乗り心地が甚だ不安である。尤も道の十町も往くうちには自ずと慣れては来た。つまり体を投げ出して、あなた任(まか)せ、揺られていさえすりゃよかったのだ。で、その椅子駕籠というのは、つまりは籐椅子の足のない奴だった。両脇の肘かけの下を各一本ずつ棒が前後に貫いている。そいつをふたりの輿丁がかつぐのだ。頭は、椅子の背の上に枕の用意がある。足は、緒でつるした一枚の板っぴれの上に委ねて置く。

山崩れの上を通る。川原へ出た。新高山が、川の向うに、琴柱(ことじ)のように並んだ峯々のなかに見えるそうだ。あそこに——と指ざして——二つ並んでいるのがそうだ。低く見える方が、本当は主峯だという。目に見えて晴れて行く雲烟のなかにあった。ごく近い峯には、見ただけで汗の出るような朝日がかっと照りつけている。

山小屋があって、電力会社の第×区とかの事務所だ。——そこで私のお供は変った。次の工区の監督だと名告って、また例の名刺を捧げてくれた。それから、だんだん坂道になって来た。

道はどんどん、どんどん高いところへ登って行く。迂廻してまた高いところを択って登る。

「むかしの道だからでございます」

と、新らしい案内役が説明してくれた。むかしの道だから無理に高いところへ登るのはへんだと思っているうちに、更に説明をしてくれた。むかしまだここらが蕃地であったころ、蕃人の襲撃に備えるために展望の利く場所ばかり択んで歩いたのだという。この今度の案内者は、いろんなことを知っている。目にふれる山の峯でも草でも樹でも、問いさえすれば答えてくれる。聞けばもう二十年もこの島に住んだそうである。――四十八だとか言ったが、話の好きな人だった。私はこの日にもまたこの次の日にもこの人の道案内を受けた。そのうちにすっかり心やすくなった。息子が今年中学を出て、入学試験を受けに東京へ出ている。月に五十円の学資で不足を言ってくる。我々のような暮し向きではなかなか楽じゃない、とそんな打解けた話までする。――いつの間にやら、この人は私をえらい人あつかいせずに、たゞの道づれのような気持になってくれたのだ。この人には、私は更に因縁があってめぐり合った。というのは、この後一ヶ月も経ってから、私はこの島から内地へ帰ろうと港で、船の上にその出帆を待っていた時である。私はデッキの上で、別れようとする街の方を眺めたり、慌しく船の上をあちこちする人々を見たりして、ぼんやりしていると、そのデッキの上の群集のなかに、見覚えのあるような人だと思って注目したのがこの人だった。向うでも覚えていた。日月潭の案内の御礼を述べてから、どうして船にいるのだと尋ねたら、「家内の母親が亡くなったものですから、内地へ行く家内を送って来たのです」と言っていた。

五

さてその旧道の山道だが、道は益々険しくなって来た。ここの用意にもう一人別について来た輿丁が、疲れた相手と代る。二三度互に代った。といって、これほどの坂道ならば、私にだって歩けない事はない。現に私は四五ヶ月前に、自分の故郷のこれ以上の山道を或る花嫁について越えたくらいだ。——人の花嫁だが……あれが自分のだったらどうだろう。父の親友の娘で、世間じゃ私の婚約者(いいなずけ)だと思っていたらしい。私が父母の思いどおりに何もかも運んでいたらひょっとしてあの花嫁が自分の花嫁であったかも知れない。それが、これよりもひどい山道を越えて脚絆がけでお嫁入りをした。私は父の代理をして親戚の格でついて行った。

——悪くない花嫁だったが……

私は途方もない山の中で、道のことから聯想して、あらぬ女のことを、駕籠に揺られながら、激しく揺られながら、思い出した。

誤解してはいけない。その女を私は別に好いているわけではないのだ。——私には別に大へん好いているひとがいた。それから大へん好かない女房がいた。今だから言うが、そういうことで思い屈して私は台湾三界へ放浪しに出たのである。

考えるほどなら、もっと考えてよい女が好きと嫌いとこうも二人まであるのに、何だってあらぬ人の花嫁などを考えてみたかというと、今の自分の立場に困惑したあまり、私はふと世間の人が予想したとおり、あの女が私の花嫁になっていたとしたら、私の世界は今どう変っていただろうかと、当面の人生を回避するようなたわけた空想をしていたまでのことであった。——ここでも憂き世のなかかと思えるようなこんな深山の頂が近づくあたりで。

六

絶頂が土地公鞍嶺（トオトエコンオアンニア）であった。——物知りの道案内が教えてくれた。海抜二千五百尺だという。

駕籠を木かげに下した。

道案内が指をさして言う——あちらからのが、陳有蘭渓。こちらからのが、濁水渓。それからふりかえって、梢にかくれて見えないがあのあたりが目ざす日月潭。ここにある小さな社が土地公廟——むかし、蛮人を追っぱらって通行が自由になった記念に建てたものであろうという。——私たちが来たのは乾隆の初年に初めて開けた小径を辿ったわけである。流石(さすが)の物知りも教えてくれなかったが、私は後に書物で見た。乾隆初年と言えば今からどれくらい前だかは知らないが、トロッコで一気に行くよりは、名所を見るためには古径を駕籠で越えた方が、今思い出して好かったと思う。

そこの廟のそばで弁当を開いた。「お供」のうちのひとりが背負っていた。別のひとりは一升瓶にお茶を用意していた。監督が腰をさぐって持って来た水呑みを、きれいに濯いで先ず私にすゝめてくれた。輿丁どもは流れる玉の汗を拭いながら、それでも胸一つはだけずに木かげの隅に小さくなっている。——これは土着の人——支那人である。むかし孔夫子を産んだ国民のわかれだけあって、雲助とは思えないほど礼儀が正しい。巻煙草を取り出したかと思うと、つかつかと私のそばへ歩み寄った。

「大人(タイジン)」

そう呼びかけて、敷島の袋を私に捧げる。自分で吸いたいと思えば先ず長者にすすめて見るのが彼等のならいなのである。

「多謝（トウシャ）。我有了（ゴアウーラ）」

そこで彼は再び恭しく一揖（いちゆう）して、隅の方へ行って自分で吸う。

その様子は、しんから大人を尊敬しているのか型だけかは知らないが、卑屈に見えるほどにまで汲々如としている。私が仮りにぐっと胸をつき出して胸のポケットを示し、それから私の額を差し出して、

「拭け！」

という手真似をしても、彼等はてんで不思議とも不合理とも思わずに、私のハンケチを出して私の額の汗を拭うかも知れたものじゃない。

七

それほど骨を折って登りながら、下る坂といっては殆んどなかった。さびれたセピア色をした土民の部落が一つ。ひっそりとして、通り過ぎる時たった一軒の家のなかから、それもその前に私の駕籠が一休みしたものだから、その家の狭い戸口から嬰児を抱いた支那服の女と、同じ身なりの婆さんとそれから猫とがものも言わずに、じっと鈍そうな目つきで見送ったきり、雛犬の声一つしなかった。急な坂とてはないけれども、目に見えぬほど

の傾斜で下りて行っていると見える。坦々とした赤土の、曲折もあまりない道に、輿丁の足もとから、塵が立つ。ゆうべは遅く眠ったし、今朝は早かったから、こうして揺られていると、うつらうつらして来る。いつの間にか、目あての湖水が近くなったしるしに、道のまわりにもところどころに泥っぽい水たまりが、饐（す）えたようなにおいがする――草いきれと一緒に。その水たまりが段々、大きなものになって来て、やがて代赭色をした水が現れた。――水のなかに、何かそんな色をしたバクテリアが住んでいるからだそうである。

この赤い色の水が日潭であった。

汀に沿うて思切って大きく迂廻して道は、木かげになった。日潭のつづきに、蘆荻の間から、月潭の水はいぶし銀だ。――山上の湖水と聞いて、碧くって鏡のようなと思ったのはうそだった。

ただ見る、沼。大沼――水の荒野ではないか。この間の嵐に、連銭（れんせん）の荷葉（かよう）はもじゃもじゃに掻き乱された。が、侘びしさはそんなふとしたことの為めではない。水そのものが重たく沈澱して、色さえも、明るい空を反映してさえもどんよりと物憂い。その投げやりな物憂さが、しかし明澄な水よりもなかなかに哀れである。好しと思う。卓抜な文人画風の絵巻は気韻を帯びてじじむさい。心細さが、しかし人の心を救う心細さだ。

岸べに近い水の上に、結び浮べた竹筏（テッパイ）に草屋を構えた漁夫は、のっそりと屋のなかから出て来て静に大きな罾（よつであみ）を上げたが、何もなかったと見えてそのまま静に網を下した。神秘めいた悠長さで空を一目仰いだが漁夫は黙々としてまた再び小屋へかくれた。稍（やや）遠くのことだから小さな姿ばかりで物音もひびかない。——水の面がけだるそうに動いただけだ。湖齢はもう一万五千年以上だ。あと二千年もすれば自ずと死滅するだろう——そう地理学者はこの湖水を相したという。

日月潭は、確に、老病孤愁の相貌を持っている。この水を、一たい人間がどうしようというのだ。

八

小さな橋一つ渡ってから、水は私から見えなくなった。私の駕籠は湖水を後にして小高い丘の方へ行く。丘の道の両側は芝草があって、樹立のぐあいもこれは正しく人の庭である。少し登ると今夜の宿が見えた。

「……さきほどからお待ち申し上げて居りました。それでも大へんお早くお着きで」と言って私が迎えられたというのはそこの宿屋での事である。——そりゃみんな本当の言葉に違いない。今朝から前触れがしてあったそうだ。相手は宿屋だ。前触れがあってみれば待ってはいたろう。こんな山で一月に一度ぐらいの客だから、いくらかは珍らしくもあろう。

泊りの客が三時に着いたのでは早いお着きだ。少しはお世辞を言ってもよかろう。——私はこんな行列で乗込んだほどなのだ。あたりまえだ。

そのあたりまえの言葉が、その女の口からはしんみりとひびいたが、不思議に私の耳に入った。

別嬪かって？

私だっても、その時はまだ声の方に気を取られて顔までは注意していなかった。

お供のひとりがそこに置いた私の小さなかばんを、その女は持ち上げようとした。我々なら片手に三つは持てるほど軽い。それを女は持てなかった。よほどたおやかに出来ている。そこで、かばんはあきらめて、先ず私を座敷へ案内した。なよなよとした後姿（うしろすがた）だ。水色の地に何の花だか極く小さいのが赤いメリンスの帯をしている。

私を座敷へ入れて、手をついてお辞儀をした。顔を上げるところを見た。悪くはない。色が白い。だがそばかすがある。整った顔立で、まるで違うのに、おもかげがどこか、さっき言った私の大好きなひとに似ないではない。が、だがそれだけの事だ。別に恍とも惚ともしなかった。

九

ここの二階の欄干は丸木のままである。五六年前にこの島の共進会があった時、総督府でお客を——それこそ本当の貴賓を案内して泊めるために建てた小屋が、そのまま民間に譲られてこの宿になっている。景色に似つかわしい質素な建物で、それに何よりの事には眺めが素晴らしい。湖光一望のうちとでも言うのであろう。

憂色がある筈だ。水は四面の山々のために幽閉されたのである。あの水がものを言うなら多分は牛のような声で語り出すであろう。その水の面がいま、日影になっている。大きな雲が動いているらしい。水の面の影はする〳〵と爬行してやがて向うの聳えた山の中腹を攀じて行く。早い雲脚が察せられる。

——汗を流して来て、私は欄干に涼しい風を浴びていたのである。

とん、とんと階段を上る足おとがして、さっきの女が、何かと思ったら、また二枚、新らしい名刺を持って来た。

「この方が、お差支えなければちょっとお目にかかりたいと申します。——どういたしましょう。やはり会社の方たちで御座います」という。

工学士で技師の人だ。もうひとりは二八水の運送業とある。この二人の客が来た。工学士というのはやはりもう四十と五十との間ぐらいの紳士で、髪はごま塩である。ふたりとも私と同じように宿の浴衣がけである。その無礼を、工学士があっさりと会釈して、この人は昨夜ちょうど埔里社の方から来たところが、今日は私がここに来るというので話相手のつもりで待っていてくれたのだそうである。そう自分のことを説明して、工学士は運送屋さんを私に引き合せた。会社の運送事業を一切引き受けている人だった。私より五つぐらいは年取っているだろう。だが元気のいゝ男で、向うでは私の方を年長と思うかも知れない。

工学士はしゃれた人だった——工事事業の説明をしてくれたが、ほんのあっさりと一口、要領がよかった。どうせ私になんぞ話したってわかるのじゃないと見てとったのだ。

工学士は畳の上へ指で図を画く。「つ」の字だ。——河がそういう風に流れている。その「つ」の字につつまれて山脈があり、その一帯の山脈のなかに、高原ながらに一ばん凹んだところが湖水である。それがこの日月潭なので——と言って、工学士は「つ」の字の彎曲のなかへ○を小さく描いた。つまり湖水のぐるりは山でその外がわは川なのだ。川上へ行くと水源地は、ここの凹地より高いところである。「つ」の字に曲る河を「つ」に流させずに、水を横取して高いところから真すぐに、○——日月潭の方へ誘導してくる。それには山をつき貫いて水のためにトンネルを抜く。それが何十町だったか忘れたが、ずい分長いトンネルらしい。そのトンネルを流れて水が日月潭へ来る。日月潭は海抜約二千二三百尺だから、一たん日月潭におびきよせた水を、そこから一度に下へきって落す。即ち落差が二千二三百尺。その人工の滝を動力にして電力を起す。世界でも珍らしい工事で、たった一つスイスの山中に適例がある。落差から言って世界で十五六番ぐらいの大工事で、出来上れば台湾全体を、動くものも光るものも悉く電化して未だ余力がある――もっと寒いところならストオブにでもつかいたいくらいだから、やるつもりなら海峡を越えて厦門地方までもわけてやりたい心組だ。――その仕事にここの湖水が、つまりは貯水池として役に立つ。竣工の暁には(と工学士は言った)ここの水も今よりもう一丈は優に深くなる。ここの景色とても悪くなろう筈はない。――折角の工学士の言葉だったけれども抗議が言いたかった。君よ、水深きが故に尊からず。

私は工学士の説明を聞きながら、半ばは事業を壮なりと思い、半ばはそんな事をしてそれが一体何になるのだと人間を軽蔑したい感じがして、それをどちらに決めようかと戸迷いする気持だった。ただ、ふとさっきから近いところで潺湲たる水音を聞きつけて、黙ってそれに耳をすませていた。その様子を工学士は素早く見てとって、説明に補いをしてくれる。――

「いまひびいて来るあの水音がです、あれが今、ここの水のはけ口になっていますが、私どもが滝をこしらえるにいたしましても、やはり自然を利用して、あの同じあたりを加工する予定なのです。」

説明が終って、ちょっとの話がとぎれた時、運送屋さんが帯にからませた金鎖の金時計をちょっと覗いてから工学士に言った。

「どうですお供いたしますか。」

水の向うに化蕃がいる。その怖ろしくない蕃人を見物に行かないかと私を誘うてくれたのだ。四時だが日暮れまでには帰れるという。

「お疲れでさえ無きゃ――」

「いや、おかげさまで歩かないのだから、疲れてなんぞいませんよ――。直ぐ行けますか。」

「さ。舟でたかだか三十分……」

と、言いかけた工学士の言葉を運送屋さんがひったくって、

「そんなにかかるものですか、二十分。――水の上は涼しゅうごす」序(ついで)に運送屋さんが声を張り上げて「おーい」と呼んだ。

足おとが返事をして、女が上って来た。

「いらっしゃると仰言るから、お供をするぜ。――用意は出来ているかい」

「はい。何もかも……」

私は着物でも着替えるかと思った。そのままでよかった。

「でも、夕方になると水の上では少しお寒いかも知れません。——何か、洋服のおシャツでもお召しになっては」

で、着ようと思うと今まで着ていたシャツが無い。女がちょっと汗を落すだけに濯いで今ほしてあるという。私はカバンを開けてもう一つのを着込んだ。

十

橋のそばに、小舟は用意されてあった。さっきの道案内役の監督が、もう一人舟を漕ぐ若者をつれて待っていてくれた。

私と工学士と譲り合ってから舟に乗った。

運送屋さんが手にビールを三四本運送して、そのあとから女が風呂敷包を下げてそのまたうしろから宿に使われているらしい土人の苦力が、何であろう、背の上へちょっとした大きさの壺を一つかついで丘の道を下りて来た。

運送屋と女とは持ったものを持ったまま乗り込んだ。苦力は壺を舟中に置いたと思ふと舟を、ぐっと水の方へつき出した。で、舟は浮んだ。

いつまでしても舟は棹で動く。

「浅いのですね」

「平均一丈五尺です。――この辺はまるで泥田で」――工学士の返事である。

さっき駕籠の上から見た竹筏の漁夫の罾のそばを通った。水がだんだん深くなるかして、やっと櫓になった。

道案内してくれたあの物知りの監督があちこちを指さして示してくれる。こんもり樟(くすのき)のある小さな島が日潭と月潭との境目にある珠仔嶼、浮き島だそうで、ここの八景の第一。こちらの大きな石が、石印――印材の形をしているからであろう。そのつきあたりの我々の舟が今向っている山が――さっき雲翳のよじ上って行った山一たいだが、それが水社大山。運送屋がビールを抜いて、女にみんなのコップへ注がせている。酌をして置いて女は慌てて風呂敷づつみを開けた。重箱のなかに鮒の飴煮と何だかがある。

舟は湖心に浮んでいる。

「ああ、宿のばばあでもつれてくりゃよかった。あれなら三味線でも引いたのに」

工学士が言うと、

「こら」と運送屋が言った――女を見かえりながら「あんなことを言うぞ。な、お前だってそう嫌ったものじゃないねえ」

女は言わなかった――ただ片頰で笑った。それが無理に笑っているので、見ていてへんに、たとえば懸崖にうっぷせに生えて、しかし日を望んで身をねじらせて咲いている花かなどのように切なげだった。私は女のその笑顔をまともに見た。女は水の上へ目をそらしてしまった。水と木との反射のせいか、女の顔は白いというよりは蒼い。目と目との間の静脈が透いて見える。

突き出た岸のこんもりした森のあるところを舟はまがった。

「野郎、櫓の音を聞きつけて出て来やがったな」運送屋がそういう。見ると、展開した眼前、ささやかな入江の岸に、なるほどひとりの爺が立って、西日のあたる顔に目かざしをして、我々の舟を見入っている。「にこ〳〵していやがる。いつも酒をもってくる奴等だと思って、喜んでいやがる」――それが、この蕃人の部落の区長だそうである。已に王土のうちだから区長と呼んで頭目とは言わない。区長だから、メリヤスのシャツを着て支那人のような股引をはいている――蕃衣でないのがどうも甚だもの足りない。

東と南と二方はおもむろに山になって、その山と山との峡、狭い土地が半開の扇になって西北へひらけている。その西北が汀である。百五十年ほどむかし嘉義の方から白鹿を逐うて来た一隊四十人ほどの蕃人が、水社大山で道を失して三日彷徨した果にここを見つけて、そのまま移住してしまったとの事であるが、なるほどうまいところを見つけたものである。高い山をひかえて、前は水だから敵におそわれることも少い。それに西と北との風が水の面を渡ってくるので何より涼しいに違いない。安閑と住み慣れて、外の同類がだん〳〵山奥へ逃げ込むのも知らぬげに、彼等はいつの間にか王土の民になった。勇猛な精神をどこに投げすてたのか、ふるまい酒に酔うて祖先からの神聖な歌と舞踏とを、物好きな旅客に見せものにしている。――おい！　霧社の奥ではお前たちの仲間が、今おれたちの仲間を怖ろしい攻め殺しにしたという噂をお前たちは知っているか。

　延長二十間とはないささやかな曲浦が和らかにうまい舟の着心地であった。舟を漕いでくれた若者が、舟のなかからあの壺を持ち出すと、老区長の前へそれをどしんと置いた――何だか言いながら。区長が、そいつをぐっと片手でひっさげて、それから私たちを顧る。汀から手のとどくほどのところに砦のように築いた石垣の胸壁の真中をなだらかにのぼる道が三十歩。もうそこが広い庭であった。右手に大きな家がある。一棟よりしか見えない。よほど大家族で住めそうな一棟だ。もしかすると、この部落の人々はみんなこの家に住んでいるかと思えるほど。老区長はその家のうす暗いなかへ這入って行った。

　蕃婦が四五人手に手に首の長い背丈よりも長い杵を持ち出した。私たちの方をちらりと見たきり、みんな一つところへ集って立った。それから歌をうたい出すと杵を地面へ搗きおろす。地面には方二尺ばかりの扁平な石があって、杵はその上でかいんと鳴る。ひびく。

細い杵や太い杵や、それらが交々におろされるので、ひびきがそれぞれに違う。あわせるのは御詠歌にまがうような哀れっぽい節である。

五六人の子供が小屋から出てくると、ばらばらと駆け出して、家のうしろの方をどこかへ行った。

老区長が再び出て来た。ひょっとしてもう一杯ぐらいはひっかけて来やしなかったろうか——そのぐらいの間(ひま)はあった。その老区長が我々に何か話しかける。——どうも蕃語じゃない。支那人の使う台湾語だ。舟を漕いだ若者が通訳をする——

「みんなまだ畑にいる。今呼びに行ったから直ぐ帰るだろう。このごろは正月だから毎晩芝屋をしている。夜するのだが折角だから今日は、すこし早目に今から始めて見せてやる」と言ったのだぞうである。「芝居、芝居と言っているが、何、ただ皆でぐるぐるまわり歩くだけの事ですよ」と、通弁が註釈をする。

蕃婦たちは唄っている。杵を搗きおとしては、時々足でその石の上へものを蹴り込む真似をする。地にこぼれた穀類がある心持に相違ない。

「ここで聞くと間抜けているが、これがあの水の上で聞くと何とも言えない。身に沁みるようですよ」と工学士がいう。

「ところがこのごろ、奴等もずるくなってそのいい所で聞えるころになるとやめてしまう。

舟が出るとじきにもうやらない。――以前は、あそこを曲ってから暫く、こちらの櫓がひびくまではやったものだのに」と監督がいう。

「それに近ごろじゃ、杵に合せて、七つ八つからいろはを覚えなんて唄い出すのですからね」と運送屋がいう。

畑に出ているという人々であろう。三々伍々帰って来て、広庭はいつの間にか二三十人の群集になった。

ひとりの若い男が、通りがかりに上機嫌で我々に云う――通弁によると「今から芝居をする。だが正月だからいい着物を着替える。その間少し待て」という。正月と言って、蕃人の暦日では粟の熟れた時が正月なのだそうである。

なるほど、間もなくみんな着替えて来た。鮮朱色の織模様のどっさりある衣服だ。それは狩猟の時、戦の時、それから祝祭の時にだけ着る神聖な晴着である。そうして今日こその祝祭である。男のものは陣羽織に酷似している。さっき少し待てと言ったあの若者が現れた。彼は最も華やかな装束だった。胸には勲章のように丸い貝殻をくっつけている。彼が家柄の者であるというしるしである。きっと区長の息子であろう。屈強な若者だ。惜しいことに、晴れの蕃衣の下にメリヤスを――しかも真新の奴を着込んでいる。メリヤスなど着ているのは老区長とこの若者だけだ。ここではメリヤスは宝に違いない。しかし、このメリヤスさえ着込んでなきゃ、私はこの若者を怖ろしく思ったろう。

少女がひとり我々のそばに立っている。赤い毛糸を房にして髪に飾ってある。やはり祝の衣裳である。帆布のような前掛けで腰から下を包んでしまって、その上に男のものより却って地味な縞の、短い——極く短いジャケツを着ている。男のものには袖はないが、女のには一めんに手頸までくるんでしまう細長い袖がある。袖は長いのに胴は短い。あまり短いので、腰をつつんだ布と、上衣との間に裸の肌が栗色をしてのぞき出ている。運送屋がそっとその上衣を指でつまんで、背中の肌をのぞく真似をした。少女は自分の乳房のあたりを両手でかくして、肩をすくめながら、ふりかえった。異性の不作法を咎める愛嬌のある怒が目に現れて、しかし口角は微笑しながら逃げて行ってしまった。十四五にはなっていたろう。

やがて群集が出揃って、「芝居」は、前庭の一段ひくいところにあるらしい。

みんな円く手をつないだ。それからまわり出した。杵を搗きながらうたう唄と、その舞踏とどんな関係があるか知らないが、唄もまた始った。手をつないで大きな輪がまわる。手を放して、今度は各、前の人とだけ両手をとり合って、小さくぐるりと、ふたりずつでまわる。その手をはなして、またみんなが手をつなぐと大きな輪が動く。手をまた放して、今度は各、後の人と両手をとり合って、小さくぐるりと、ふたりずつでまわる。——まずそういう風で、幼稚園の子どもたちがするものに似ている。その合間合間には、輪に加わらない仲間のものが行って、輪のものに酒杯をやる。列の手を放してその杯を受取る。その間を大きな輪はみんな一休みする。酒をもらったものは、異様に素早い手つきで、額のあたりで天を指し胸のあたりで地を指し、それから、口の前に今まで別の片手で用意していた杯に初めて脣をつける。酒をまず天と地とに飲ませて置いて後に自分で飲むのだそうである。そう言えば、指が天地を差す時にまず杯のなかへ、その指を浸すようなことをした——何しろ、あまり早い手つきで目にもとまらないが。なかには飲まないのがいて、そういうのはその度ごとに圏外へ出て、予ねて用意してあるらしい小さな甕のなかへ自分の杯のを流し込む。しかし大がいは飲む。娘でも飲む。杯を持って行くと手を長く出す。子供はこの輪には加っていない。老人もいない。老区長は外に乳飲児を抱いた二三の女などを見物しながら、土の上へしゃがんで、手酌でなかなかやっている。

「いつまでも同じことをするのだね、あのやけにぐる〳〵倒れそうにまわるのをはやく見せないかな。——つむじ風のようなのを」

と運送屋がいうと、監督が答える、

「あの男ばかりでやるやつだろう。ありゃ最後でなくっちゃやらない」

「ひどく涼しくなったじゃないか。や！　あれだ。来るぜ、君、ひと降り。ね。——どこかでやっているぞ」工学士がいう。

なるほど。西北の空がすさまじいほど黝い。そのせいだか、急にあたりも暮れて来た。

私が言った――

「もうそろ〱帰りましょうか。今に夕立ですね」

十一

「やあ、急ぐわ！　急ぐわ！　――お客があったらしいぞ。早く帰らぬと酒が無くなるぞという勢で」誰かそんな事を云った。ほんとうに然うだかどうだか、何しろ全く素晴らしく早い。――独木舟が一隻、飛鳥のように櫂を動かして来る。どこか遠方の耕作地へ行っていたのが帰って来るのであろう。小さかったのが、見る見る間近になったけれど、深い夕闇にその舟にはいくたりいるやらもわからない。擦れちがわないうちに、こちらの舟がぐるりと向を変えてしまった。

ひとの舟どころではない。自分の舟の人顔でさえ、煙草を吸わなきゃもう見わけがつかない。ただ女の顔が瓜実形にほの白く浮いてはいる。いつの間にこんなにとっぷり暮れてしまったのだろう。このひやりとする風の工合と言い、まるで秋の夕暮ではないか。いや、全く秋には違いないのだ。もう九月の半もすぎた。この島でこそ無窮の夏だが、内地ならもう昼だって秋風だ。

――ふと故郷恋しの思いがあった……

漁夫の竹筏のうえに灯がともってかがやき出した。小さな光は動かぬ水の上へながながと影を映して。

闇というものは不思議なものだ。昼間は耳にも入らなかった櫓の音がへんに陰気だ。それに蕃人の杵の音が今だに鳴っている。いかにも、遠方から聞くと木と石との音とは思えない金属的な、戛然たる響である。四辺の山にこもり、水をふるわせて、景色全体がどうやら怯え戦いている。度を超えて哀切なのである。

舟中の人々は、申し合せたように押黙ってしまった。

「いつまでも杵を鳴すじゃないか」とうとう運送屋がものを言った。

「昔どおり、櫓のひびきが聞える間は杵を鳴らせと、さっきそう言っておいた」櫓を精一杯に操りながら、さっき通弁した若者が言った、――何故か不機嫌らしい声で。

それっきりまたしても皆黙った。

西の空でしきりに遠稲妻がする。

しかし岸はもう近い。漁の竹筏が近づいて来た。

「×××××」何だか知らないが、舟のなかから大声に吐鳴った。その声が山彦した。

――櫓の若者が漁夫に言いかけたのだった。

「××××××××××」何だか漁夫が答えた。

「え、大きな鯉だって？」と、これは静かに監督の声である。

「いや――鯉はない。鮒なら大きいのがとれたと言ったのでさ」若者が説明する。

「工事が出来上るとなりゃ、この漁師どももどこかへ片づけてやらなきゃ。――ここでは漁が出来なくなる。行くところはあるか知ら。そんなことも今から考えて置いてやらなきゃなるまいが。……」工学士は、誰に相談するともなくそんなことをいう。

「あら！　提灯を持ってうちから迎えに来たようですわ。ね、下りてくるでしょう」女が運送屋に言いかけた。

なるほど見える。坂を下りてくる。

「櫓のひびきを聞きつけて来たのだな」

言いながら漕手は、棹に持ち代えた。

ざわ〳〵と蘆だか葦だかが葉ずれがしてゆれる。

舟から岸へ上り際に、空を見上げた額へ、ぽつり、と冷たいのが落ちた。だが提灯と一緒に傘も二本あった。

「汝(リ)」と女が迎えに来た男に、さっき蕃人へ手土産の酒壺を舟まで運込んだ苦力に言った。

「わたし急ぐ。汝、舟かたづけてくれるか」

「応了（オーラ）」苦力が答えぬうちに、漕いだ若者がいう。「俺がやってやる」

「ハハ。いい女は違ったものだ」

運送屋のからかうのなどは聞き捨てに、女は慣れた道だから、暗がりを大急ぎで道を登って行った。

運送屋が監督とあい〳〵傘で、若者と苦力とが片づけるのに灯を見せてやっている。工学士と私とはあかりなしでは歩けないから待つ。

「御免。提灯持ちだからお先きへ」――その提灯持ちのあとへ私たちはついて行く。私たちのあとへ、ものを持った苦力と若者とが来る。

「あの女、まだ苦しそうだね」

「うん。――でもよく助かったのさ。たった一月ほどの間によくあれだけになった」

提灯持ちたちの話である。あの女――というのは今前へ行った女らしいが、病み上りなのか……

「でも、馬鹿なことをするものだな」

「ふむ。――だがふたり目も三人目もじゃ、おろしでもしなきゃ。――可哀そうは可哀そうさねえ」

私は利き耳を立てた――しかし、噂はそれっきりであった。

十二

奇体な雨だった。よほど私に遠慮すると見える。――陸へ着くとふり出した。家へ着くと土砂ぶりになった。

音を立てて、一陣の疾風(はやて)が吹きつけた。嵐だ。――北の障子へぶっかける。けたたましい足音がして「御免下さい」と叫びながら女が、小走りに座敷へかけ込んで来た。戸を閉めに。障子をあけると、風が突当って奥の襖が外れそう。女中はびっくりして障子を細目にした。それはよかったが、一向に戸が動かぬらしい。

「――駄目か。どうれ！　僕がしめよう」

女はうろたえた声で「畏れ入ります」

つっかかっていたが、二枚の戸はわけなく閉った。が障子の裾はびっしょり雨に打たれていた。女は東の戸を――ここは縁側だからそう慌てることもないが、すっかり閉めてしまうと、来て手をついて改めて礼を言う。息が切れたらしい声である。

人騒がせな気違い天気が！　風は、大風だったが、たった一陣通っただけであった。礫のような雨も衰えて、やがてこけら葺きの屋根にもちょうどいい程な雨になった。時雨みたようなと私はそれを親しみながら、ランプのかげにしょんぼりしていると夕飯が運ばれた。

「さきほどは畏れ入りました」

「ひどい天気だったね」

「――あんなのが時々ございます」

…………………

「いつこちらへお出(いで)でございました。台湾へは」

「七月の初めだ。――そう言っても通用しない。このとおりの顔色だ。すっかり台湾色だ。しかしこりゃ内地からの持ち越しだよ、僕のは」

「あら!」

「……君は何時来た」

「もう、四年目ですわ――二十の年に来ましたから」

「君はそんな年かい。――別嬪にはいろ〳〵な徳があるな。内地はどこだ」

「関西です」

「そりゃ判っている」

「長浜ですわ、江州の」

「江州の長浜？　というと、よく聞くところだが？」

「そら、縮緬の出る……」

「うん、然うか。」

……………

「御見物をなされば直ぐ内地へおかえりなさいますか」

「あ、帰るよ——なぜ？」

「お羨しゅうございます」

「帰りたいかい、君も」

「え！　こんなことなら来るのじゃなかったとよく思います。そりゃ内地が恋しゅうございます」女は思いがけなくしみじみと言った。「……わたしは考なしに来たのでございました。……兄さんが来いというから、兄さんをたよって来たのです。——台中で写真屋をしていますわ、え、今でも。運が悪いのですわね、私は。兄さんのところへお嫁が来てから私、兄さんと仲が悪くなったのです、お嫁さんが邪魔にしますからね。長浜でだってもそうですわ、お父さんは年寄りのくせに若いあといりを連れて来たものだから——お父さんは邪魔にはしませんけれど、私はその来たひとと気が合わないのです。でも、ここにいるよりは長浜の方がまだしもよかった——糸とりをしていたから、私ひとりだけのことは自分でしていたのです」

女は尋ねもしないことを、ぽつり〳〵手繰るように語りつゞけた——ひとり言めいて素直に。ランプのかげにうなだれて袂を弄んでいる。私が食事を終えても催促をするまではお茶も気がつかない。

江州長浜の糸とり娘というのが、あたりの景と情とに対して妙に支那めいた牧歌のような気持を私に感じさせた。さっき舟を下りてから耳に這入った提灯もちどもの噂ばなしの一端も私の心にはある。もっと立入って身の上ばなしを聞いたら、白楽天は歌うかどうか知らないが、松崎天民なら書くだろう。しかし私はむこうで言うだけしか聞かなかった。そうしてあとは雨の音を聴いていた。

十三

八畳の座敷へ六畳の幮（かや）だが、ひとり寝にはゆっくりの広さだ。幮はにおいのするほど新らしい。蒸し暑いどころではない。少しひやりとするぐらいである。この島にだって山の中には秋の夜もある。

私は遠方の人へはがきでも——いや手紙の方がいい、書きたいような気持だった。何というようなことではない。ただこの水のほとりの一軒家の夜に於ての秋の情懐を。そうして誰にといって別に思い出すようなあてもなかった。でももし手もとにペンと紙と切手があって、郵便局が直ぐなら、或は誰かに一筆書かぬとは限らない。しかしこの里には郵便局さえないので、ここで書いた手紙でも五六里も行って明日出すとなれば、枯れてにおいが抜けそうで私は書こうとは思わなくなった。——枕もとから遠くの豆ランプを消した。眠れない。

——その筈だ。まだ九時すぎたばかりだろう。

しかし何という静かさだろう。近いところに例の潺湲とひびく水があるきりで何の音もない。どうやら雨もやんだらしい。工学士の座敷は私の真下らしい。今のさっきまで話声がしていたが。……と、静かに階段をのぼる音がして、私は耳を立てたが、女の足音だ——それが私の障子の前でとまって、やがて声がした。

「もうし。もうお眠りなさいましたか」

「いや。——目は覚めている。用かい」

「あの、雨がすっかり晴れました。月が出ましたが御覧になりませんか。御覧になるならば雨戸をおあけ申します」

私は答えた。「そうか。頼む。開けて貰おう」

女は沢山あけるようだ——「おい、一枚だけでよかろう」そう言って私は𢅻を出た。

向山に、なるほど月かげが射している——ほんの峯の尾だけ。あの山は昼間見たよりは遠い。峯だけでは仕方がないと思っていると、やっぱり雲のせいだった。だんだん月かげがひろがって、山裾まで明るくなってくる。が、待っていてもそれっきりもう水までは映らない——早い月が傾いたのだ。水はこちらの山の影になっているのだ。近い景色はくらい。その黒い梢の上に水がぼんやり白い。

「水の上が見えるとよろしゅうございますのに」

女も月のことを言うのだ。女はいつの間にか私のうしろに、殆んど私と並んで立っている——一枚の戸の隙間から人がふたり外を見るのだ。すれ〳〵に近い。で、話の主人公たる旅人はその女の肩に手をかけたかい——って？　僕より君の方が小説家だね。全く君の言うとおりの方が小説らしい。が——事実は、私はたゞ、幮を出てから思い出して新らしく吸いつけた煙草の吸いがらを、ひょいと外へ投げただけだった。そうして言った。

「有難う。もう閉めていい」

私は座敷へ這入って、障子をしめて、幮をくぐった。

女はまだ欄干のところにいた。二三分してから戸を閉めた。さて黙って階段を下りて行った。——正直にいうが、どうも少し平静を欠く二三分だった。

ほんのもう少し、まださきがある。

十四

次の朝だ。やはり朝めしの時の会話だ。女は私に見物さえすれば東京へ帰るのかという。そうだと答えると、ここから東京まで何日かかるかときく。まあまっ直ぐ行けば十日だろうがというと、郵便ならばという。郵便ならば船の都合さえよきゃ一週間、船の都合が悪ければ——でも十日はかかるまい。人のように道中で休まずともいいからと答える。すると女は小包ならと重ねて問う。仔細がありそうだからよく聞いて見ると、もう一ヶ月以上も前に東京へ指輪を註文した。それが今だに来ないのだという。私はおかしいと思った

——

「自分で註文したの」

「…………」女はしばらくためらってから「いいえ。外の人が手紙を出してくれたのですけれども」

そりゃ男かい。だまされているのだよ——と私は言いたかったが、その代りに答えた

——

「ふむ。もう届かなきゃへんだね」

「さいそくをしてもいいでしょうか」

「店へね。――そう、催促したっていゝだろうとも。頼んで、来ないものなら」

駕籠が――きのうのが、もう来て待っている。私は慌しく仕度をした。

人々に見守られて駕籠に乗った。工学士は私を見送ったら直ぐ集々へ行くのだともう仕度をしたままで私に挨拶をする。私はまた工学士が来たというその埔里社へ行くのである。

駕籠はきのう登ったのとは別のところから、この宿の広い芝生の庭を下りて行く。樹立のなかのいい道である。ほんの半丁も来たところに、うしろから呼ぶ声がする――「××××」土語だった。

「××」輿丁が答えて私の駕籠がとまった。

樹立のなかから小走りに、女が出て来た。手に四つに折ったハンケチを二枚持ってそれを私に差出しながら、例の息切れのした声で言う――

「お忘れものを致させました。きのうポケットから出して濯いで置きましたのを、あまり慌てたものですから御返しするのを忘れて居りました」

私は駕籠の上から手を差し延べて、その真白くなったハンカチを受取りながら、片手ではヘルメットをちょっと脱いで、

「有難う、わざ〳〵持って来てくれるほどのものじゃないのに」

動き出した私の駕籠に向って女は言った。「ではお大事に。ごきげんよう」

一丁ほど私たちは歩いた。

運送屋が今日は、お供というのではないが道が同じだというので一行に加わった。その運送屋はどうもあの女のことが何故だか気になるらしい。今、女を見てまた思い出したのだろう。昨日のつづきらしいのを監督に持ちかけた――

「で何かい。相手はわからないかねえ」

「わからない、何しろ覚えのある人が沢山ありそうなのだから。ハ、ハ、ハ」――監督は嘲りを含めずに、ただ素直に笑った。

彼等はしばらく自分たちの話に耽っていたが、ふと私を思い出したらしく運送屋は言った――

「恐れ入りますが、一つカメラへ入って下さい。その椅子駕籠に乗っていられるところなぞは珍らしい。いい記念です」

「×××」土語で運送屋は輿丁に命じた。で、駕籠はとまった。

運送屋が肩にかけていた写真機を下ろす間に、監督は思い出したように道の辺の茅を一つひき抜いた。それを揉んで私に渡しながら言う――

「これが、香水茅でございます。神戸の鈴木商会が南洋から持って来て試験してみましたが駄目だそうでございます。やっぱり風土が違うせいか、香水をとるほどには匂わぬそうです——でも匂いはいたしましょう」

匂う。

再び駕籠が動き出してからも、私はしばらくは放さずに揉まれた香水茅を鼻に匂うていた。ふとクリスチナ・ロセッチに詩があった事を思い出して、その原詩ははっきり思い出さないやつを、私は駕籠の上でいいかげんに口ずさんでみた——

「いざさらば」むかしはおとめ子、こい人を戦の庭におくるとてかく言いぬ。

「いざさらば」いまははたごの厨女（くりやめ）が、朝戸出の朝の旅びとがうしろでに言う。

十五

何？　うまい訳詩だって？　その調子じゃその女とも一緒に月を見ただけじゃなさそうだって？

君にギリシャだかラテンだかの格言を一つ教えよう——「疑う者に恥あれ」

しかし、私は考えるのさ。あそこに私が一ヶ月あの女と一緒にいたとしたら、私は今この格言を君に教えることが出来るかどうか——全く。

しかしだね。私の心にふれたものは、それはあの女じゃなく、あの女の抱いていたその悲しみではないだろうか。私はその時の魅惑の正体を今はそう解釈している。──殖民地にいる男たちが、あの女に心を牽かれるとしたら、私にはそれが何だかひどく面白い。──旅びとは道の辺の秋草に目をとめるよ。そうして私は、嵐の次の朝に砕けている秋草を見たのであったろう。

霧社

初出：『改造』一九二五年三月号
写真は、「霧社全景」（一九二〇年代の絵葉書より）

1

霧社の日本人は蕃人の蜂起のために皆殺しされた――という噂を初めて耳にしたのは集々街に於てである。宿屋で隣室の客が話し合っていたのである。霧社は予の旅程から言って両三日の後に予がそこに在るべき土地である。予はそこを経て能高山に登り、蕃界の山川と蕃人の生活とをほんの一瞥ではあるが兎も角も見る志である。それだのにもしこの噂にして事実であったら、社会的の一大事であると同時に、渺たる一旅客予にとっても甚だ困る。ついに蕃界を見る機会がないわけである。さきには阿里山を見ず、今もし能高に行けないとすれば予の行程はその興味の大半を失ったことになる。しかしこの噂は疑われた。霧社は、そもそも蕃界第一の都会――と言ってもいいだろう、そこには尠くとも百人以上の内地人が在住しているし、従ってその社の蕃人たちもそれほど野蛮ではない筈である。第一に百人以上の内地人が皆殺しされるということは考えられない事である。と、こういうのがどうも本当らしく聞かれる。日月潭まで来て、果してその噂がよほど誇張的なものだということがわかった。場所も亦霧社ではなくその奥だという事が、埔里社から来た人によって確になった。それでも予が果して、霧社から能高へ行くことが出来るかどうかは未だ判らなかった。埔里社まで行けば勿論確実なことは知れるに違いない。埔里社は霧社への関門だからである。

この噂を聞いてから三日目に、予はその埔里社へ来た。予は日月潭から埔里社へ出る山間の路や、田甫の中などで三四の人々が、肩に銃器を用意して、その帽子のうしろには白い日覆を肩の上へひら〳〵垂れながら予と同じ方角へ急ぐのを見た。蕃人討伐の為めに召集された巡査たちが埔里社の役所に集るのであることが知れる。

埔里社では、すべての事情がはっきりした。不穏を働いたのはサラマオの蕃人で、殺されたのは七人だという事であった。サラマオは埔里社から山の向う稍(やや)東寄りの南十五里ぐらい奥だ——能高山とは自ら方角が違う、という事であった。然し、と狼狽し切っている埔里社の役人は言った——霧社へ行くことは勿論出来る。ただそこから更に能高へ行くことの危険の程度は、霧社へ行ってみなければ断言出来ない。先刻その問題に就て、霧社の支庁へ電話をかけたが通じなかった、と。

ともかく明朝、霧社まで行くことに決めた。程近い山地にも二三の蕃社があるけれど、霧社まで行くつもりならばわざ〳〵見るにも及ぶまいというので、その日の残りの三四時間を、予はその地の物産陳列所などに案内された。ここは台湾の殆んど中心地であり、高峯に囲まれた盆地であり、地勢の関係か蛇や蝶などの特異な種類があるので学問上でも有名な地方であると聞いた。物産陳列所には、なるほどピンに刺された蝶の標本が沢山あった。またごく近い昔にまだ清朝の領土であるころ、この地で大きな内乱があったことなども聞いた。

人々が予を案内してくれた宿は、この市街の第一のもので、その部屋はしかも、先年佐久間総督が来泊する時に、わざわざ新築したという十畳に八畳の別館であった。

人々の予を遇することとこのように篤いのは、S民政長官が文士たる予を賓客として扱うように人々に命じてくれたからである。過分なことで感謝に耐えない。為めに予はどれだけ便宜を得たかわからない。近い一例が、もし長官の言葉がなかったならば、そんなに早く蕃地に入ることの許可を与えられなかったろうし、またこの際だから一旦与えられたものでも取消されたかも知れないのである。

盆地にあるこの市街は、風の訪れを受ける便利がないと見えて、夜になっても清涼を感じない。偶々入る風があっても、それは焼けて冷め切らない平野からの熱を帯びた空気の移動である。予は好まないけれども電扇（内地人の所謂煽風器）なしには床のなかにいることが出来ない。灯を消すと、庭の隅には動くことのない一叢の竹が立っていて、その葉を臥ながら見ると月が射している。その竹のあちらの垣根のそとは田であるが、墻に沿うて畦道があるらしく姿も見えない人が語りながら行く。男女の声である。土音であるから意味は判らない。――旅情。

2

霧社の山麓までは台車が通う。

同行してくれるのは人こそ三度代ったが、やはり日月潭の水電会社の役員である。但、この人は他に事故があってたとい予が能高へ行くにしても、霧社までより同行してはくれないと言う。台車は、昨日この市街に入る時にその名を教えられた臥牛山の前を、そうして伏虎山の後を行く。緩やかだけれども登りの傾斜である小さな川に沿うている。予等の車は他の四五車を追い越した。その台車にはそれぞれ相似た菰包みの荷物があって、そのうしろを押して行く二人の人夫の姿勢によって、それは見かけのわりに重量のある運搬物だということが知れる。蕃人討伐隊が少し大がかりに組織されると聞いたから、何か兵器ででもあるか、否か。

約二時間の後に、予等は麓の掛茶屋にあった。台車の発着所で店の前の崖の上にはやはり菰包みのような荷物が積み上げてある。中には米俵のようなものも大分ある。予の手荷物――と言っても小さなカバン一つであるが――を運搬する人足を待つ間に、店の女房は今度の事件に就て彼女の聞いたところを話した。話というよりも憤を持って訴えるという語調である。予を新聞記者と思ったらしい。言う——

サラマオの日本人は鏖殺（みなごろし）しだ。合せて七人。警察の人々とその家族、悉く首をとられた。気の毒なのは署長のおかみさんだ。憎い蛮人どもはその腹を割いて子供まで引き出した。おかみさんは懐妊していたのだ。八ヶ月の胎児である。最も惨（むご）いのはその胎児の首さえ捲（も）いで行った。何しろ、実に突然の暴動で援助を求める隙はなかった。尤もその両三日前から多少の兆はなかった事はない。蕃人達は何か望外な要求をした。他の蕃社にも許可したのだから我々にも許可すべきが当然だというのに対して、署長は答えた。——たとい他の社に許すとしてもこの社と他の社とでは事情の相異する場合もある。ましてその要求は他のどの蕃社にも許可した筈はないのである。お前たちの聞き違いだ。署長は一たん刎ねつけた。しかし彼等はその次の日にもまた同じ要求を繰返しに来た。（その要求とは何か、予は具体的に知りたかったから尋ねたけれども彼女も知らなかった。ただ「何しろ、そいつらは難題をそれと知って持ち掛けあがったのですよ」）その日は前日に比べて更に多人数であったから、署長は代表者を選ばせた上で会見した。多少の不安を覚えたので、熟考した上で改めて返事をすると答えてよくなだめて帰した。それが夕方の事であった。するとその次の日の朝——今から四日前の日である。まだ八時頃だった。ほんの五六人の人数で、昨日の返事を求めた。ごくおとなしい調子であったという。署長は到底駄目だと答えると、彼等の態度は急に変った。急に外へ飛び出した。署長は不穏と見て「マタラ、マタラ」（蓋し、蕃語の「待て」であろう）と呼びかけた時には、マタラも何もないという勢で、裏の山から一度に群集が駆け下りて、皆つかまえて殺してしまうと、役所に火をつけ、声を揚げながら山の奥へ引き上げてしまった。す早さは予ねて諜し合せてあったとより思えない。首のない人々の死屍は焼け爛れて見出された。

茶店の女房はその場にい合せたかのように話す。しかも本当らしい段取である。残らず殺されながら、どうして事情がわかったろう。予の同行者も予と同じ疑問を持ったらしく、蕃人の捕虜でもあったかと尋ねると、彼女は一人助かった人があって、その巡査の報告だと言った。その人は危しと見るとすぐに床下へ身を隠した。火を放たれたけれども不思議と怪我一つなしに、気がついて、蕃人が引上げてあたりは鎮かなのを見ると最も近い他の蕃社の警察まで逃げて来た。火の手がそこから見えたので人々は怪しんでいたところだったと言う。

一人でも生き残った者があれば皆殺しではない。しかし皆殺しと言わなければ勢を伝えないようだ。予は多少の恐怖を感じながら、蕃人たちの騒ぎはそれ以来鎮まったかどうかを問うた——これは愚問だった。女の言葉は要を得ていた、

「鎮まるも何も！　あいつらが鎮まったって、今度はこちらが鎮まりようはありゃしませんやね」

この言葉のなかには敵愾心がある。そうして予がこの噂を耳にした当初から、「日本人は皆殺」という言葉が使用されている。理智的に厳密に言えば「内地人が皆殺」でなければならない。そう呼ぶように統治者も教えてはいるのである。

能高へ行くことの危険の程度に就ては、このあたりの事情に通じたらしい茶屋の女房にも断言はなかった。

3

林のなかの道で干高い人声がして、現れたのは一団の蕃人であった。皆腰に蕃刀を吊してあった。しかし彼等がこの山坂の運搬人夫なのだ。茶屋の女房は蕃語を操りながらそれらのうちのひとりに予の荷物を運ぶように命じた。命ぜられたのは小柄な男だった。しかし別の大きな奴が予のカバンを持ちそうにした。茶屋の女房は何か厳しい顔をして叱ると、大きな男は渋々それを小男に返した。これもやはり一種のごく小さな生存競争であった事が後にわかった。というのはこの山坂を運搬するには一個の荷物は大小に拘わらず一人の労力はすべて五銭の均一だった。大男は私の小さな荷物を持ちたかったのだ。それは言うまでもなく、そこに積み上げられてある菰包みや米俵を仮りに十銭で持つよりはずっとよかった。

霧社までの山道は三十丁ぐらいであった。大たいS字形に登った。山裾に渓流があり、またそのあたりには楓樹があった。殆んど内地の景色と同じで、も少し奥へ行けば、紅葉さえするということである。道々、向うから三々五々打ちつれて下りてくる蕃人がある。みな、あの麓の茶屋の前にある荷物を運ぶために来たのだ。みな蕃衣を纏うて、頭は蓬々と生えているのに、なかに偶ひとり、帽子を戴いたものがある。軍帽の形をした内地では車夫のよく用いているものである。この男はその帽子の下の毛を短く散髪してある。そうしてもう一つ人目をひく事には、この男が文明病に罹っているのはその風采の趣味だけではないと見える。彼の鼻梁は気の毒にも落ちてしまっていて、醜い鼻の穴が顔の中心にのさばっている。この蕃地に、しかも蕃人のなかに梅毒患者を発見するのは予にとって意外である。予はやや遠くからこの注目すべき男を見付けた。すると彼は予と行きすぎようとする前に、その帽子の庇に手をかけながら

「コンチハ」

と、予に会釈をした。

4

急坂を一気にのぼり尽して、山頂に出た。目の前に広い道路が展けていた。そこが霧社の街であった。

霧社は海抜約五千尺の高地に在る。

長さと広さとの関係のために、路は寧ろ広場であった。そこに蕃人たちが点々と右往左往している。つき当りにある建物が一見ここの役所である。そうして路の両側に、各三四十軒ほどの家並があって、また街道樹が植えてあった。桜である。この家並は云うまでもなく内地人の住宅で、蕃社は山かげのあちらこちらに散在しているという。

今夜予が宿泊すべきところは、霧社倶楽部である。ここには旅館というものはなく、ごく稀にある旅客のためにこの倶楽部がある。実質に於ては普通の宿屋と何の変るところもない。主人が出て来て、今日の椿事に就てはあの茶屋の女房と全く同じ談をもう一度聞かせた。蕃人の騒ぎは近年全くあとを絶っていたのに、こんな椿事が出来してはいずれ軍隊の出動を見ることだろう、という説であった。それから能高へ行くことは必ずしも不可能でないことを説明してから、ともかくも第一に支庁を訪うべき予をそこへ案内してくれた。何事も支庁の意見によって定めなければならない。

桜はこの地では二月のうちに花咲くそうである。——その木の下を通りながら倶楽部主人の答。

役所は案外広かった。四ツのテニスコートをするに足る庭には、一群の蕃人が集っている。役人がひとり彼等と何事かを計っている。蕃地に於ける内地人の唯一の市街にあるものだけに、多方向の雑多な事務があるに違いない。沢山の椅子が並んでいた。しかも二三の席の外はみんな空席だった。サラマオへ出張したのだ。支庁長も不在であった。予の面会したのは次席の役人であった。彼は埔里社から再度の電話によって、予のここに来ることを待っていてくれた。彼は言う。——能高登山の事は不可能ではなく、危険は万々ないと思う。但、蕃地旅行者のために普通、常に、二名の警察官を同行せしめて保護するのであるが、この際無人のために、唯一人の警察官より同行せしめることが出来ない。この事は了解されたい。その代りに別に一人の蕃丁を武装させてお供させよう。しかし、たとい方角が違うとは言え平時ではない今日、しかも平時よりも不充分な警護に就て、もし貴下が不安を感ぜられるならば、敢て決行をおすすめしないつもりである、と。予は事務多端の折から閑人のために考慮を煩わすことを謝してから、予定のとおりに山へ行くつもりだと答えた。考えるまでもなく予は危険を少しも感じなかったからである。予の返事に対して役人は重ねて言った。——今日の夕方になれば多分、各方面から警察官の相当な人数が集るだろうし、同行者に就ても更に好都合が生ずるかも知れない。また暴動蕃人に関してもその引上げた場所や警備しなければならない個所など一層確実な報告に接する筈であるが特別な事情が生じない限りは、明朝出発されていい。その用意を命じて置こう。

予は役所でもう一つ用があった。というのは予は内地で屢々蕃人の手になった工芸的物品を見たことがあって、蕃地でもしその種の気に入ったものがあれば手に入れたい希望を持っていた。しかし物品の取引は直接蕃人とすることは一切禁じられているので、その代り蕃地の役所には諸所に物品交易所がある。予はそれを一見したかったのだ。先刻、倶楽部の主人に教えられて役所の一隅にある極く小さな一棟が交易所だと知ったけれども、それは閉鎖されてあった――いつもは無論公開してあるのだそうだけれども。混雑の場合のん気なようで躊躇されたが、その事に就て言って見た。役人は気軽るに鍵を取出して、それを下役に渡し予をそこへ案内するように命じてくれた。

突然、受付の前へ、一群の蕃丁たちが口々に喋り立てながら這入って来た。何ごとが生じたかと思った。彼等は一くるみの品物を提げていて、開いた所を見ると、それは内地の木綿縞で出来た古い着物が五六枚であった。縞柄から見て、何れも三十ぐらいの女のものである。彼等はそれの事を言っているのである。わけを尋ねてみると、若い役人は、あれはサラマオ蕃人からの分捕品を持って帰ったのだと言っていた。品物が品物だけに予は奇異に感じた。

折角、鍵を開けて貰って入った物品交易所には殆んど何もなかった。若干の毛皮、重に鹿。それから蕃衣布。予は布が欲しかったのだ。しかしここにある物は見るに足らない。毛糸を用いる代りに赤い木綿糸で織られ、技芸的にも拙劣なものであった。蕃人の製品は乏しかったが、蕃人の為めに備えてある内地品はいろいろあった。糸、毛糸、メリヤス、縞や染絣の木綿織物、最も粗悪なものというのは言うまでもない。

5

支庁の門を出ると、例の広場のような街に簇る(むらが)ほどの蕃丁が、彼方から支庁の方へ進んで来る。土砂を足もとから立てながら、四五十人もいるだろう。不気味なほどだ。その蕃丁たちの先頭に立って、ひとりの奇異な人物がいる。古風で不器用ではあるが庇髪につかねて、身には内地風に仕立てたニコニコ絣の単衣をつけて、草履をはいている――他の者のように裸足ではない。巾広の女帯らしいものを巻いている。男の着物のように腰上げもせずに着て、しかもそれがツンツルテンに短い。それはこの人物が異常に背が高いからである。そうして胸を張って、そのために一種の威風さえ具えて、足や背丈やその姿勢や態度、男に似てはいるが、一見やはりその風俗のとおり女である。近づいたのを見れば怖ろしくはあるが骨格風貌もとより女で、しかも日本人——内地人の風俗ではあるが蕃婦である。顔には刺青がある。彼女は男にも優る背丈と風俗の異様なこととそれに一同の先頭にいることとで、恰もその一団の蕃丁を指揮しているかのように見える。事実、予は行き過ぎる時に、彼女が後に従って来る男どもに大声で何かを言っているのを聞いた。たしかに命令をする人の口調であった。

予は怪しんで一人の彼女と大勢の彼等とを見送った。倶楽部の主人は既に一足先に帰っていて、予はその現場で聞くことは出来なかったから、帰って後に今見て来た女のことを話すと、倶楽部主人はそれはあの女だろうと言った。そのあの女に就て彼は次のように説明した——

よほど以前、ここへ最初に来た日本人——と言えば先ず巡査のような人だが、それがあの女を、女房にしたのだ。しかし彼は後に他の地方へ転任する時に、彼女をほり放して逃げた。一度、他の種族に婚した女はどんな事情があろうとも二度とは生れた蕃社へ帰れないのが、蕃人の社会制度の一つである。彼女はひとり取残されて、しかも再び自分の仲間へ帰ることさえもならないでいるのを見て、それを気の毒に思いまた内地人の面目にも関するというので後に来た役人は、彼女を役所の蕃語通弁のような者として傭うことにした。いずれは僅かなものではあろうがともかくも月給のようなものを与えられている。貴下の見たのはその女に相違ない。彼女は今日は附近の蕃社へ糧食運搬の人夫を徴集に行った筈だ。

いかにもそう聞くとその女に違いなかった。年のほどは解らないが、まだ四十前だろう。

夕方になって果して軍隊がこの街へ入って来た。僅か一小隊にしかすぎなかったが。

6

夕飯を運んで来たのを見ると、この家の女中もやはり蕃人であった。これは年もまだ若く、顔立も醜くはなかった。風俗は蕃衣ではなく支那風のもので——即ち褌と短衣とを纏うている。

不慣れな手つきで給侍をするこの女と、予は試みに語った。名を聞くと、

「オハナチャン」

鸚鵡のような語調であった。お花ちゃんはいい名だけれどもそれは多分、本当の名ではなかろう。他にもう一つ名がある筈だと言うと、

「蕃人（と彼女は自らそう呼ぶ）ノ名カ。蕃人ノ名ムツカシイヨ」

そう答えただけで教えない。幾つだという予の問いに対する彼女の答えは、甚だ好かった、

「蕃人年ナイヨ」

予は自分の顔面を自分の指でさして、彼女の面上にある刺青の形を模して見た。彼女は笑って、顔のその部分を平手で隠した。この動作と表情とは予に親愛の情を感じさせた。しかし包まずに言うが、その種類は予が予の愛犬に対して抱くものに類似していた。

「ワタシ日本着物スキダ」

彼女は突然にそんなことを言った。それから机辺にあった「台湾蕃族誌第一巻」を見つけて、「ホン」と呼びながら彼女はそれを手にとって開いた。その巻頭にあった蕃族の写真数葉を見つけ出した。「バンジン、バンジン」と連呼しながら、不思議そうに幾度もそれを繰返してみた。それが彼女には意外に面白いものであったと見えて、その夜やや後刻になって彼女が手空（てすき）になった時に、もうひとりどこからか彼女ほどの蕃女をつれて来て、この人にも先刻の本を見せてくれと頼んだ。彼女等は何か盛んに喋りながら打興じてそれを眺めている。

窓の外には、上下している乱山の重巒（ちょうらん）のうえに小さな山月が懸って、仲秋の満月はあと四五日であろう。そうして予は多分まだ台中へ出ないうちに、どこかの山駅で名月を見るだろう。まだ宵だのにあたりはふと凄いほど静寂である。昼間は聴かれなかったずっと下の谷川の水が耳底に響いて来る。その静けさを破って時おり人声のするのは、支庁に集っている兵卒の声に違いない。

一たん臥床を用意された予は、直ぐに別室へ変らなければならなかった。そうして予の今までの部屋には十人ばかりの軍人が来た。彼等は眠れないらしく思い出したように話声がし、誰かが叱って、しかしまた話が起る。しかも夜半に起床して暁に出発したらしかった。

7

八時半になると役所から同行者が誘いに来てくれる手筈であった。予は八時に支度を整えて、能高に向うまでの僅な時間を利用して、蕃人の小学校を一覧した。男女六十人ほどの児童が、多分三四年の学課を与えられていたらしい。教師の好意で予は彼等のあらゆる科目に就ての智能の程度を見ることが出来た。四羽の雞があって一羽は雄雞で、のこりの雞はみんな一日に一つずつ卵を産む。そうしたら二日ですべていくつの卵を得るかという ような問題は手を出して教えてもなかなか困難であった。南という字は十人の子供に十とおりに書かれた。そのなかには到底想像も及ばないような奇怪なのがあった。それよりも最も面倒であったのは、台湾で一番大きな町は台北、日本で一番大きな町は東京。日本で一番えらいお方は天皇陛下、台湾で一番えらい人は総督閣下。というこの問題であった。

台湾で一番えらい人は？　「天皇陛下」。四つの問題は交錯してすべてのコンビネーションで答えられた。しかもこれは平素既に教えられた事の復習なのである。そうして困難は決して内地語の理解から来ているのではない事は、彼等が割合に自由に内地語を操ることで判る。ただ彼等は彼等の世界では想像することの出来ない種類の概念を与えられつつあるのである。それを与える人と与えられる者との苦心は全く同情以上の値がある。子供らは、質問で指名されると、当惑そうに立って、否定されるとひどく悄気た。これらすべての子供のうちで、これに就て割合に早く覚え込んだ者は——そうしてそれはただ言葉の調子の暗誦だけだということを予は疑わないが——ひとりの小柄な女の子であった。この子は悧潑だと見えてその他の何もかもよく答えた。おそらくは早熟なのであろう、いつも羞を帯びて答えた。全く答えられない女児のなかにも、もっと充分に発育して全く成人のような表情を示すものもあった。そうして予の見るところでは一体に、男児よりも女児の方が理解が早かった。もしこの時、最後に児童が唱歌を歌わなかったとしたら、この朝の予の小見聞は予の心を恐らく永久に妙な不快へ導いただろう。しかし唯一つ最後に児童達の唱歌は実に明朗で、快活で、「ポチハホントニカワイイナ」と叫ぶ時に児童等はとうとう足拍子を取り出した。全く解放された気持は彼等ばかりではない。——予の何となく縛(むすぼ)れていた心もこの瞬間に解放された。救われた。

蕃童乃至蕃人の智能はもとより未開である。しかし世人が往々考えるかも知れないようなものではないかも知れない。或る大頭目の子弟は医学校に入学して全科を完全に卒業したということを予は後に聞いた。

8

能高山への道は最も緩い傾斜の上りで、兼ねて度々聞いたとおりに市中の道路のように坦々たるものである。靴を穿いていて充分だということであったが、そのとおりである。しかも十里の道を最後までこのとおりの立派な道なのである。以前の総督佐久間大将閣下が登山するためにこのように改設されたのだと聞く。

予の一行は、昨日の言葉のとおり一名の銃を持った警察官と、やはり同じ武装をした蕃丁——但し、彼は支那風の服装である。もうひとりは蕃衣を纏うた蕃丁で、彼は郵便物と兼ねて予のカバンとを運んだ。

霧社に近いうちは予は沢山の蕃婦、或は未婚の蕃女たちを見た。男を見ないのは、彼等が召集されて霧社へ集ったからであろう。女たちは畑にいたものもあるが、多くは物を運んで歩いて来た。やはりこの騒動に関係のある仕事の手伝いであるかも知れない。女たちはみな堂々たる姿勢で、相当な重さらしいものを事もなげに背負っていた。背が高く反身で胸を張っているのは彼女等の自然の姿勢で、共通なもので、労働の結果だと思える。聞けば、一般に蕃人は決して前こごみに歩く者はなく、たといすり鉢のような坂を攀じ上る時にも、彼等は平地を行く人の如く、天を指して生えた杉の樹のように真直な姿勢を崩さない。そうしてそのような峻坂を彼等が通り去った後にはその足跡は、栂指が深く地に喰い込んで残っているという事であった。

行き過ぎる女たちは口々に

「×××、×××……」

何かを言う。皆同じように言うのだが、幾度目かに過ぎ去ってしまってからよく考えると、それがどうも「コンニチハ。ドコヘ行キマスカ」という予に向っての会釈らしかった。そうわかって後に、次には予は「能高」と答えると、彼女らは満足の様子を示してふりかえった。それは大てい十六七ぐらいの少女であったが、彼女等は内地人に対して口を利くことに一種の愉快を感ずるらしく予には思えた。

道は常に北側の山の中腹にあって、向側の山との間に深く渓流を見おろす。その渓流に沿うて遡っている。行くに従って所々に一かたまりの蕃人の家屋が散在しているのが遠望された。

途上、約一里半に一つの割合で所々に、路に沿うて警察署があった。どこでも異口同音に尋ねる事は先ず、既に軍隊が来たかという一事であった。来たと言って、それが一小隊だと説明された時には皆一様に失望の状があった。予は彼等に危険を感ずるかどうかを尋ねて見た。或る者は大丈夫でしょうと言ったし、或る者は一時は可なり驚いたがしかし今だとても、と不安げであったし、或る場所ではまた非常に恐怖していた。そうして不平げに言った――すべての人員を霧社へばかり集中しているのは不可だ。倍加されたいものが却て半減された。蕃状はこの際測るべからざるものだのに我々の人員は二人しか残らない。しかしここは能高への沿道のうちで成る程、ここと サラマオとの間には高い山一つある。サラマオに最も近いところだ。そうして我々が天険と信じている山も彼等蕃人に取っては石垣一重ぐらいにしか思わないかも知れない。こう論じて、彼はひどく怖れていた。しかし、奥へ進んで行くに従って人々はあまり気にかけていない様子であった。

予は途中で吊橋を二つ渡った。就中(なかんずく)、その一つは一丁に垂んとする長いもので、同時に高い断崖から断崖へかかっていた。これは針金でつくられたものであるが、以前には木の蔓で蕃人自身の手で同じものが造られてあったという。

十里の道程のちょうど中ほどまで来て、予の警護者は交替になった。今までの人は日のうちに再び霧社へ帰るのである。新らしい警護者は今朝能高からわざ〳〵ここまで出張って来てくれていたのである。能高から来たというのは、まだ見るからの少年で、一人前の警官ではなく警手と呼ばれているものであった。霧社からの巡査はそれを見て予が心細がるかも知れないと思ったらしく言ってくれた——武装した蕃人はやはり今日霧社へ帰る予定であるが、予の希望によっては、一層のこと能高まで同行させてもいい、と。予は一考した上でそれには及ばないと答えた。蕃山は予には平和に感じられたし——或は盲蛇であるかも知れないが——それにもし、蕃人が襲うようなことがあったと仮定したら、予の同行者たる蕃丁は寧ろ、彼等の種族に味方して逆に予の敵になるかも知れないような気がした。そんなことは決してないとしたところで、一度、蕃人の襲撃を考えれば、警護者の二人や三人は何にもならないに違いない。理屈はともかくも、予はこの山の平和を疑わなかった。

道の前半は予にとって寧ろ退屈であった。眺望は大した奇でなかったし、路はあまりに坦たるもので労苦がなかった。それに同行者が予を敬遠して沈黙がちであったからだ。しかし後半では充分に酬いられた。道は相変らず平坦であって、しかも四辺はおもむろに高山の趣を具えて来た。それから警手の少年はよく語った。少年らしくいろんな事を語った。彼は人を見ることが珍らしいと言ってうれしげであった。もう殆んど一年近く山上にいて変った人を見たことがない。話をするのは唯、同僚と蕃人とだけだと言った。同僚は何れも年長者のみであるし彼等の山中の徒然を慰めるために、多く酒を飲むしまた勝負事をする。実際、山ではそれより仕方もない。彼自身は酒をも勝負をもあまり好まないが、仲間に加わるより外はない。つくづく思うに山も永く住む可き場所ではない。唯、一番面白いと思うのは鉄砲をぶっ放すことと、蕃人から彼等の言葉を習うことだ。それにしても何と平地の恋しい事か。この島へ来てもまだ殆んど平地というものはよく判らないのだ。警手はいつの間にか身の上話しを初めていた。——彼はもと九州の博多の産で、十九歳である。土地の商業学校で学んでいるうちに、いつか不良の徒に雑ってしまって、学校は放校されるし、家からは自分で逃げて来た。南洋へ渡ろうという志があって、しかし旅費とてもなしちょっとした知るべがあって台中へ来はしたものの、直ぐそこで脚気にかかった。山地ならば健康にいいだろうというので知人は、彼を山の警手になるように勧めた。

予等はいつの間にかちょっとした森林のなかへ這入った。予はこの少年の性格をほゞ知ると同時に、彼の山中での生活を想像して、面白いと思った。不意に太い高い叫び声がして、それが山彦になった。少年警手はそれに応ずるようにやはり叫び声を上げた。予は怪しんでその意をただした。それはどこか近くに同じ道を行く蕃人があって彼等は寂寞を感じたからあのような声を上げたのだ。これは蕃人が常にやることで、また蕃人たちの習として、その声を聴き取ったものは、それに応じて近くに同じ仲間がいることを知らせるのが普通である。こう彼が説明しているうちに、果して前方の樹間に猟銃を提げた五六人の蕃人たちの姿を見とめた。少年警手は再び声を上げて彼等を呼び留めた。近づいてみると彼等は手に何か獲物の皮を丸くくるんで持っていた。警手は彼等に話しかけて、予に通弁をした。

獲物があるかというと、ない——神様がくれないない——別の仲間が皆獲ってしまった、と言うそうだ。手に持っているではないかというと、小さな鹿がたった一つだと答える。少年警手はその鹿の肉を買ってみないかと予にすすめた。蕃人は少しなら売ると言ったそうだ。沢山はなぜ売らないか。でも小さな鹿が一つだ。そういう問答のうちに蕃人は手にあった生の毛皮を土の上へおろした。皮のなかには既にそれぞれの大きさに割いた肉片があって、少年警手が二十銭銀貨を見せると、蕃人は一斤にやや足りない程の一塊をよこした。高い——と少年警手は言ったらしく、そうして冗談に最も大きな塊をとって逃げる真似をした。

「××××××」

蕃人は、一種の泣き声のような音をもって何か言った。警手は笑ってそれを蕃人に返した。蕃人も苦笑した。蕃人達は散歩する人のようにゆる〳〵と歩いてくる。予等は急いだ。予は警手に蕃人の今の言葉の意味を問うと、「よしてくれ、子供が泣く」と言ったのだそうである。一たい、彼等は獲物があったならば親族一同へそれを配って土産にしなければならない。しかもその親類は随分多いのだから、猟の少ない時には売りたがらない。高い。まったく、小さな鹿一つ位では沢山売っていれば子供に食わせる分は残るまい――と少年警手は説明した。彼は尚言う――蕃人は実に面白いことを言う。理窟も言う。彼等は好んで鹿の胃袋のなかにあるものを食う。それを曾て穢いと言ったところが、お前等は自分の糞のかかっているものを食うではないか。鹿の胃の中は穢くない。それはただ美しい樹々の新芽だけだ！　と答えたそうだ。

少年警手はまた予の荷物運搬の蕃人をからかい出した。――お前の腰の刀はなぜ吊してあるんだ。――これは昔から吊すことにきまっているからだ――お前たちはそれで人の首を斬るんだね。――違う。木を斬るんだ。この運搬夫だけでなく多く内地人に接する蕃人は首を斬る刀だろうと言われることを甚だ嫌うそうである。予は彼に彼の着ている蕃衣の値がどれぐらいのものかを聞きたいと頼んだ。予は霧社でこの蕃布を見たけれども、その値を知らずに来たから参考に知りたかったのだ。しかし予の蕃人はそれに就ては言わなかった。只――これは女房が買ったのでおれは知らない。そんな事は男の知る事じゃない。――それでは男の知ることは何だ。この問いに対する蕃人の返答は予に、古譚詩の一句を味わせた。蕃人は言ったそうだ――男の知っているのは、狩のことと戦のことと祭のことだ！　予はこの言葉の興趣を深いものに思った。少年警手は蕃人に言う――だからお前たちは馬鹿だ。自分の着ているものの値も知らないのだ。こう言って置てから彼は予に言った。——何、よく知っているんですよ。知らない顔をするんです。警手は再び蕃人に言う——まあ女房はいくらぐらいで買ったと思う。言ってごらん。——一円八十銭位だ。蕃人は成る程、知っていて言わなかったのだ。

予等が森林から出た時に、蕃人はふと不意に立ち留った。それから小声で警手に言いながらそっと指さした。木の梢に鳥がいるというらしい。警手は銃を覘(ねら)って放った。鳥は飛び立った。山鳩かも知れない。蕃人は指さして何か言う。丸(たま)の行方を見つめて、銃手の覘いを批難したらしかった。予はこの森林の近くに来てどうやら初めて、蕃人というものの生活の匂いを僅に嗅ぐことが出来たような気がする。予の目的は達せられたと言える。

日は陰ったり照ったりした。

路傍には杉や檜や我々に親しい木々が沢山あった。

或る場所に来て、それはずっと突き出たところで、今まで辿って来た道を見返るのにいい場所であった。佇んで顧望すると、予等の来た道は深い雲につつまれてあった。下界では今ごろ夕立が降っていらあ。警手はひとり言を呟いた。その脚下の層雲の隙間からは夕日の光芒が一条洩れ出て、末広がりに放射しそれの照り当るあたりに一峯が聳えている。それが能高の主峯だという。

日が暮れかかって、あたりはうすら寒くなり、予の脚力はもう三十丁とはむずかしいと思うころに、眼前に一軒の大きな家、能高の警察署が見えて来た。耳が鳴り出し少しばかり息が重いのを感じた。それは山気のためである。予は一万尺の高所に在った。しかも坦々たる道によって、いつの間にか。

予は警察署に宿泊する。この家以外には無論一軒の小屋もない。警察署は、しかし、予のような旅行者のために常に用意されてあるので、立派な檜造の座敷があった。恐らく佐久間総督のために築造されたものであろう。そうしてこの家は四辺が皆スレートで胸壁を遶らした一箇の山塞であった。座敷には炭火を要するし、入浴しようとして肌が粟立った。最も深い夜霧に閉されて、しかもその霧のなかには月光がいみじく織り込まれてあった。思うにその夜、予は月かげを遮った一つの雲のただ中に居たのであろう。そうして能高の人々はサラマオに就ては殆んど言わない。全く念頭にないかのように見える。

翌朝、かの少年警手は枕頭に来て予を起した。彼はこちらからの郵便脚夫と同行して東海岸から上って来た別の郵便脚夫を峠で迎えて、この蕃丁たちが荷物を交換するのに立会う日課を果すついでに、予をその峠に案内した。旭日と密雲と糢糊たる海面と光耀たる糸の河と、また直下する急坂の十八里程とを予は脚下に瞰た。少年警手は腹一杯の力をこめて無意味な大声をどなった。近い森のなかで答えるのは東から来た脚夫の声であろう。彼を待つ間、少年警手は朗らかに口笛を吹いていた。この峠に一基の木標があって、それは郵便脚夫として殉職した一蕃丁の記念碑であった。彼は近い年の或る冬その附近で凍死したのである。赤道に近いこの島でもこの高地では、積雪三四尺に及ぶ事があるという。附近に清冽な池があって、その路傍に獣の足跡があった。警手と蕃丁とはそれが熊のものであるか鹿のものであるかを見るために踞んだ。

朝飯を終ると、予は直ぐに出発して前日と同じ道を下山した。靴ずれの足まめが予を悩まして、下り坂であるにも不拘、予の道は登る時以上の時間を要した。予が再び霧社を見た時には、家々には灯がともるところであった。

9

街の広道路には、一列の銃が剣によって交叉して組み合されて立並んであった。一箇中隊以上の兵が駐屯している事を予は知った。

倶楽部の玄関に這入った時には予想以上な混乱が生じているのを発見した。部屋という部屋にはぎっしり人間が充満していた。兵卒たちはいずれもどこかに分れて宿泊しているらしい。ここにいるのは役人たちや各地からの警官たちであった。予はやっと相客なしに一室を与えられた。最も片隅にあって、平常は或はあの「オハナチャン」の部屋ででもあるかも知れない。予は早く寝床を与えられたけれども眠ることとさえ出来なかった。隣室には五六人の警官たちが語り合い、そのうちの或る者は彼の銃の槓桿が破損していると言って、幾度か試みては空の引金をひいてみた。そのカチカチと鳴る響が妙に耳についた。街には人の往来が絶えなかった。予は何となく都会に居るような喧噪を覚えた。予の部屋はまたちょうどカラ戸一重で表に面していたのである。その行人の足音が益々激しくなり、屋外は異常に騒々しくなり、不意に歓声が湧いた。それが連続的に起った。予は兵卒たちが何か騒いでいるのだと思ったから戸を開けて見た。

思いもかけない大群集であった。驚くばかりの蕃丁が、文字どおりに簇っていた。というのは、彼等は仲間たちで馬をこしらえて——小学校の子供たちがよくやる遊戯である。一人の腰の後に他の一人が頭と手とをつけてその上に第三の人間を乗せて、その騎馬武者が同じ馬上の敵と組打を始めていた。遊びに熱狂している蕃丁たちは、対手を馬から引きずり下す度ごとに、彼等は見物と声を合せて歓呼した。彼等はきっと今、その任務である騒乱地への糧食運搬の仕事から帰って来て、四辺の空気に刺戟されて正しく狂的に昂奮している。この入乱れた一群とこれを見に集った大きな人の輪とを、まどかに白い月は照し出して昼ほど明かった。

時計を見るとまだ八時になったばかりであった。もう夜更けのように思ったのは、予が今朝山で早く目ざめたせいで日が永かったのだ。予は起き出て戸外へ行ってみる気になった。それから万年筆のインキが無くなっているので、代りに鉛筆を得たいと思った。予はこの家のちょうど真向うに、そんな店のあったことを知っている。その店は今もまだ起きている。予は思いついて蓙口を持った。

屋外に出て予は先ず鉛筆を買おうと思った。しかし、あの騎馬武者たちの輪はいつの間にかその中心地が南の方へ移動して来て、予の目的の店との間が彼等の混戦地になった。佇んで見ていたが、足が痛いので予はしゃがんで煙草へ火をつけた。どこかから予の耳辺に一種微妙な音響が漂って来た。それは何か絃の種類のようで、予の今までの知っているもののなかでは綿打ちの時にその絃の発する音に近い。予はその音の来るあたりを見た。そこには群集に雑って、しかし他の人々のように熱心に見物せずに、二人の少女がいた。ひとりは蕃衣で他のひとりは支那風の着物だった。音はそのあたりから出ていて、確に一種の音曲ではある。しかしかの娘たちは手には何一つ持っているとは思えなかった。そうしてその二人の少女は音声と一緒に予の方へ歩みよりつつあった。彼女らの著物の裾が鳴るかとさえ思う。彼女等は予の前に立った。物珍らしげに予の顔を見た。予も怪しんで彼女等を見上げた——その音がどこから来るかと。そうして予はとうとう何も発見しなかった。彼女たちの大きな方は十五六であろう、小さな方は十三四であろう。大きな方は丸顔で小さな方は長い顔だ。ふたりとも我々の美醜の判断からは断定しがたい顔であるが丸顔の方が我々の目には慣れた型である。……

「タバコ頂戴ヨ」

大きな方の娘がそう云いながら無雑作に予の面前へ手を差し出した。予は多少驚かないではなかった。それは彼女が予に口を利くことではない。予は能高への途中でいくたりかの少女たちに口を利かれた。但、タバコを欲しいと言うのは珍らしい。予は袂をさぐって、それの一本を与えて見た。そうして音楽は絶えなかった。すると、小さな方の女が又同様に手を出すのだ。彼女は口を利かなかった。音を奏するのはこの小さな方の少女だと思いながら、同じように彼女にも、一本与えたが、私はそれがどんな方法によってかは知らないた。予は彼女らが物好きに予に口を利いてそんなものを欲しがるのだと信じた。

「マッチやろうか」

予がそういうとふたりは一度に手を出した。大きい方の娘に渡すと、彼等たちは一本のマッチでふたり両方から火をつけた。彼女たちはポカ〳〵と煙草を吹かした。いつの間にか大きな娘が予の近くにしゃがんでいて、予が今どこにいるか、どこから来たのか、いつどこへ去るかと云うことを、順々に尋ねた。そうして彼女たちは予が旅客で、明日は埔里社へ立つ人間だということを知った。

　しかし、明日埔里社へ向うということには何か疑いがあると見えて、「ホントウカ。ウソナイカ」と言った。予は本当だと誓った。すると少女は言った。

「ワタシウチキテミナイカ」

「どこだ？　近いか」

「近イ」女は手で方角を指した。それからかの少女は歩き出した。予は蕃人の家屋を一瞥することに興味を感じた。かの少女は十歩ほど前に歩いていたが、直ぐ表の大通をわきへ曲った。広い道路のうちに裏どおりが少しある。と、かの少女は不意に立ちどまって予を顧みて、

「オ母サンイルヨ、イナイ方イイカ」

　予は何故にそういう事を言うか考えるひまもなく、かの少女はつか〳〵と町並びのなかの一軒の暗い家の中へ這入ってしまった。そこは蕃人の部落らしくもなく、倶楽部からはほんの半町と距ったところではなかった。突然その家のなかから大きな人影が出て来て、それが予の傍をすれ〳〵に通り去った。月の光でこの大きな女、予よりも二寸も背丈の高い女はあの女――曾て内地人の巡査の女房であり、今は捨てられて蕃語通訳である女だということが一目でわかった。その女は口のなかで何か言いながら去ったが、手には確に嬰児らしいものを抱いていた。予をこゝに導いたあの少女は、それではあの女の娘であった

か。そう思うと予は事の全部を理解したように思った。即ち予は、かの少女がそれほどの好意を内地人たる予に寄せるという事は、かの少女も亦半分は内地人の血を享けているからではないだろうか。予は直ぐとそんなことを感じているうちにかの少女は、再びその暗い扉の中から出て来て手をとらんばかりに予を導いた。予はちょっと家の中を覗いてみた。なかはまっくらだった。ただほんのりと奥の方から明るかった。予は扉口から僅に一歩踏み込んで見たと思うと、少女はカタンと音をさせてその支那家屋のものに似た扉を鎖してしまった。予は多少の怪しさと驚きとを感じてそのまま動かなかった。

家のなかは暗い。奥の方に灯影があると思ったのは違っていた。但この長屋の一軒は、隣の家との壁を三尺ほど切り抜いてその壁面に紙を張って、即、隣家の燈の余光を得てうす明りがあるのだ。予はこのまま外へ出たいと思った。しかし扉は、よく究めるが見知らない方法で閉してある。そうしてその向うの戸外では、あの女——この家の女主人が子守唄をうたうらしい声が、はっきり聞かれた。しかしそれは我々の言葉ではなかった。

かの少女は軽く予の腕をとった。予は全く理由のはっきりしない恐怖に打たれた。しかもそれが刻々に激しくなって来た。予は光の洩れて来る隣家の人声に耳をすました。それは内地語のようにも聞えるし、また台湾語のようにも思える。つまりはっきりとは語っていないのだ。予はともかくもこの隣家をそれほど頼もしく思うわけにはいかない。何故となればここへ光をわけてやっている家族ではないか。予をこれほど恐怖せしめたものはこのえたいの知れない少女の身辺と、それにこの家そのものの陰惨な空気とにあった。予は今こんな門近くにいるが、奥には何者がいるかも知れないのだ。突然、刀を持って蕃人が出て来るかも知れない。――理性はそれを否定するが、どうもそんな気持さえしないではない。しかし、別に変った事が出来しそうなけはいもなかった。予は少しずつ勇気を生ずると同時に、かの少女は少しも予に敵意を抱いていないことを悟った――予の腕を捉えているその仕方によって。

かの少女は予を三歩ほど歩かした。そこは土間のわきに床板の張った座敷らしいところがあって、少女はそこへ予を腰かけさせた。うす明りが最もよくとどく場所だ。それからかの女自身でそこへ、予の片わきへ腰かけた。予は光の達しないもっと奥の方をばかり注意しつづけた。

「金アルカ」

「無いよ」

「ウソ」

かの少女は笑った。――予はふと、あ、そうか知らという疑をこの時始めて抱いた。予は三日前にここへ来る時、途中で出逢ったあの鼻の欠けたハイカラな蕃丁のことを念頭に浮べていた。しかし、女は金のことに就てはそれっきり言わなかった。そうして今度はしきりに軍隊の動静に就て聞くのであった。どうも予を軍人と思ったらしい。そうして予が明日埔里社へ帰るならば軍人もみな明日埔里社へ帰るかと云ったり、幾人ぐらいの軍人が来ているかとか、埔里社にはまだ沢山の軍人がいるかとか、彼女が軍人（この言葉を彼女は言った）に就てあまりくどく聞くので、予はふと新らしい疑念を持った。それは予を軍人と誤認した彼女は予の口から聞いた一切をその母に告げる。するとその母という女は、或は内地人に就て憤怨を蔵しているかも知れないのだから、予の出鱈目を何かの方法で暴動蕃人に伝えるのではないだろうか。——それはあまり小説的だと予は予自身の妄想を打消した。予はまた別に第二の妄想を描いた。もし予が仮りにこの少女と戯れているとする。突然、誰かが闖入して来て予を捕える。そうして恥知らずな行為をした内地人だと言って予を役所へ突き出す。蓋しそう言って予を捕えに来るものはこの附近の蕃人かも知れない。そうして彼等は予から償いを取るかも知れない。——この考えは、妄想のうちでは最もあり得る事のような気がした。それにはもうひとりのもっと小さい娘が現に今、どこかへそのことを知らせに行っているかも知れないというような気もする。また予を決して逃すまいとして、この扉口には子守唄をうたいながら母親が番をしているのかも知れない。子守唄どころではない、あれが何かの相図で、この少女に彼女がなすべき方法を指図しているのかも知れない……予は、一昨日、あの女が蕃丁の先頭に立っていた時の堂々たる様子に無意識に怖れを感じていたらしい。

何にしろ、この際最もいい方法はこの家から逃れ去る事であり、また望むところはこの少女が単に売笑婦であって欲しい事だ。そうすれば金さえやれば彼女は喜んで予をここから解放するだろう。

「金が欲しいのか」

予の方から口を利き出した。

「アルカ」

「幾ラ?」

「ヒトリカ?　フタリカ?」

この質問が予にとっては全く不可解である。そうしてその意味を尋ねたけれども、予の言葉は彼女にとってあまり複雑すぎて通じなかった。

「フタリ一円五十銭ヨ。ヒトリ一円」

「そんな沢山の金は無いよ」予は意味を解しないながらにそう答えた。それから懐のなかでこっそり蟇口をあけると五十銭銀貨を一枚さぐり出して、それを彼女の前につき出しながら言った。「これだけしかない。これをやる。さあもう俺は帰る」

金を掌の上にのせて見ていたが彼女は、立上った予を見て一緒に立上った。しかし予が表口に向うと、予の袂を捉えた。

「コチ」彼女は予を反対に奥へつれて行こうとする。

突然、その時表の扉が手荒く開いて、予は殆んど顔色が青くなった。蕃衣がすぐに目について、しかし、それと同時にそれが先刻のもうひとりの少女であることがわかった。あの綿打ちの絃の響のような音がして、第二の少女は殆んど予の方には目をくれないで予の前をとおりすぎた。予は今の驚愕のために心臓が激しく打った。しかも、再び突然に、部屋のなかは遽(にわか)に烽火のように明るくなった。そうしてすぐにそれは消えた。思うに、あの蕃衣の少女は竈の下かどこかに、一つまみの藁を投じたらしい。その燃盛る一分間に、予は、この家の中を残らず見た。奥の方には、予等の立っている土間のつきあたりに藁を積み上げた寝床があった。女が予を誘おうとしたのはたしかにそこであったろう。予がそれだけの事を見る間に、女は予の驚愕の顔色を見たらしい。女は笑い顔で言った。

「イイヨ。イイヨ。コノ家蕃人ナイヨ。アチイコウ」

「開けろ。帰るんだ!」予は彼女が単なる売笑婦の少女だと知ると、勇気が出てそう叱るように言った。

「…………」彼の女は無言で予を見上げていたが、さて言った。「コノ家イヤカ」

予は強く頷ずいて扉の方へ歩いて行った。女は後に従うて来て、扉を自分で開けようと試みている予の手をその木門から引放して、彼女はさっきから掌に持っていたらしい五十銭銀貨を予に差出した。返そうという意志のようであった。予は手を振って、その代りに開けろという意味で木門を指ざした。女は実に簡単な方法でそれを開けた。

予は直ぐに戸外へ出ると、予は予の宿である倶楽部とは反対の方へ大急ぎに歩き出していた。理由はない。それが自然の勢だった。何となれば倶楽部へ出る方向にはその少女の母——あの女が立っていたし、それに道は予の歩き出した方へ下り坂になっていた。予はそれほど夢中だったのだ。それでも三十歩行くうちに予は、はっきりと自分を取返した。予はそうしてあれ程わけのない扉の戸締を自分で開けることが出来なかったあの狼狽加減が自分でおかしくなった。予はしかし猶急ぎ足でつづけて、或る丘の上へ志した。それは一昨日の朝、小学校を参観する途中で見つけたのだが、すぐ近くでそこには亭のようなものさえ設けてある。この良夜にそこに立って下の方遠く渓流を見下したならば、美しいだろうと思ったからだ。そこはあの広場の群集ともさほど遠くないので別に淋しいところでもなかった。

直ぐその丘の上に来て、予は水流を見また月光を見た。十三夜の月が殆んど中天に近く極く小さく雲のない空にあった。予は景色に満足して帰ろうとして振向くと、全く最も愕然とした事には、予の後にはあの少女がいつの間にかひとり足音さえ無しに来て突立っていた！

「や、お前がいたのか！」

かの女は無言でただ笑った。そうしてそこの青草の上へ坐った。ふと予は奇妙なことを思った――何と様々なことを思う男で予はあるか。もしや予はこの蓄少女に恋されたのではないだろうか。予は自分の空想によって、この少女を気の毒になった。そうして何か一言を話したくなった。

「おい、そんなところへ座って蛇は居ないのか」

「ヘビ？　ヘビ？」

「虫だよ」

「ムシ？　ムシ？」

予は手で草の上を這う形を空間に描き、また指でそれが噛む形をしてみせた。

「ア、！」女は頷いて、両手で長いものをしごくような動作と一緒に「コレカ」

予はうなずいて見せた。

「ナイ」女はそう言って、草を見ていた目を上げると、視線を予の面上に注いだ。その眸は月光に爛として照った。

予は不意に一散に突破して丘を下りた。どうしてだか判らない。予は自ら解釈するに、恐怖と誘惑との複雑な交錯からではなかったろうか。

10

次の日、予は足のまめの為めに殆んど歩行が不可能になって、為めに一日の休養を要した。その夕方、予は戸外に出て好奇的に昨夜の二少女が出現するか否かを注意していた。うす暗くなった頃、果して彼女等は同じ二人づれで同じような音色の声と一緒に予の目前を通りかかった。

「どこへ行くか」

丘の上の女は予を睨めるようにして一語も言わなかった。

「アッチ」

答えて、支庁の方角を指したのは、蕃衣を纏うた小さな方の少女であった。

彼女等を目送しながら、予はあの変な音色を怪しんだ。

その夜も美しい月夜であった。

11

次の日の朝、予は八才ほどの或る少女にカバンを運ばせて、霧社の坂道を下りた。この運搬人はあまりに小さすぎはしたものの、そのころ多事なその市街にはこんな子供より外に誰もなかった。みんなサラマオの方の仕事に熱中していた。戦を好む蕃人たちは自分の種族が伐たれるという事などよりはこの戦時的状態を寧ろ好んでいたかのように思える。少年等を従軍させたいと希望した老蕃人もあったということを聞いた。

予の少運搬婦は、小さなカバン一つに悩まされ出した。そうしてひどく跛行する。予は足をどうかしたかと言うと、膝頭を見せた。二三日前にどこかへ打倒れて怪我をしたような傷口があった。予は予のカバンを取返そうとしたが、この少女は予にそれを渡すことを拒んだ。そうして泣かんばかりの顔をしてそれを運んだ。義務の観念からこのように忠実であったたか、それとも途中で渡してしまえば賃金を得られないと考えたのであったか、予には判らない。但、予はあの麓の茶屋の女房から五銭より余分にやってはいけない——以後悪い習慣をつけて賃銭を余分に欲しがるからと、言われたので、かの女房の前では五銭を与えた。それから別にこっそりと五銭を与えた。最初の五銭を受ける時、この子は傲然と手を出して知らない顔をしたが、後の五銭に対しては予に笑顔を与えた。

12

その後三日を経て予は台中に在った。そこで予は一新聞記者に会って、霧社にあったあの二少女は果して売春婦であるかどうかを尋ねたが、彼は知らなかった。

「二人ならば一円五十銭、一人ならば一円」という言葉は、その後何人に聞いても解釈する者はない。予は疑うが、或は一人の嫖客で一時に二人の婦を買う者があるのであろうか。

同じ台中に於て、予は過分にも州知事官邸に招かれて一夕の宴に列した。話題は専ら蕃人の暴逆事件に関していた。偶々現場の視察から帰った一官人は、軍隊当局では飛行機を用いて蕃山を討伐する謀があると伝えると、州知事は言下に、賛成々々と叫んで、さて予を注視して言ったのに、内地からの旅行者はややともすると蕃山のほんの一瞥によって、蕃人を詩的な愛すべきものゝように感ずるかも知れないけれども、統治者にとって彼等のごとく手の焼ける代物はない、云々。予はもとよりその言葉に対して答える資格がないのを感じたから、唯、その人の放胆で洒脱な響ある哄笑には無意味で貧弱な微笑をもって答えるより外に方法がなかった。

13

その後また三日ほどして予は台北に在った。そうして「台湾蕃族誌」の著者のもとに客となった。（この旅行に於て予はこの人に負うところが最も多い。旅行日程はこの人の手によって作られたし、また予をS民政長官に介せられたのもこのM氏である。氏は隠れたる好学の士であると同時に探検的の実地踏査者で、この島の蕃山を氏ほど深く探った人はないと言われているが、驚くべく敬うべき事には氏はその踏査の間終始身には寸鉄をさえ帯びなかったという事である。）氏に対して予は蕃地に於ての小見聞を述べて教を乞うた。そうして予が怪しんだかの蕃衣の少女の音楽は、所謂「口琴」で――金属性の一二枚の舌と竹片とで造られた言わば極度に単純なハーモニカであったことを知った。サラマオの事件に対しては氏は多く言わなかった。たゞその起因は、十年の昔、佐久間総督が軍隊をして全島の蕃地を縦断的に強行軍を試みさせた時に遡らなければその真相を得ることは不可能である。佐久間閣下は理蕃に就て極力高圧的手段を惜まなかったが、M氏自身は当時から既にその可否を疑っていた。就中、その時のサラマオに対する所置は失政と難ずる人があるかも知れない。蕃状不穏を知って、それがサラマオだと知った時にはM氏はその一語で一大事を予想することが出来たという。M氏は更に、蕃人は蕃人自らはいつも一国を以て任じている事実を挙げて、それ故、蕃人にとっては彼等の上に統治者があるという事実は容易には会得出来ないと言った。予が霧社に於てサラマオからの分捕品を見たと云うと、M氏は不審げに、蕃人が事を起す時には既に十分に謀って、婦女老幼の如きは山中に深く潜ませ、その衣類などの如きは悉く隠匿している筈だと言った。予はその衣類の縞柄などに就て仔細に述べるとM氏は言われた——蕃人は戦を開く前にはその敵から曾て平和時代に受けた贈物などを一纏めにしてそれを敵地の境へ投げ捨てて、恩を認めないことを表示して宣戦するのが習慣である。或は君の見た衣類はその種のものが路傍に捨てられてあったのではないだろうか、否か、ともかくも一般に蕃人の習慣などというものは一切無視せられているが為めに、それが原因をなして屢々彼等を怒らせたり、或は予知せらるべき事変をも気づかない事もある、と。また予は、彼地の蕃衣布に見るべきものが無かった事を述べた時、その地方の蕃人の一般に手芸に秀でない種族である事と、それにまたそのような在来の蕃人固有の製作は無視せらるゝ事こそあっても、決して奨励せらるゝことがないが為めに衰微するのみで、早晩あとを絶つであろうということを予は教えられ、そうしてM氏は自家蒐集のその種の参考品を二点も予に与えられた。

　或る日、市内に号外が発せられてそれによると、蕃地威圧の目的を以て派遣された飛行器の一台が蕃山のなかへ墜落した報知であった。その次にはその機は破壊され飛行士は首と男根とを切断された屍となって見出されたという号外にも接した。その時M氏は温雅な表情をやや憂鬱にして予に告げるには、一たい蕃人の人を殺すやその目的は決して殺人その事にあるのではなく、たゞ彼等は一種の宗教的迷信のために人の首を得たいのみであって、もし仮りに首さえ得られるならば命は残して行く位なものである。姙婦の腹を割いてみたり死人の男根を断つような彼等の宗教上に無意義な惨虐を楽しむような風習は、彼等の古来の習慣には少しも発見出来ない事実である。恐らくはかかる所業は彼等の祖先からの習ではなく、外来の或る種族から学んだところの新らしい蛮風であるらしい、云々。

附記。予は五年前の旅行を追想してこの記録をつくった。だが予の見聞を日記的の順序で羅列したにしか過ぎない。しかも、現に予は田舎にいて何の参考書もなく、また不幸にも、当時の予の懐中雑記帳も亦身辺にない。予の記憶は時に数字などに於て錯誤があるようにも思えるし、また予の不敏は引用した人々の言葉を正しく解していないようなことがありそうにも案ぜられる。月日さえ定かではない。しかし、帰途、霧社に来て丘上で見たのは旧暦、仲秋十三夜であったことは疑いない。台中市に入る前夜、無名の山駅で名月に逢遇したのだからそれが当時の日附の代りになる。　大正十四年二月六日。ＨＳ生記

殖民地の旅

初出：『中央公論』一九三二年九月号・十月号

写真は、「鹿港街金盛巷通り」（一九二〇年代の絵葉書より）

一

集々街から日月潭を経て埔里社に到り、蕃情不穏の霧社より能高に登って再び埔里社に帰り、その附近の無名の山駅でこの年の名月を賞した。それは家郷を出てから三度目の円月であった。さなきだに貧弱な僕の財嚢は殆んど空しくなり、着がえに乏しい旅装は汗と塵とにまみれているさえあるに、能高の山径で足を痛めた僕は面倒なとばかり靴は脱ぎ去って途中で漸く手に入れた草履を穿って台中の某旅館の玄関に案内を乞うと、出て来た番頭らしい男は僕の姿を胡散げに見つめたのは無理もない次第であったが、それにしても案内された一室というのは西日が障子一面に射し込むのに満足にカーテンも用意していない——多分いつもは使っていないかと思える一室。山間の清涼（チューチン）——に慣れた僕は室に入るなり眩暈を感じそうになって、山地の不便にかまけて久しく怠っていた家郷への通信のために机に向うどころか、そこに足を投げ出しているにさえ堪えない程であった。冷たい飲み物でも呼ぼうとベルを押すが、ベルの遠方で鳴るのがこちらに聞えているのに返事をしようとする者もない。こちらでも意固地になってベルを押し続けに押しつづけていると、

そのうちにやっと婢女が出て来た頃にはもう飲み物を命ずる気も失せてしまったが、人を呼んだ手前黙ってもいられないと、

「この部屋はこのとおりとても暑くってやりきれないね。どこか廊下の隅でもいい、いくらか涼しいところは無いものかな」

「山の方からおいでになるとそれはどうしてもお暑うございますよ」

と婢はこの挨拶で一層僕を腹立せながら出て行ったが、それでもすぐ団扇だけは持って来てその序(ついで)に、

「お生憎さまなことに満員でございまして」までは仕方がないが「今に日がかげりますとここも涼しくなりますから」と又しても余計なことをいうのであった。

「何を、夕陽にこうやきつけられたのじゃほとぼりは一晩中続くだろうぜ」

僕は不機嫌をかくす余裕もなく手荒に障子を開けると室を飛び出した。洗面所へ行って汗でも拭うて来ようというのであった。廊下へ出てみると、開け放した二三の室の中は羨しくもながながと身を横たえて午寝を楽しんでいる者もいるし、満員だとの話にも似ず空っぽの室らしいのも二三は見受けるのであった。汗をふいてみた位では機嫌は直らぬがさればとて仕方もないから再び部屋へ帰ると、行李を解いてわざわざ取り出した自分の湯上りを衣紋竹に掛けてそれを日除けの代りにして、それの僅かなかげをたよりに机の前に坐

って父への通信を綴りはじめた。窓外で何やら話し入っている人の話を聞くともなく聞けば、窓の外には一本の樹陰を頼みに仕事台を据えた畳屋が畳代への針を動かしながら宿の下男らしい者を相手に話し耽っているのであったが、

「こりゃたしか一昨年の今ごろに代えた畳だったな、こりゃ弟がやった仕事だ――あいつの仕事癖でへんな針使いをしているから、すぐとわかるのだが、これをやったのが一昨年の今ごろとすると、あいつはこの仕事のすむのを待ち兼ねて内地へ帰った筈だっけが、内地へ死にに帰ったようなわけだ――俺達はあいつの気性を知っているからその時も精一杯引きとめたのだがどうしても聞かないでとうとうあんな事をしてしまいやがった」

という前置きで話し出したのは聞手が既に承知と見て大半略してしまって、予備知識のない僕にはわからないながら、内縁の妻との復縁を邪魔をしたらしい家内の身内の者を惨殺して今は死刑の日を待っているという弟の噂らしいのであった。その殺人事件はありふれた三面種で別に面白くもなかったが、生き残って犯行の目撃を語ったという少女の話に幾分の面白いところがあり、それよりも仕事癖に目をつけて悲運の弟を歎いている畳屋が、その糸を切りながらその針目を見るごとに「これは弟の奴の仕事に相違ない」を繰り返すのを僕はしみじみと聞いていたが、僕ははじめて州庁へ自分のこの地到着を通告して置くべきであったのを思い出した。というのは僕は民政長官閣下の特別の庇護を得

て行く先先の官庁から地方見物の案内者をつけて貰えるわけになっているから到着次第通告して置く必要があったのである。再び下婢を呼んで州庁への電報の取次を命じたのが、何と解釈されたものやら、実に思いがけない反応を呈して僕はその夜はどの客人よりも第一にあら湯の知らせを受けたものであった。お役所の御威光の余沢はまだまだこれだけではないが追追と書く順序になるであろう。

この翌朝の十時ごろ、朝食中の僕を訪うた某（氏名も記憶にはあるが、ここでは仮にAと呼ぶとしよう）この青年は僕が当地方滞在中、僕の案内役として僕の秘書的な雑務をも助けよとの役所からの命令で僕を訪問したとかで、その後の四五日間、僕はA君の懇切な案内によってこの地方を見ることが出来たわけであった。彼はこの地方の中等程度の学校を二三年前に卒業してその後州庁の雇員に採用されたという、まだ二十歳を三つとは越えぬ青年であったが、当日は僕と顔つなぎをする外に、本夕知事官邸で州知事閣下が、僕のために歓迎の小宴を催す予定であるが、僕の方の意嚮及び時間の都合などの打合せを兼ねて来たというのであった。僕は聊か当惑して僕の方は一向何の予定もないが、しかしサラマオ蕃社の不穏のために事務多端の折から、僕のためなどの宴は過分なものとして辞退すべきを当然と思う旨を答えると、この使者は早速卓上電話をとり上げて僕の辞意を通じたが、知事閣下は宴は必ずしも卿のためのみに開かれるわけでなく、事務多端の折から貴下の御歓迎に名を藉りて諸員を慰労し且つ席上でも多少の事務的協議をするつもりであるし、席上お引合せしたい人人もあり枉げて貴下の出席を乞うのだ。折角の事に列席して俗吏とはいかに愚劣なものなるかをも見学されては如何と、巧妙な辞礼と且つ温かな常談をさえ雑えたのっぴきならぬ調子で重ねての誘引に、僕は実は面倒なとの感情も早く霧散して喜んで出席したい旨を返答してまだ二時間とは経つまいと思われる比、役所の小使が持参したとの口上で婢女が僕の室に齎したのを見ると、金縁いかめしい大形の招待状には僕の当地方来遊を歓迎するためにとの文辞も荘重に午後六時半ごろ出席せよとあったが、その時刻になると僕の秘書の資格で席に列するというA君がわざわざ車を廻して僕を迎えに来てくれたものであった。

州知事官邸の晩餐は堂に溢れるばかりの客で中には二三人金モール入の制服を着用している役人もいたが、知事は彼等を僕に紹介した序にこの人たちはこの宴半にして去って僕が二三日来通過して来た地方を過ぎて霧社まで蕃人討伐のために八時四十何分とやらの汽車に間に合わせて出張する必要上御苦労にもあんなものを着用しているのだと説明し弁解した。それを機会に時節柄蕃情の不穏が問題になり、一座のなかには軍隊の出動を可とすべしとか飛行機さえ出動すれば軍隊までは不必要なるべしなどとの意見などもあった。その時知事閣下は傍に席を与えられた僕を顧みて、「とかく内地よりの旅行家などには平和な蕃人の詩趣多く且つ可憐な方面ばかりを見てその順逆恒なき治蕃上の困難にまで推察を及ぼす人無く可憐な彼等に対して撫育の恩乏しく、ただ武威を以てのみ望むは不可なりとの説者多きは統治者として常に遺憾とする所なるも幸に貴下は如斯不穏の蕃情を実見せられたるを以て前述の如き短見者流と同日の観察に傾く事無かるべしと信ず」という風な意見を述べて、さて思い出したように僕の隣席に座を占めたる一客と僕とを引合した。席の客は土地の有力な新聞記者のB氏であった。座中で役人でないのは僕と隣客との二人だけらしかった。食卓は楊貴妃が愛好したと伝えられる福州産の珍菓荔枝（ライチー）を以て終った。食堂を出て僕は新聞社のB君やA氏などと応接間の片隅に喫煙していると、ふと目についた壁上の欧文の額、何だろうと近づいて行く後からついて来たB君が「これに注目していると知事閣下は喜びますよ。閣下秘蔵のもので僕には読めもしないし、読めたところで真贋など誰も知る筈もないが、シャトブリアンとやらの艶書だそうですね」とこう説明をしてくれるのであった。B君は何やら僕に確めでもするような口調ではあったが無論僕とても知っていよう筈はない。ただそう言われてみると、署名が真偽は知らずシャトブリアンと読めるような気がするのであった。知事閣下には謝意を表し、又明日の行動の相談を受けたA君には明日は鹿港（ロッカン）の見物を希望するとだけ述べると、彼は何時から出かけるかというから彼の適宜と思う時間に旅館まで来訪されたいと頼んで置いて応接間の置時計が十時を報じたのを合図の如く僕を誘いはじめたB君の意のままに知事官邸を辞して公園を一巡し、B君の案内によって池辺の丘の上にあった一旗亭に入った。B君は彼が転転として漂泊して来たという南洋の諸地の思い出ばなしやら、又僕の質問に応じてこの地方で時間の都合をつけても是非とも一度門を敲くべき名士として躊躇なく阿罩霧(アダム)の林熊徴氏を挙げ門閥と申し人物と云い正に本島の第一人者で、もし仮りに台湾共和国というようなものでも成立すると空想してみて、その時の大統領はと言えば正しく彼と折紙をつけるのであった。B君の談論を聞いてその才を認めた僕は彼の説に従ってなるべく林氏に面会する時間を工夫しようと思った。明日にでもA君に相談して見るとしよう。話題のないままに僕はつい宿の不平を洩すと、B君は宿料の倍額以上も茶代を置くのを普通とする習慣のある成金の客をのみを好遇し慣れたこの地方の宿屋を罵倒しつづけていたが、直ぐに気がついたらしく、しかしその不平はもう無駄だろう、今夜宿に帰ってみると君はきっと特別第一等の室に変えられている筈。もし明日でもまだ今日の部屋ならば僕に電話さえくれれば必らずよろしく取計らうと言う。B君は自ら満を引いて僕にも頻りにビールを勧めてくれるのであった。座にはB君の狎妓とおぼしい年少の美妓が侍っていて、談話に夢中な二人の客を扱兼ねて、椽側へ出て涼風を貪りながら、噴水のある池の面に砕ける公園のアーク燈の光を眺め入っているのであった。思わず二時間近くもここにいて座を立った時には僕は無論B君もよほど酔っていた。そうして通りがかりの本島人の車夫に交渉してその車を貸り受けて妓を乗せて僕を宿まで送ってくれようというのであったが、まず車夫が危っかしがり妓も亦不安がって乗ろうとはせず、最後には逃げ出してしまったのをB君は追っかける。人げの無くなった深夜の町を彼と彼女とは時時嬌声を上げながら追いつ追われつして、いつの間にやら僕は自分の宿の前まで送られて来ているのであった。朝の時の部屋に入ろうとすると、案内に立った女は何やら言いながら僕を二階へ導くと思ったら、B君の予想が的中して僕はどうやらこの宿屋の特別一等室らしいのに祭り込まれているらしい。それはいいとしてこの財政の困窮の折から、宿料の倍額とやらが普通相場というこの地方の宿屋の特別室では、ちとおちおちと眠れないのを、何、無いものは払えっこは無いのだと腹を据えて見ると、この部屋の寝心地は悪くない。この急劇な待遇上の変化は、僕が読み捨てて机上に置いた金縁の荘重な知事閣下官邸晩餐の招待状の御威勢のお影であったろうと苦苦しくもおかしいのである。

僕の新らしい室というのは十二畳に八畳の次の間つきというだけではなく、室の外の一間幅の廊下をベランダ風に工夫してそこには長椅子やら来客応接用の茶卓（ティーテーブル）とそれを挟んだ二つの椅子から煙草のセットまで一切様式をそろえた籐製のものを一式備えつけてここは西向だがカーテンも軒先と窓の中と二重に用意しているのであった。酒を飲めば翌朝早く目を醒ます習慣のある僕は昨晩の宵っぱりにも似ず早朝に起きて廊下の長椅子に寝そべっていると驚いたらしいけしきでそこに現われた下婢が手には一枚の名刺を持ってA君の来訪を告げるのであった。

「まあもうお目ざめでいらっしゃいましたかそれはそれは昨晩お帰りが遅かったからまだお目ざめはおむずかしいかも知れないがともかくもお取次だけと申して、お客さまはお待たせ申上げてございますが、もうお目ざめでございますれば、先に御食事を召上ってからお客さまをお通し致しましょうでございましょうか」

と何やら言葉つきまでが昨日とは変って来たような気がする。

「いや、食事よりも早くお客に会って相談をしなければならない」

「左様でございましたか。それではすぐさま、御案内申してよろしゅうございますか」

婢は出て行って直ぐにA君を連れて来た。

A君は籐椅子の一つに腰を下しながら、

「あまり早すぎましたでしょうかお寝み中ではありませんでしたか。そうですか、それならばよろしいのですが、実は鹿港は別に御覧になるほどの場所もございませんから、ほんの一二時間もあればいいのですから、なるべく朝のうち涼しい間がよろしくないかと存じまして」

「そうですか。それは涼しい間にすませてしまえれば最も結構ですね。僕の方はもう目をさましていましたが、君は今までに用意をして出て来るのにはよほど早くお起きになったでしょうね」

「何、僕は何でもありませんよ、それでは直ぐにお出かけの御用意が出来ますか――もう三十分ほどすると出る汽車がありますので、それであまり忙しすぎるなら、その次ぎの汽車でも大丈夫お午までには帰って来られますが」

「じゃ、僕が着物を着代えている間に食事の用意をして貰えば十五分もあれば大丈夫でしょうが停車場まではどれ位かかりますか」

「まあ五分かそこらでしょう」

A君はベルを鳴らして女中に食事の用意を命じてくれる。僕が着代えをすませて、トオストパンにオムレツだかの朝食をすませた頃にはA君の用意で、玄関には自動車が来ているという段取で、停車場へ来てみると汽車がもう五分かそこらすれば出るという万事が申分ない段取りであった。この汽車を彰化で乗り変えて更に鹿港までは別に軽便鉄道があるということであった。鹿港は今でこそ衰微しているが以前は南方の安平（アンピン）北方の雞籠（キイルン）とともに三大港の一で中部台湾の唯一の港であったから、本島人の航海保護の女神として信仰の深い媽祖廟の本島最大の社も鹿港にあるわけでこの祭礼の日には全島の本島人たちは悉くここに集るというほどの大祭礼で、軽便鉄道も当日は文字通り立錐の余地もなくなって屋根の上まで乗る人があり、いつぞやの祭日にはために鉄橋から振り落された人があった程だなどとA君は車中頻りに鹿港やその鉄道の説明をしてくれる。そうして短日月の旅行日程のうちに特に鹿港を加えた理由などを僕に質問するのであった。今からここを見物しょうという僕にとって特にそこを見物したいという理由は自分でも判らないのだが、僕のこの旅行を通じての指導者であり保護者ともいうべき森丙牛先生が僕のために特に遺漏のない日程を作成してくれて、加之（しかのみならず）下村民政長官に請うて保護と便宜とを与える可く運動されたが、その日程のなかには平地に於ては特に鹿港を数えて多少地理に不便なため多くの旅行者はこの地を閑却するが、この町は現時にあって、旧時の台湾の面影を最もよく伝え居る市街に非ざるかと思惟するが故に特に御一見をお薦めし度しという意味の説明があったのをそのまま僕の鹿港見物を希望する理由として述べると、今までは媽祖廟見物に行くものとのみ独合点していたらしいA君ははじめて僕の意嚮を呑み込むと同時に、しきりと詩的な市街としての鹿港を力説し出した。今なお内地人の蹂躙から完全に身を守り得ている真の台湾、――否支那、現代の支那本土よりも更に支那的気分の濃密な市街などと、甚だ雄弁を振い、果はその地の一見を勧めた森氏の識見から更に一転しては森氏の意見を異議なく実行に移しかかった僕をまで序に讃美してくれるのには些かてれるのであったが、聞けば彼自身がその讃美すべき市街鹿港の出身者だという。それでこの地方では鹿港を唯一の目的と予定している僕のために官庁がその地の出身者たるA君を選んで僕の案内者にしてくれた理由も自ら判明したわけである。汽車が彰化に着すると乗り換えまでに三十分ばかりある時間を利用して停車場から遠くもないこの公園を見て行くがいいとのA君の意見に、一切を彼に任している僕は黙従した。公園は八景山という小山にあるので多分は彰化八景を眺望するに好適の地にあるから出た名と思えるのである。尤もほんの短い時間を利用した僕は八景を賞する時もなかったし、従ってこの地の八景が何何であるかを数え上げることも出来ない。ただ忘れ得ないのはその丘上の木かげにあった一基の大きな石碑である。それは領台当時に我軍が匪乱を鎮定した紀念の碑で、その碑面を仰視していたAがその碑文のなかに用いられている匪徒とか賊徒とかいう字が気に入らないというので僕をつかまえて議論を吹っかけるのには些か辟易した。内地人の目から見れば或は賊匪ではあろうが本島人の見地からは一個の愛国者である。況んや彼等は一個の組織の下に軍紀を持した軍隊であった者を匪賊として劫盗と同一視し、然もそれを必ずしも内地人のみの目にふれるのではない公園に建立して置くのは為政者の非常識だというのが冒頭で時時は相当激越な文句をさえ雑えて統治に対する反抗を表示するのであった。今までの旅行中この種の意見は折にふれて本島人の口から洩らされたので我我も耳慣れていたがこの一種の愚痴は耳を傾けていると何時間でも聴かされなければならない惧れがある上になまなか自他境遇を換えて考えると必ずしも一笑し去るべき感情のみでもないので僕はこの議論からはいつも自然なるべく身を避けるような形になり勝ちであった。それがまた偶然ここで始まったのだから辟易する次第なのである。彼は鹿港に向う車中でもひとりでこの論をつづけて光緒二十一年五月初旬を永清元年と改元して唐景崧や陳李同劉永福等が相謀って企てた台湾民主国の建国運動の歴史を僕に説いて止まなかった。口角に泡を飛ばしている。Aは藍地に黄虎を国章とした遂に出現することのなかった国家に対する熱情に熱し切って僕には到底御し切れなくなってしまった頃、最も幸な事には汽車は汽笛と同時に停車して鹿港に着したのであった。一体に空想的な彼等、南方の民たる彼等には未だ建国せずして既に亡国したこの流産共和国は或は悲歌し或は頌歌するに適当な好題目らしいのであるが、詩材としてはその洵に然ることは僕も認めようと思うのである。僕はただ彼等が裏面に於てはこのように好んで口舌の雄でありながら、或はAの如き身は内地人に頤使される一小吏となって栄達を計り、或は一般に好んで内地人と交を締することを名誉としているかの如き風習のあるのを見ると彼等の態度を卑屈として同感することの出来ない節も尠くないのである。それはともかくとして鹿港の街は真に予期にそむかぬ詩趣豊かな市街であった。

——内地に於ても古い港町というものは恒に面白いものであるが、それがこの地では異国的な、わけても僕が愛好する国たる支那の情緒を持って一種むさくろしい美しさ、朽ちかかった懐しさに街全体が包まれているのであった。蒸し暑くはあるが、海洋の雰囲気を帯びた空がどんよりと重く垂れ下っているのも町内の極く狭いそのくせ両側には二階屋の多いこの町の風物には似合わしかった。二階屋の欄干は悉く亞字欄や綸子文様などで、窓の扉などもさまざまな模様を透かし彫りにしたものが多く、軒端にカーレンか何かの鳥籠を吊している家などもあった。指物屋や彫刻細工師などの多い町であった。先ず錐でもんである穴から穴まで紐のような鋸でひいては文様を透かして行く細工を街上で仕事している職人があるのでそれを見ていると、向うから歩いて来た一人の青年。Aと彼とは軽く一礼を交したと思うと何やら立話をはじめたが、Aが僕を呼ぶらしいそぶりに彼等の方へ近寄って行くとAは彼の青年を僕に紹介した。――彼の友人で、その父はこの町に居住している詩人だという事であった。青年が僕等を見返りがちに立去った後でAは改めて彼の友人の父という詩人の噂をしてそれは本島唯一の一家をなした詩人で詩人らしい個性のある面白い人だという話にどういう風に面白い人とも聞かないうちから僕は早くもその人に会って見たいという気になった。もしこの島に文人墨客というような者でもいるならば訪うて見たいという宿望があったからである。僕がこの希望を洩すと、Aは、

「さ、そいつはちと難しいかも知れぬが……」

と受合いかねる様子ではあったが、それでもまださほど遠くへは歩み去らない彼の友人の後を追うて駆け出して、帰って来ると、

「ともかく彼に頼んでみて貰うことにしました。一体に客を好まない人で、その上、内地人は特に好まないそうだけれども、私は面識もあり、殊にその息子のあの男とは友達だから、息子から頼んでみて貰ったら或は逢えるかも知れません。とにかく折角来たのだから媽祖廟を拝して来ましょうか。そうしてまた帰りに町を見物しましょう。媽祖廟へ今の男がお父さんの都合を聞いて返事を知らせてくれる筈になって居ますから」

僕たちは再び街を媽祖廟の方へ歩きつづけた。途途Aは詩人の噂をするのである。その言うところでは「詩人は非常な変人で寧ろ頑迷とも評すべき程で、教養ある人士にも似合わず今では支那の苦力にも稀な辮髪を依然として蓄えてそればかりか袖幅の広い旧式な衣服をつけて大きな扇子を持っています。この人日本の領地になってからの台湾大きらい、現代の支那も大きらい『俺は日本人でもなければ今日の支那人でもない清朝の遺臣だ』と言っているのですからね。尤も清朝の頃に秀才になったことのある人です」とこう話を聞くとなかなか人物らしいのだが、それだけにこちらの訪問などには応じてくれそうにもない気がする。Aはなおも話すのであるが「その詩人そんなに頑迷なところへ持って来て、その息子さん――そう今途中であったあの人なかなか新思想で、非常に日本の事が好き、

それにお父さんは日本人の教育は駄目だと云って息子を日本の学校へは入れません。息子さん一度、家賃の寄せ集めか何か持ってひとりで東京まで逃げて行った事もあります。東京で中学の四年の編入試験に合格して、その上でお父さんに東京留学の許可とその後の学資とを頼みましたが、お父さんはそれでも頑固に承知をしないので、息子は仕方なく家へ帰って来ました。つい三四年前の事です。あんな両極端な親子も珍らしいでしょう。街の人の話の種です。——詩人はまだ五十にはならないでしょう」と大たいこんな話であった。噂をしながらその人に面会出来るかどうかの返事を齎らすその息子を待っているのだが、一向姿を見せぬ。広大な媽祖廟の堂宇を見尽して画梁に巣を営もうとしている燕だのうす暗い龕の奥に鎮座している丹碧で彩られた女神像を眺めたりすることにも飽きたから堂宇の外へ出てみると、広大な境内の敷瓦の上を幼児の手を引き引き、自分自身もよろめきながらお百度を踏んでいるお婆さんが来ていて藍色の粗服に赤い沓や赤い髪飾りなどをでかでかとつけているのもあたりの様子と似つかわしく天下泰平な感じであった。僕もつづいてそれを眺めていると入口から待ち兼ねている例の青年が来たのでAは飛んで出た。僕もつづいてその方へ行ってみたが交渉は果して駄目であったらしく、青年は日本人のお客は相方言葉が通ぜぬから困ると云ったと云う父の言葉を気の毒げに伝えるのを、A君は僕の心残りを察したらしく、「君内地から来たこれこれの方だ——文学をなさるという事や何かよく説明してくれましたか」というと相手の青年は一しお困ったらしく「うん、それは無論君の話したとおりには伝えて僕からもその上よく頼んで見たのだけれど、父はあんな頑固な変人だから『そんなえらい人は尚困る』というのだよ」と彼も半ば苦笑して見せているのであった。僕の折角の希望は果されなかったけれど、それでもそれらの返答がもうその人に面接したと同等位の印象を受取る値打があったので、僕はもう心残りなくさっぱりと見切りをつけて「それでは仕方がないとして、この他にこの土地で誰か訪うていいような先生はいませんかね」と相談するとAが彼の友人に相談した結果、或る書家を思い出してくれた。詩人の令息は彼の父の無愛想を埋め合せようとでもいうつもりか、その書家のところへ行くなら自分が案内してもいいと言ってくれるのであった。そこで彼の好意を受けて彼の案内のままに導かれた書家の家というのは外見上は一向何の特色もないささやかな家で、案内者が馴染深い客のせいか直ぐに快く迎え入れられたのは入口のとっつきで普通ならば客間に使用される部屋、そこへ大きな卓子を二つまで並べてその上に紙をのべて主人公は折から筆墨を弄しているところであった。

「や、ちょうど紙をひろげているところで」

とか何とか僕以外のかねて面識あるらしい青年達には気軽に会釈しながら、卓子の上へ身を乗り出して墨をすりつづけていたが、適当な濃さになったらしく、それを筆にふくませると懸腕で紙の上に筆を下した。字は隷書で半折大の紙上に各行十三四字ずつを二行に書いて行くので七言絶句か何からしい。僕は隷書というものが書かれているところは見るのが始めてだが、必ずしも直筆では書かず、また一度書いた書をもう一度なすったりすることもするのであった。書き終って署名するのを見ると鄭貽林というのがこの人の氏名であるらしい。先生はたてつづけに数枚を書き終ってから茶器を取出した。そうして馴れた手つきで茶を入れて我我に与えるのであった。見るから見事な色であったが一喫してそれは色ばかりではなく風味も甚だ佳だと思えた。客よりも先ず自分が二碗を喫したところを見ると彼は文人によくある茶の愛好家かも知れない。

A君が突然な訪問を僕に代って謝したら先方が何やら言う、A君の通弁によると、「折角遠来のお客と聞いてお上げしたが、我我の書などは一向御覧になるようなものではない。鴻猶先生が居られるとよかったが（と言って壁上の額を指しながら）惜しい事には両三年前に亡くなられた。額は先生が生前自分の請に応じて、同姓でまた翰墨の誼みもあるというのであの通りに書いて与えられた（というのは翰墨因縁の四字である）一体この先生は私などとは異って諸体に通じて居られた。就中（なかんずく）行書を得意とされたものだが、こちらが隷書を書く人間という意味でこの額は珍らしく隷書で書かれたが先生の隷書は珍らしいものだ」と説明するのであった。

話しぶりや態度も温和な俗気のないさすがに翰墨の士とうなずけるのであったが察した通り茶が好きと見えて話の間にもさっきから何度も茶を飲んでいるのであった。僕の意を通じて記念のため一葉欲しいと頼んでくれると鄭先生は快く頷いて今書いたうちのどれでも気に入ったのを与えよう。もし今のが不満なら昨日書いたのもあるというのを何と答えようかと考える間もなく先生は気軽に別に一束の紙を出して来て何枚か展げて見せて一一、「これはいかがか」と問う、Aが僕に相談するから僕はどれか適当なのをと目をきょろきょろさせているのを見てとって、Aが「これがいいでしょう、今のあなたの身の上のようで」と旅情を咏じた七言絶句を書いたものを選び出してくれたのを賛成して貰って帰ることにしたが、さてこの場合お礼を差出すものかどうかわからぬのでAに相談すると、その心配は無用、貰って帰った方がいいというのでその通りにした。その席上更にこの地方で画を能くする人が胡蘆屯にいると聞いた。

二

昨日別れ際にA君との打合せでA君が誘いに来さえすれば、今日は胡蘆屯の画人を訪う筈になっている。それだのにA君は影も見せない、昨日はあんなに早くから出向いてくれたA君、それが今日はどういうものかもう十時も過ぎようというのにこれだから気を揉ませること一通りでない。もしや役所を休みでもしたのか、それとも必ず判ると保証した画人の氏名が判明しないのであろうか。それとも先方にかけ合ってみて都合がよくないのでもあろうか。何れにもせよ一応は顔を出しそうなものだ。一度役所へ電話でもかけさせてみようかなどと思っているところへ、こちらの心持も知らぬげにゆったりとした態度で顔を見せたA君に、こちらは気短かに画人の名は判ったか。先方の都合はどうだったかなど畳みかけて尋ねようとするより早く彼は至極あっさりと、今から直ぐにも胡蘆屯へ出かけようとの返事なのである。画人の名を役所で調べて来たばかりではなく既に電報によって先方との交渉をすませて、今日午前中にでも来ていいとの返事まで得ているというのであるが、こうなると却ってあまり慌しくて僕の方で直ぐその気にもならないのは妙な心持の動きであった。そうして僕の気のない返事が勢込んで来たA君にはひどくもの足らぬげであったが彼は話題を変えて、「それから先生」と彼は僕に話しかけるのであった。「さっき役所へ行きがけにちょっと女中さんに、後程伺いますという伝言と一緒に書物を預けて置きましたが御覧なさいましたか」

「へえ? 書物ですか、君の伝言というものも聞かないし書物なども受取ませんでした」

A君の表情は不審の色から最後には不満の色に変って稍激しい表情で卓上電話を取上げると女中だか帳場だかをてきぱきとやり込めた。と直ぐに女中が手に古新聞にくるんだものを持って鞠躬如として座敷に現れた。

その女中の言い分だと「A君の渡して行ったその新聞包みはA君が後刻来るまで帳場に預かって置け、何れ後ほど自分が来た時に先生に渡すから」と言ったものと聞き取ったので、今A君が来たと知ってここにそれを持って来ようとしている矢先に今の電話で大に恐縮したというのであったがA君の話では「今役所へ行って来るが用事を済ませて再びここに来るまでの間、先生が退屈されると悪いから、自分が間もなく来る事を申伝えてそれまでこの本でも御覧になって居て下さい」と言ったのでまた別に「この本の事はいずれ自分が来た上で説明する」と言った筈だったという。それならば自分の聞き誤りであった申訳がないと女中があやまったがA君は「おれの言葉はそんなにわかりにくいものではない」などと言い出した。女中の不親切で気の利かないことは夥しいものであったがA君のこの怒りは単に相手の不忠実を詰るという以上に、彼が内地人でないから軽んじられているのではないかという幾分のひがみもあるかのように僕には思われるのであった。それはともあれ先刻から僕をあんなにいらいらさせたものはA君のせいではなくA君の行きとどいた伝言を無視していた女中のせいだったことは明かになった。A君は腹立しげに包み紙を破き捨てて中から取り出したのは寄鶴斎詩矕という四六判型大の四冊本。これが昨日面会し得なかった鹿港の例の詩人の詩集だろうとはその扉を見た時直ぐに知り得たが、更にA君の説明によればその全集たる六十巻の詩文集のなかから会心の詩作を選んで成ったものがこの詩臠。それはほんの小部数だけ知友に頒ったものの一部が幸にA君の手もとにあったから僕のために持って来てくれたというのである。序文によれば丁巳孟春の開板で南投活版所印行のものであるが詩人自身は悪筆と云って筆を持つのを好まぬとかでその甥か誰かの筆跡をそのまま石版刷にしたもの。その印刷にも亦唐本でもなく和本でもない素朴な製本にも台湾らしい素朴で野趣のある地方版的風味が現れているのとその内容の珍奇とでこの四冊本はその後永く小斎の珍蔵となって座右にあるが、最初A君から渡されたその時からこの詩集は甚だ僕を魅惑したものであった。しかしその作者の生活を反映して奇聳極るその詩境はその内容の要求と作者の詩癖でもあろうか浅学な我等には佶屈聱牙(きっくつごうが)に見えて容易に近づき難いものである。然も或は蓄人の生活を歌った打鹿行だの蓄音器を咏じたものだの、嘉義地方の大震災を取材した地震行だとか、さては喫阿片者の詩たる吸煙戯咏とか、これも亦阿片に関係ありげな夢遊玉京だの、或は円明園失宝歎だとかその題目を一見するだに斬新非凡又は地方的特殊な題材に満ちている。そうして時たまに読める句を拾ってみると皆各奇趣の横溢するものがあって一しお興を唆られて、さていざ通読しようとするとすぐに閊えてしまうなど腹立しい程であるがそれが反って妙にこの詩集を一層魅蠱的なものにするのである。一例としてここに巻之弐の十五丁に戒煙長歌というのがある。阿片をやめるのがこの頃の大流行なので自分も人並みに幾日かやめてみたが何も今更世間並みな真似でもあるまいと復又吸いはじめてこんなことを歌ってみたという意味の序がついてある。約七八十句から成る七言古詩だがこれは面白そうだと開いてさて一読再読重ねて数読してみても自ら惘むらくは意を解し得るものは纔に数句である——

……九霄金滏ヲ餐フニ路無シ
半世空シク汞鉛ヲ煉ルニ労ス
自ラ歎ズ此身已ニ廃朽
遂ニ此事ヲ将テ逃禅ニ託ス
古人託有リ酒ニ隠ル
我今煙ニ隠ル何ヲカ妨ゲン
青雲ヲ収拾シテ灰燼ニ付ス
壮心縷縷トシテ管中ニ牽ク
芙蓉城主石曼卿
金粟堂身李青蓮
末路ノ英雄退歩無シ
噴礴タル憤気坤乾ヲ塡ム

小榻一椽、書百巻
枕籍シ拌作ス甕中ノ眠
……………（中略）
今世ニ陸沈シテ何ノ望ム所ゾ
風ヲ吸ヒ露ヲ飲ム一寒蟬
……………（下略）

の如きである。これを読む事すら出来ない者が論じ得べき筈もないのだが、それでもこれ等の片鱗だけでも何やら高踏的世外人の高邁な気魄が恰も漢字で書かれたボードレール集か何かに接するの思いがあるではないか。

僕はこの奇書を与えたA君に深く感謝して、李義山あたりの流を汲むものか見慣れない字の頻出する紙面を見つめつづけた末やっと再三A君に促されて衣を着改めて胡蘆屯へ出かける気になったころにはもう正午に近かった。十一時何分とやらの汽車は僕がぐずぐずしているうちに出てしまったとやらでぼんやり待っていても仕方がないので昼飯を用意させたが、僕は一旦卓上に置いた詩集を再び取上げて何の味もない宿屋の昼飯の代りに、寄鶴斎の詩味の尽きないのを味っていた——尤もひどく不消化なのに苦しみながらではある。

停車場で乗車券を渡される時A君に教えられたが胡蘆屯はこの駅からほんの二つ目かそ

こらで時間も何れ十分か十五分の場所である。胡蘆屯とは言わば瓠（ひさご）が丘とも訳すべき面白い地名なのだが近く役人共の猿智恵で豊原と改称される筈になっているという。車室に落ちつく間もなくA君はもう議論好きを発揮して駅名改称可否論を論題に持ち出したものである。胡蘆屯という名は内地人の耳にも必ずしも慣れ難いものではなく悪い地名ではないものを何故に改称しようとするのかどこまでも日本風に呼び慣わさなければ自国のような気持がせぬとでもいうのならば大国民らしくもないせせこましい量見というもの、殖民地には殖民地らしい地名こそ適当。そうして日本の地理書に耳慣れぬ地名が沢山あるのを楽しむ位の心持があっても然るべきではないか改称する方では別段大した意識もなくやる事ではあろうが、土民にとっては今まで折角呼び慣れて来た地名をむざむざと呼び変えられて、それも意味もよく知れない外国語になるのは決して愉快なものではないのだから、大した必要もなくてこれを断行するのは徒らに民心を失うというもので賢明な為政者としては断じて好んでこれを行うべきではあるまい。必要があって敢行とならば胡蘆屯の意味をそのまま瓠村とでも呼び変えるとならばこれなら幾分妥協出来ないではないが、――事は一駅名の改称ではなく土民の被征服的感情を唆るものである。尤もそれだけに征服者にとってはそれと反対に愉快な感情を伴うかも知れないが……などと、A君はなかなか理窟を捏ねるこの説には僕も賛成の意を表せざるを得なかった。それで新名称の豊原の名の由来

を問うから由来は僕に判る筈もないが意味は肥沃の土地の意だろうと答えると、

「然うですか、それはこの辺は台湾でも最も豊饒な土地には相違ないのですから、豊原の呼び名も日本の呼び名としては不相応とは思いませんが」

と、この問題は昨日のもののように大問題でないだけ昨日のような激語も出ずA君はあっさりと口角の泡を拭って最後に折れて出直した頃には列車はもう停止してプラットフォムでは問題の胡蘆屯の駅名を連呼しているのであった。車中でもし退屈でも催したらとポケットに用意して来た寄鶴斎詩矕をひろげるまでもなく又車窓から首を差し延べてこの沃土を見渡す間もなく専らA君の説に傾聴しているうちに車室から出ることになった。車窓から見渡す間はなかったけれどこの附近の土地を、僕は恰もこの村に新らしい耕作地を得た農夫か何かのように田の畔径(あぜみち)の最も細いものの上などをあちこち辿って一時間以上も彷徨したものであった。というのは今僕等の志している画人某氏の邸宅というのは、偶その画人の甥とやらがA君の学校友達の一人であったので一度彼を訪うてその家に行ったことがあって熟知しているとの話であったのに、それは十年も前の事であったので、その片田舎の畦畔とても地上一般のものの法則から脱れ得ないで変遷してしまったと見えて、A君は大体の方角位の外はものの見事に忘れてしまっていたので、僕等はまひるの真青な広野のなかで路に迷ってしまった。小川に沿うた小路は夢でよく見るようにどこまで行っても同じことで時時方角を見定めようと立止って見まわすと、その邸がつつまれている筈だというので最初目標にしていたと同じ竹藪があちらにもこちらにも見え出したのは更に夢の如くで狐仙に魅せられたかのような気持がするのであった。A君は足もとで潺潺と鳴っている小川を見下して、さらにもと来た方をふり返りながら、申訳らしく呟くには、

「あの辺に小さな板橋があってそれでこの小川を渡る筈であったのに、その板橋が見つからないので渡らずにしまったのが道に迷った原因であった。あそこまで引返して一度橋を捜してみてもいいのだけれどもそれも面倒だし。そうだ、そのうちに誰か村人でも通り合せたら尋ねて見よう。この近所には相違ないのだから、まずくまごついては反って変な方へ行ってしまってはつまらない」

力と頼む案内者がこの調子なので僕も些か心細くなって来てしまって、小川の向うにある高圧線らしい電柱の縦隊を指して、

「それでその竹叢はこの電線から見てどの方角だったか思い出せませんか」

「え？　この電線ですか。——こんなものはこの二三年来出来たものですから、僕が昔見覚えている道理はありませんが」

途方に暮れているところへ幸にひょっくり現れたひとりの百姓、A君は嬉しげに早速彼を捉えて画人の家を尋ねるらしいのだが彼がそれを知っていようとも思えなかったのに直

ぐ一方を指し示して一つの竹叢とそこへ行く路とを教えてくれたのは勿怪の幸であったが一丁字も無げなと思ったこの農夫が画家を知っていたのは田舎だけに変った人が知られているのかと思ったが、事実はもっと簡単で、我我の訪おうとしている画人は土地で指折りの地主だったのである。そうして最も幸な事には路に迷っていたかと思った我我は同じ場所を幾度もあちこちしていたのではあろうがA君が言った如く方角だけは決して間違っては居なかったものと見えて、我等は自ら疑いながらも目的の場所の直ぐ近くまでは来ていてただその周囲を迂路ついていたに過ぎないのであった。画人にして大地主なる某氏の邸は我等の佇立していたところに最も近い竹叢の中にあったので、我我はその竹叢の裏に来ていたのだから目的の門を敲くためにはその同じ竹叢の表へ出る必要があったのだが、それも僅かに五六丁を歩けばいいとの事であった。それにしても、我我をそんなにまごつかせる原因となった見つからなかった板橋は、見つからぬも道理、ついこの前の雨季に流されてしまったのを、飛び越してでも渡れる程の場所だけに女たちのために唯石を二つ三つ沈めて足場を作ってこれに代えただけで今だにその儘に打捨ててあると事細かに説明して聞かせたが、その説明があまり微に入り過ぎるのはもしや僕の服装でも見てお役人様ででもあろうと考えての事ではなかったろうか。何にせよ二つ三つ石を据えてあった水溜りならば我我もそこは通って来たおぼえは私にはあるのだから、橋をこそ渡らなかったけれど決して道に迷っていたのではなく確に正当な順路を踏んで居たのに、ただA君が一時板橋の先入見に囚われ過ぎたあまり自信を喪失してしまったため、道に迷ったような気がしてしまっただけの事にしか過ぎなかった。正に狐に憑かれていたのであった。しかし、あの画人の一族がこの世界から遠く隔絶して幽篁叢裡にものの本のなかの隠逸の如く住んでいたかのような気がするためにはその家への途中で一時道を失ったのは甚だ効果的であったと思われる。否その当日ばかりではなく今日になってみてもあの時あんな野道で迷ったという思い出が異常に楽しくその地方の名山を訪うたに優るとも劣らない程なのは自分ながら不思議なばかりである。この篇を書こうとして参考に地図を披げてみた時にも地図の面でここらあたりの野原で一時間かそこら道に迷った事があったっけなあと思い出すことが自分は白い詰襟にヘルメットを冠ってこの地方の旅行者であったのだという認識を最も深く味わせるに役立つのだから人生に於て何が有用で何が無駄であるやら決してそう簡単に解るものではないという気がして来る。

　教えられた径を叢竹の方へ目ざして行くと自然につき当ったのは土塀というよりは寧ろ築土と呼ぶにふさわしい外構。我等の志している家の外構なのだから今はもうその門口を見つけるだけのこと、とA君もほっと一安心という形で塀に沿うて路を辿って行く。今まではは打開けた野原だけに停車場の物音なども喧しかったのがここまで来ると遠くには雞犬の声近くでははね釣瓶の揚る音までひっそりとして、この構えの内の閑寂も自ずと思いやられるのであった。外に人通りとてもない路はただ車の轍の跡が二筋、時には浅く時には深く地に刻まれているのを見ながら稍しばらく土塀に沿うて五六丁も行くうちにひとりでに門まで出た。瓦屋根のある堂堂たる門構、風雨を帯びて幾分古色を帯びたところも田舎の名家らしい貫録を示している。別に支那風だの台湾風だのと特別な構えでなく内地の農村の地主の家などで覚えのある見つきである。気にして時計を出して見るともう二時を少し過ぎているが躊躇している僕などにはお構いなしにA君は門の中央を玄関へ導く敷石をつかつかと進んで行きざま何やら言い残したのはよく聞きとれなかったが——ともかく行って聞いて来てみるからちょっと待って居ろとでも言ったに違いない。彼の後を見送ると、門の奥は満開の花をうるさいほどつけた夾竹桃と広い芭蕉の葉影に玄関が見える。A君は七八間も進んでから右折して二三間も歩むと玄関の前に立った。案内を請うらしい。直ぐさま内から扉が開いてその影に白衣の姿を見せたのはまだ五十前かと思われる温厚げな長者——この家の主で僕の会いに来た画家はこの人に相違ないと察せられる人柄である。Aは二三度たてつづけに頭を下げていたが再び石畳の上を表の方へ出て来る。僕を迎えに来ようというのであろう。そのAの後から例の温厚な長者は白い長袍の裾を蹴りながら出て来るのをAは頻りに辞退している。やがてAがひとりで出て来る様子を見てとって僕も門を入って行く。玄関の扉はもう開けて待ってくれている。僕は入口に進み寄って先ず一礼し、そこに御自身で出迎えてくれている主人への挨拶の通弁をA君に頼む。

「午前中との御言葉でしたのに。大へん遅刻して参上致しましたが只今では御邪魔ではございますまいか」

「いやいや差支はありませんとも、当方は何分あまり世間には用のない閑人故一向何時でも差支えなどありません。午前中と申上げたのは単に只今から直ぐにでも涼しいうちにお出かけなされては如何という位の意味でした。ともあれ先ずお入り下さい」

とにこやかな主ぶりで、A君を通じてではあるが言葉もとりなし上手に接待しながらも僕とAとを注意深い目つきで視ていたが一礼を残したまま奥へ入ってしまった。門のつき当りにすぐ前庭に続いて客間があるという普通の構えとは違って入口の土間から低い床を一度上って板の床になるのは洋館のような感じで、洋館のような気がするのはそこに普通の部屋とも廊下ともつかぬ細長いホールがあることで、主人は我我に言葉をのこすとそのままその奥深いホールを抜けてもう一つ奥へ入ってしまった。奥の扉が開けられた時ちらと見たらば、そこは廻廊つづきで別の建物につづいているらしくいかさま豪家という気がした。それにしても上り口に取残された我等は上れとは言われてもどこに上っていいものやらと一時まごついているところへ主人は直ぐにとってかえして右手の扉を押してさあこちらへという身振りである。

「湿っぽい路だったから大分靴に泥がついているがこのまま上ってもいいか知ら」

と僕がA君に相談をする。主人は早くもそれを聞き咎めてAに何だと問いかけて二言三言話し合っていたがAが僕に囁く。

「このまま上りましょう——上靴の用意がないからそのままどうぞと言って居ます」

導かれるままに入って行くと二間に三間位と思える大きな部屋その真中に大きなテーブルがあってその片隅の椅子の前には茶碗のそばに賞奇軒合編という本が四冊、帙から抽き出されたまま無雑作に重ねられているのは午前中我等の来訪を待ち暮した徒然の名残ではあるまいかと気の毒である。何気なくその椅子に腰をおろして落着くまもなく扉のかげから現われた一人の青年。色の蒼白い上品な顔立に少しはにかみを見せて慇懃に入口に立ったまま奥に進もうともせぬのを見つけたAは何やら話しかけながら彼の方へ近づいて行った。彼等の会話は日本語になったので聞いていて僕にも判って来たが、この青年が画人の甥でAの学校友達という人らしい。通弁に立たれて仕舞った主客は不意に連絡を失って間の抜けた形になってしまったのを、主人が気を利かせて先ず自分でA等の方へ歩み寄って、さてA君をして僕を呼ばせてこの青年を紹介しようというのであった。紹介者の言葉によると、

「これは当家の主人で——私の兄の長男、只今は東京に遊学中でありますが些健康を害しているので目下休学して帰郷休養中の者で」

という。更に

「私は残念ながらお言葉を解することも出来ませんがこの者は少しは通じますからそのおつもりで何なりともお言いつけ下さいますよう」

と早速甥御がその通訳をする。少しは通じるどころではない流暢な東京弁である。先刻画人が上り口に待たせたままで奥に引込んだのは、この言葉のよく判る青年に我我の到着を知らせて応待させようと呼び出しに行ったのであったろう。

「東京の学校はどちらで」

と話しかけてみると

「慶応の理財科に居ますが」

との返事。

「御健康を害して居られるとか伺いましたが大して御心配な程ではございませんか」

「は、ありがとう存じます。別に健康を害したという程ではありませんが、何分東京の冬は我我この辺で生れた者にとっては寒いので、よく風ばかり引くものですから昨年の秋帰ったきりそのまま上京致しませんので」

というあとからAが

「ああそうでしたか。昨年からあのまま上京なさらないのですか」

と話しかけるのを答えようともせず部屋を出て行ったと思ったら女中がお茶を持って入って来た。それを機会にまた椅子に腰を下して茉莉（パクリ）のお茶に渇を医していると、思いがけなく若い主人が叔父さんの言葉を通弁して言う。

「時に先生本日お訪ね下さったのは私どもの叔父の作画を見てやろうとの思召しですか、それとも私どもで所蔵の古名家の作品をという意味でございましたろうか」

「それは両方とも拝見出来れば本望ですが、お訪ねをした本来の目的は叔父様の御製作が拝見したかったわけでした。最初からそのつもりでA君に頼んで置いたのですが」

「は、それはそう伺ったのですが叔父は我我風情の子供の慰みのような絵など先生方が御覧になりたいなどと仰言る筈もないから、もしや古画でもあるなら見せよと仰せられるのであろうからも一度よく伺って見よと申しますので」

僕にはこう説明をして置いた。直ぐ叔父さんには僕の申込を通弁している。それから先方はもう一度謙遜して

「お恥しいながら折角のお志を御辞退するも礼ではあるまいと存じますので御批評などには堪えぬものではありますが只今二三点取出してお目にかけましょう。古人の作には——

何れそう名家のものとてもありませんがそれでもお目を慰めるに足るものも無いではありませんが急の御越しであったから取揃えて置く間もありませんでした」

というのは何れ蔵の中か何かに納めてあるというのであろう。それでも結局は自作を見せてもいいという気持はあると見えて、席を立ち去った後から甥御は

「では少少お待ち下さいまし、只今直ぐ持参致しますから」

と叔父さんの言葉を通弁する。

待っている間を窓の際に立ちよって庭の方へ目を注ぐ一面に雑草の萋萋（せいせい）たるさまはあまり手入れもしないらしいが、それでも柘榴の古木がさすがに趣がある。また花をつけた木芙蓉の影に稍硬い葉の見えているのは山梔子らしい。何だかわからないのは稍遠いところに苔蒸した砌（いしだたみ）の上に積み重ねた板ぎれである。Aと二人であれは何だろうと評議していると

「手入れも何もせずまるで荒れるにまかしていますので」

と云いながら近よったのは若い主人

「あの板ですか——あれは二三代前の祖先に経書だか何かの複刻を企てた人があるのでその時のものが未だに残っているのですが一面に虫が食って何の使い道もなしそれかと言って薪にしてしまうのも如何かと思って保存してはありますが、何しろあれはほんの一部分

でまだまだ山のようにあるのが裏庭で雨ざらしになっていますよ」

「こちらは数代引つづいて秀才を出しているお家柄でしてね」

とAのそばからの説明は少少お太鼓めく口調があって卑しかった。一とおり外は見てしまったので、今度は注意を室の内部へ向けてみようと眼を転じると、その時目についたのは甚だ特色のある柱かけにそれとなく近づいてみると鏡のなかに金で竹の画と賛とが写し出されてある。字の癖でそれと知れたが鄭板橋の作画を模写したものであった。板橋の竹はいいとして鏡面に金で出ているのはいかにも宿屋の洗面所めいておかしいのを画家ともある人が気づかないのは妙であるが一体に我我の所謂雅味に比べると支那人の好みはもっと無邪気に派手で好奇的な興味のものを喜ぶ傾向のあるのは国民性の相違とでもいうべきものであろう。何にせよ板橋の竹が鏡の金模様に用いられて、それが文人画家の愛用に堪えているのは僕には少少珍奇な発見であった。

やがて小脇に一抱えほど持って部屋に帰って来た画人はそれを卓子の上へ置きながら
「さあそれではお恥しいながらお笑覧を乞うことに致しましょうか」

そう言って取出したのは一巻の巻物である水墨でいろいろな花の写生のようなものを試みたのを貼りまぜにしているのでなかには筍や蓮根だの菱の実などから田螺などと画材を身辺から手あたり次第に選んで熱心に研究的に楽しんだ跡は自ずと判るのであるが

「これはひとり稽古でめちゃくちゃに描いたもので……」

と説明があった。その巻物はいい加減で巻き納めてさてその次にはあれか之かと取出しながら

「いろいろありますがつまらないことはどれもこれも御同様で」

と言いながら一本より出したが

「こんな田舎の土地の事とて師事すべき先生もないのは残念だと日ごろ思っているところへ偶然漫遊に来られたのは××××先生です——無論御存じでいらっしゃいましょうが——こちらに二三ヶ月御滞在になっている間御指導を得て内地へお帰りになってからも機を得て今度は私の方から東京へ出かけて一年ばかりも先生の門に居りましたが長兄が——つまり当家の先代です——亡くなったに就ては急に帰郷する必要が生じたので東京を引上げてしまってそのまままたもとの独り歩きですが、これは年代にしては新しい方のもので××先生の教を得てから以後に出来たものなのですが」

とひろげたのは尺五の絖本(こうほん)で名花十友図とか何とかいうのであろう、何処か展覧会ででも見かけるように親しみのない華やかな色彩のあるもの、僕は何やら情けない腹立しい気持になって来た。それは××××先生という名を聞いた時から予想されないではなかったが田舎の純朴な素人画家が旦那芸で満足出来なくなったのはいいとして空名より外に何物

もない職人の××××などという人に師事する気になったのが気の毒なのである。そうして昔日の朴訥なものよりは幾分か進歩したような気でいるらしいのが腹立たしいのである。僕の気持が先方へも反映したものか、それとも作者自身も幾分は自分で気づいているのか一わたりひろげたと思うと直ぐに巻き返してしまって
「是非一つ御高評を乞いたいもので――田舎で師友に乏しいものですから識者の高教を熱望していますから」
と言われたが僕は口を噤んだきりだったが、それでもあまり重ね重ね評言を求められては何か一言なければいけない気がして来たので
「自分は識者の名には当らぬものだがただお言葉に甘えて盲評させて頂きますが、忌憚なく申せば、師に就て以後のものは巧妙ではあっても純朴の画品は初期のお作に劣るのではないかと思われたが、若し果して然りとすれば再び初めのお心持に返って製作されるのが――つまり独自の道を自得されるのがよろしいのではありますまいか。画技を評することが出来ないために、こんな大まかな浅見を申上げるのですが」
と言うと、傾聴の様子を見せながら
「御高見は思い当る節があります多謝多謝」
と辞令に長けた調子である。

「時に貴下は何の目的で当地方へ御旅行に出て来られましたか」

「ほんの漫遊で目的も何もあったものではありません。山水の美名あるものを聞けばこれを訪いまた地方の名家に面接する機会を得て見聞を博めたいとの志があるだけで」

「成程お羨しい御旅行で――これこそ本当の漫遊で、魚の清渓を行くようなゆったりしたもので詩嚢はそういう機会に自ずと肥えるものかと思われます」

などと通訳によって知るのではあるがさすがに言葉も面白く話しかけて閑談がつづく。用事は済んだのだがまだ三時半ごろだろうとぐずぐずしていると、

「叔父は談敵を得て喜んで居りますが、如何ですか御都合では今晩この陋屋にお泊りになっては頂けますまいか。もとより何の風情もありませんから無理にお引とめも致せませんが、御再遊も期し難かろうと思われるこんな片田舎で御一泊なさるのも亦話の種ぐらいにはなりそうではありませんか。それに明日にもなりますれば古人の作品にも二三お目にかけたいものもあり、先刻の拙劣な作品でお穢ししたお目を浄めて頂くことも出来ましょうから」

　と言葉を尽して引留めてくれるのはこういう家庭にあり勝な客を愛する家風でもあろうかと思われた。

「御親切は有難うございますが既に日程も尽きている上に明日は阿罩霧の林家へお邪魔を

する予定で先方へもお約束申してあるから」

と A 君に言ってもらうと、主人側は

「はあ、明日は林家へお出でになりますか。それでは無理にはお引留めは致しません。林家には収蔵も甚だ豊富ですから定めしお楽しみでしょう」

と林家へも美術品でも見せてもらいに行くものと勝手に決めてしまっている。

「いや、林家では別に収蔵品を拝見する目的ではありませんが御主人にお目にかかりたいと思って居りますので」

「そう林さんにお会いになるのは有意義なことと存じます。それから林家には名園がありますからこれも是非とも御一覧なさるがよろしかろう」

と画人は画人らしい注意を与えてくれてその名園が近ごろは林家の好意で公開されていることやもともと老衰して遠く山水を訪うことの出来なくなった母堂を慰めるために築かれたものでそのため二十四孝のうちの母親によく仕えた人某の名をとって園に名づけて園は×園と言いますなどとも説明してくれたが園の名は今は失念してしまった。失念というよりも文字で書いて見せて貰わなかったので現代支那音で呼ばれただけでは覚えることが出来ないでしまったのであった。

「それではあまり夕方にならないうちにこれで失礼することに致しましょう」

と辞しかけると

「まあよろしい。夜になっても別に狐も狸も出ません」というのは来る時道に迷った話をAから聞いて知っているからであろう。「停車場までは下男でもつけてお見送り致させますからごゆっくりなすって、台湾の田舎では我我百姓どもがどんなものを食べているかを一つ見ておかえりになって頂きたいものです」

という頃にはまだ日も暮れ切ってはいないのに、急いで支度を命じて置いてくれてあったものか婢女が白布を取出して来て、大卓子の上に敷こうとしているのであった。

「折角の好意だから受けて行ったがいい」

とAの意見に従って再び腰を下した時にはもう盃には酒が満たされてあった。今にして思うと午前中に来いとの言葉は昼の食事を招待してくれるの意味であったかも知れないのである。慈姑だの蓮根だの菰菜——菰蘆（まこも）のもやしである——などといかにもこの地方の田舎の家庭料理らしい材料や味などに主人の親切が現れて嬉しいものであった。それに少し時間が早すぎると思っていたのは、それが終ったころに出かければ汽車の都合がいいというところへまで意を用いていてくれたのだということが判った。食事も終って愈々辞し去る時になって、記念のため郷里の老父に土産にしたいと思うから扇子を画いて貰えるであろうか承諾が得られるなら扇子は後から郵送するというと、早速承知してくれて揮画を試

って言ってくれた。と言

下男を見送らせようというのをまだ明いしもう道は判って居るからそれには及ばないと辞退すると来時の路を忘却しているのではありませんかななどと常談を言い言い玄関口まで送ってくれた。門を出ようとして振返って見ると若主人が赤ん坊を抱いて石甃の折れ角のあたりをあちこち歩いていたが我我の振返って見たのに対してちょっと羞かしげな表情を浮べてから軽い一礼を与えてこの若い父は我我が門を出てしまうまで見送っていた。

「もう子供が出来たのかな」

とAは門を出ながらひとり言を呟いていた。

「君の学校友達で君が以前その人を訪ねて来た事があるというのは今赤ん坊を抱いていた人ですか」

「えゝそうです。あんな若さで子供を抱いているなんていやになるなあ」

「どうして。いいではないか」

「でもまだ二十二かそこらですよ――学校も中途で廃学してしまったのでしょうね。去年の夏休みに帰った頃一寸噂を聞いた事があったが、休みが終って東京へ出たと思ったら、一ヶ月も経たないうちに帰って来てしまって結婚をしたのですね。叔父さんは健康を害して帰っているなんて言っていましたっけが、何結婚したら妻君を残して学校などへ帰って行く気はなくなったのでしょうよ。もともと学業に興味があって行ったというではなく、家柄はいい金はあるぶらぶらしていても世間体がよくない位なことで上京していたのだから、適当な細君でも見つけたらもう帰って来ていいわけですね。そうしてあの通り子供の守でもしていればそれですむのだからブルジョアの子弟は――いや彼等の封建的な夢は呑気なものですね。それだけに彼等にはもう何事も期待は出来ないわけですよ。生活の苦労もなく世間のいやな事には目をつぶって、そら子供が風を引いたらしいの、細君がまたお腹が大きいの、あの野郎は今年も年貢米をごまかしたのとそんなことばかり言っているうちには一年がお終いになるのでしょうよ。それを重ねているうちに一生がね」

とA君の話しぶりは悪意もないが皮肉で何やら軽い嘲笑或は非難めいたものが言外に煙っているような気がした。そんな幸福が得られ、またそれで不満もなければこれ亦一境涯で結構ではないかと言いたかったけれど、そんな事を言い出してまたしても雄弁をふるわれるのは僕のおそれるところである。兄の子の後見をしながら好きな絵筆に親しんでいる人、青雲の志はさらりと捨てて不安と野心とからは逃込んで、何頃の田かは知らないが祖先伝来のものと愛妻と愛子と持って前途にはただ平穏無事な生涯の夢をのみ持っている若者、これらの人人を世界から区切っている土塀のぐるりを僕はAの言葉に耳を藉しながら折折時計を出して見ては停車場の方へゆっくりと歩を運んでいるのであった。かすかに風の渡る竹林の向うには刻刻に色褪せて行く夕焼空の一角を一群の白鷺の列がきらきらと過ぎて行くのを見送りながら。

約束の扇子は二面予定して置いた台北の宿所へ確かに送りとどけられた。花卉がいいか山水がいいか、との問に対しては作家の感興に任せて置いたら鄭寧にも扇子が二本、そうしてその一本は蓮の実と菱とを描いてあったし、別の一本には江岸の夏景が画かれてあった。蓮の実の方は面白い出来栄えと思っていたのに家へ帰って行李を解いて見たら、どこでどうなってしまったものやら見失われていたのは残念であった。

三

昨日に懲りて今日は十分に打合せをして置いたから十時半には早い昼食をすまして十一時二十何分だかの汽車へ好都合に乗込んだ。只今手もとには精密な地図がないから参照することも出来ないが僕の記憶によれば阿罩霧庄の駅は台中の東郊で単に市外と呼んでしまっていい程近いところらしいのに鉄道線路は一旦北方に向って更に東するというような大迂廻をしているので時間も二十五分やそこらはかかったかと思う。支線になっているので内地ではもう殆んど見ることのむつかしい極く旧い式のおもちゃのような小さな箱であった。その座席へ窮屈に膝をつき合せて僕は先ずA君に我我が今目ざしているアダムとやらの地名と第一にその文字とを聞くのであった。文字の方はすぐ阿罩霧と手帳に書いて見せてくれたが地名の説明の段になるとどうも少少明瞭でなかった。一体地名の説明などはむずかしい上に何しろ林氏の居住地であるとばかりで纔に知られている小邑だからその地名の問題など考えてみた事もないという尤もな答えであった。しかしアダム――阿罩霧――とは何しろ少少珍らしい地名と思えるので、本稿を起すに就て、もう一度字を確めてみる必要もあり調べてみると、阿罩霧庄はもとピイポオ蕃族の地であったもので地名も蕃語のアタアヴに当てて近音訳したもので、乾隆七八年の頃、柳樹湳隘などの地方ももう蕃害が薄らいだからというので漳州府平和の林江という人が同族を率いてこの地に阿罩霧庄を建てたものだという。この林江が現在の林氏の祖とすれば林氏はその地の草分の庄屋として約二百年間を経ているわけである。Aは庄名の説明が不十分な代りというわけでもあるまいが林家に関しては古来のさまざまな噂があるとそれを聞かせてくれた。名高い家柄だけに何かと言い触らされたものが広く伝わっているものと見える。僕は後年安平港に取材して拙作女誡扇奇譚というのをものしたが、この時A君から聞いた話もその一部分に取入れた。A君は一くさり話終って言うのであった。

「もとよりこんな話は容易に信用できないもので富豪の事とさえ言えば兎角よくは言わな

い一般世人の言い草には相違ありませんが時代は官紀の弛緩し切った清朝の末期ではあり且つこのとおり中央政府から遠い土地柄だけにこの話ほどではなくとも地方の有力者と役人との間にはそれ位の私曲もあり得る訳で、話ほどの事実はないとしても噂としての真実位は認め得るかも知れませんが、私は今それをとや角いうのではなく貴下が旅行者として知らない土地の耳新らしい聞見を求めて居られると思うから世人はこんな事もいうという位の軽い意味でお伝えしているのですからそのおつもりでお聞きを願いたいので私としてはその源がどうであろうが林家が過去にあっても現在でも本島の名家であり本島の文明と本島民の幸福とに数数の貢献をした尊敬すべき家柄と思っているのです。ただ私が思うというだけではなく事実支那の近世史でも鴉片戦争の時にこの一族のなかから戦功によって提督だか総督だかに任ぜられた人傑があった程で現に阿罩霧の林家はこの大官の格式を具えた邸宅です。清朝の昔まで遡らなくとも日本の統治下の現代でもいつぞや御大典だか御大礼だかの御祝賀の節に本島民中の有功労者にも叙爵されるとかの噂が旺んであった頃、その第一候補者に数えられた程でした。尤もこの叙爵の話は、それを口実にして運動費を林家から引出そうとした策士から出たものであったとかの噂もあって実現には到らなかったものです」

「鴉片戦争の時の総督だか提督だかと言えば林則徐ですね。すると林則徐の一族ですか」

「そうだと思いますがね」と少少不精確だと思ったら「歴史上のことは兎も角として林家の現代の主人、というのはまだ青年で家長は先代の弟さんに当る方ですが、人格の洵に温雅な学問と言い識見と言い欠くる点のない紳士で現在本島民を代表する第一人者、詩文にも堪能で……」と過去の話は打切って現代の林氏の人物評論に及びかかっていたっけが唐突に、

「おおそうだ、そうだ」

と叫び出したかと思ったらAは窓際へ顔を差出して

「話に気をとられて浮っかり忘れてしまうところでしたが、うむ！　まだ大丈夫これからでした」

と言いながら窓の外に見える一帯の山の方を見てから、その中の一つを指ざして、

「この向うに一風変った山が見えましょう」

「小さな峯がたくさん集って大きな峯になっているあの山ですか」

「そうそう。あれです。峯がたくさんあるので九十九峯と言います、またその一つ一つの峯が珍らしく尖っているので九十九尖とも言いますが、全体の感じから火炎山（ヘエイソアム）と呼ばれています、又嶺上に松柏が多いので松柏嶺（チェンペエルヌ）とも云われて本島での名山ですよ。高さは二千五百尺かそこらでしょうがあの形が珍らしいのですね。古来彰化県志などに喧しく書き立

てているものですが――そら、一昨日彰化で記念碑のあった山、え、八景山から見たところを彸峯朝霞と言って彰化八景の一つですよ。今日はお持ちにはなりませんか、――寄鶴斎詩譽にも確か、九十九峯歌というのがあったと思いますが帰ったら御読みになってごらんなさい」

A君は事もなげに云うが僕にはそれがそうあっさり読めるかどうかは心細いものである。それにしてもA君は火炎山の説明が特別精しかったのは役所でわざわざ研究して来てくれたのではあるまいかとさえ思われた程であった。九十九峯火炎山その十倍二十倍の字数を費してもその名前以上に巧みにこの山の形を文字で描き出すことはむつかしいと思う。中学生が教師のアダ名を考えるのが巧いのに感心すると同じ程、支那人が山の名の命名の上手なのには霧社の入口の伏虎山でもう一度感心しては居るが、ここで重ねて感心するのであった。一つ一つの尖峯が妙に溶けかかったもののような円味があって滑かに光沢のあるのは樹木に松柏が多いせいかも知れないが形火焔の如しと呼ぶのが唯一の形容であろう。――ゴッホの描いたサイプレスの樹にこんな感じのするのがあったと言っても結局ひとり合点にすぎぬ。何かうまい形容の文句でもあるまいかと考えているうちにいつか山の下はもう通り過ぎてしまって山は後の方になってしまっている。――もう一度窓から首をねじ向けて仰いで見た。首が痛いだけで、うまい文句も思い浮びそうにもない。身を乗り出している序に前方を見ていると、直ぐ近いところにささやかな停車場が見えている。汽笛が鳴ったと思ったらA君は降車の身構えをしたから今度の小駅が阿罩霧の庄であろうと悟った。

乗る人も降りる者も二三人ずつ位。A君が改札口でも駅前でも何やら問うていたのは迷ってはならぬと林家への道を確めたのであったろう。何やら奈良県あたりの田舎のような気のする村である。

深さ僅かに四五尺、野航をも浮べつべき小流と平行して平坦な埃っぽい路を四五丁も歩いたろうかと思うと流れが一つ大きくうねって、岸には路傍に楊柳が五六本短い影をつくっているあたり、それに面して思いがけなく近代風な石門が立っている。門の中は学校の運動場か何かのように散漫な広い庭の奥の方に槐樹か何かの大木があって村役場かとも思える建物の横にひろがったうしろが山つづきになっている。つかつかと入ってしまえば何でもないものを門前に佇立してしまったものだから見知らぬ人を問う前の改まった気持になって今日訪う人が文人墨客というのではなく何やら気心の測られないのが近づき難いという気がするのであった。人人の言葉が暗示になっているのか、政治的な話柄などが出そうな予覚があった。ぐずぐず立っているうしろから来て元気よく我我を追い越した青年、ふり返ってAの顔を見ると、先ず活潑に「やあ」と声をかけてから一礼をしているAの方へ進み寄りながら「今着いたのですか、今の汽車で、それじゃ僕も一緒だったのです。――いや僕は汽車ではない。馬です」と手にした鞭を見せて「僕はこの頃毎日これです。汽車と競走で駆けるのです。台中へ行って汽車の出発の汽笛の鳴るのを待っていてそれを合図に馬を飛ばすのです。愉快だよ。それは！　愉快！　昨日は殆んど同時に着いたのだから、今日こそ汽車に勝ってやろうと思ったのに、今日は昨日より遅かったらしいが、何、今にきっと勝って見せますよ！」と彼は昂奮して風を切る音も高く鞭を二三度も打振り乍ら「汽車はぐるっと大廻りをしていますが馬は一直線なのだから台中の街なんか直ぐ一息の場所なのですよ」と彼はせき込んでどもりながら言葉も内地弁と本島語とちゃんぽんに喋り続けては、鞭を上げて鉄道の迂廻する形を空中に描いて見せたり、台中の市街の方角を指し示したり、またその合間合間には手巾を引き出して黒く日に焼けた額の上に玉になって惨み出ている汗を性急に拭っている。小太りに太った肩つき頑丈に小柄な骨格にもその眉宇の間にも精悍の気が横溢している。見るからの豪傑。癇癪玉をつぶしては二万何百貫だかの鴉片を焼き棄ててしまった人物の裔かとも頷ける面魂である。

「うちへ来たの何か用かい。――お客のお供をして？　ふうむ」と尚もAに話しかけながら少豪傑は我我と一緒に奥に入りつつあったが、ふと井戸傍に出て来た下男を見つけて大声で下男と何やら話し合って後、「それじゃ僕は失敬するよ。馬を日向へ繋ぎ放しにしているから日影へ入れて水ぐらいはくれてやらなければならない。今下男に言いつけて置いたから取次ぐだろうが」と再び鞭で今度は自分の家の方を指し示して入って行っていい所を教えてくれたが、軽く頭を下げるとそのまま足早に立去って再び門の外へ行ってしまった。その時奥から出て迎えに来たのはさっきの下男、彼の後に従って案内されて行ってみるとそこには白い長袍を着けた長身の中老人が我等を待受けていた。禿げ残りの白髪頭ではあるが血色のいい顔には、さあ何時誰とでも親しむ用意があるぞとでもいうばかりの活気のある表情を浮べている。白髪を見た時にはよほどの老人かと思ったが顔を見ていると若くなって年のころは判定し兼ねたが後に話をしてみると益益若く壮者のように思われて来るのであった。

Aが何やら紹介めいた事をしゃべってくれたので、僕も名刺を捧げてうろ覚えの北京語を怪しくも

「久仰久仰」

とやると、先方でも大きな名刺をくれた。これであっさりと初対面の挨拶も済んだわけだから言葉の通じないのも時にとっては便利だと思った。というのは僕は世間並の挨拶というものは甚だ不得手でこれにはいつもまごつかされるものだからである。室内よりは風通しがよかろうという意味か主人は廻廊の一角に用意してあった卓の傍に我我を招じて自

分でもそこに座を占めたが思い出した如くに立ってわざわざ室内から、団扇や煙草などを持って来て与えてくれるのであった。そのうち下婢が茶を運んで来た後で主人はAがしきりに辞退するらしいのに自身で先に案内に立って庭に下り、正面の建物と側面の建物との間を抜けて屋後に出たと思ったらそこは小山の裾でそこから庭つづきに隣邸――つまり本家に通う路であった。そうして我等は直ぐに隣邸の主屋の脇腹のところに出ていた。案内者がどこからどう導いてくれたものやらよく気がつかぬうちに我我はいつの間にやら、幽暗な大広間の真中に入って来ているのであった。上部から僅に洩れる薄い光をたよりに見廻すのであったが、一目でこれが車中でAの説明した総督だか提督だかの格式を具備した邸宅というものに相違ないことが早速会得出来た。それほど堂堂としていたしまた時代がついていた。何と呼ぶかは知らないが言わば床の間にも相当すべき正面の中央には一段と高い壇があってその上には机だの香炉などのある座が用意されているのは大官たる主人の席と思われたが、その背後の両脇には何の材かは知らないが一面に葡萄目(ぶどうもく)のある板の面に彫られたのを金色を埋めた「斗酒縦覧廿一史」「爐香靜對十三經」とかいう対句が聯として掛けられていた。この句も文人や墨客の好みではなく飽くまで大官にふさわしいと思われた。正面のこの主人席と相対するところには彫刻のある欄干などが見えて中二階のようになっているのを指しながら、Aが案内者の言葉を取次ぐのによると、それは芝居の舞台として造られているもので昔日はそれによって客を接待してその無聊を慰めたものだという。主人の席の左右の両側には側面の壁に沿うて各十個以上も黒檀の椅子が並べられていて、その各各の間には、一歩退いたところに、まるで椅子を守る従者ででもあるかの如くに突立っているものがある。その背丈もそっくり人間ほどある上にその頂までが円くて頭のような形をしている者がうす暗がりのなかに横隊をつくって整列しているのは幻想的な奇観を呈している。そうしてそれが何に役立つものやら判らぬから一応聞いてみると思いも寄らぬことにはそれはお客の帽子かけだということであった。そう聞けば例の頭巾のような帽子をすっぽりと冠らせるような型に出来ていた。之らの椅子と帽子かけの列とはこのうす暗い大広間の一世紀前の盛観を偲ばせるには効果の多いものであったが、中二階の奥の舞台もその幽暗が空想を助けて見つめていると今にも何やら眩目せんばかりの絢爛な色彩の装束を纏うたものが幻影のなかに浮び出そうな気がするのであった。僕はこの広間の昔日の匂いを帯びた空気を喜びながら椅子の列の後の壁面にそれを一杯に引き披げて額のように飾ってある巻物を眺め入りながらそれを視るためにはこの室はいかにも暗すぎるのを感じていると、うしろに人の来て立ったけはいにふり返ってみるとそれは余人ならぬ例の少豪傑当家の若い主人であった。叔父さんが彼に僕等を紹介しようとするのを遮って何か言ったのは、

「それには及びませんよもうさっき会っているのだから」

「どこで？」

「門前で」

とでもいうのであろう彼等のなかへAも雑って行った。それで僕が彼の少豪傑に一礼すると、

「これが私の長兄の長男で当家の主人です」

と叔父さんはAの通弁を煩わして甥を紹介した。いかに年少でも本家の当主にこれだけの礼を払うことは、古来大家族主義を奉じている支那の習慣としては忽にすべからざるものなのであろう。昨日の画人の家でもこの通りであったことを思い合すのであった。引合されてみると黙っても居られないので、

「先刻は失礼しました。馬はどうなさいました」

「は？　馬ですか。もう厩へ入れて休ませて置いてあります」

主人側は打連れて正面の小脇にあった小さな戸口から広間の隣室に出た。正面の壁の裏に当るところである。もとはどんな部屋であったかは知るべくもないが今は物置きにでも使っているらしい暗いがらんとした所を抜けて側面の戸を引きあけて戸外へ出た。外は午後三時頃の太陽が降りそそいで先に立った人の白衣がまぶしい。案内をされて出たのは名

園として喧伝されている庭であった。これも楽しみにして来たものであったが今、思い出そうとすると邸宅に比べては甚だ印象がうすい。やっと思い出し得る限りでは、山につづく自然の地勢の起伏をそのままに応用したところに広広としたよく手入のとどいた芝生があって、その間の道に立ってふり返ると自ずと目に入る山の眺望の取り入れ方などのんびりとした好みを基とした設計と受取れるものであるが人巧的な奇を好む支那風の庭園ではなく寧ろそこらに日時計でもあって然るべき趣は創設当時は定めし珍らしいものであったろうが今日我我の目には個人の庭園の苔蒸したものという落着いた親しみには乏しくて公園か何かのような明るい感じのものであったのは僕の予想とは違ったものであった。進んで中心点かと思えるあたりまで行くと、もう盛もすぎてところどころに実だけ残っている蓮池。それに臨んだ丘の上の小亭に日かげを求めて入ってみると泣き叫んでいる子を柱に結いつけて置いて用意して来たらしい莫蓙の上に呑気にも昼寝をしようとしていたらしい子守の子が我我の足音に目をさまされてうろたえて起き上り、きょとんとした顔つきで最敬礼をして逃げ出したのが我等を笑わせた。この亭の名も聞かせられたが覚えずにしまった。その亭から見渡すと広大な庭の低い部分の半分だけは一望の下にある。

「まあこんなもので一向何の奇もありません。それに当主は血気の青年でこんな老成の方面の趣味にまでは及びませんし、私も同様胸中に悠然見山の閑日月を持ち得ぬものだから辛うじて荒廃を防ぐという程度です。先年この園に縁故のある仏の年忌を記念して公開して村人はじめ皆さんに見て頂いては居りますが、消極的にほんの昔日の形を維持しているというだけのもので、炎暑の中を御迷惑に一一わざわざお引まわしする程のものでもありません」

とか何とか挨拶をしながら主人側は丘を下りて行くから我我も後に従って行くと誰から貰ったものかAが取次いで僕に渡したのは蘭の花に似たような形をした青い花――というよりも花蕚であろうが、Aは説明する。

「鷹の爪の花というのです。いい匂のする珍らしいもので内地には無論、本島でも珍奇な花になっていますが、この庭にあったのをとってくれたのです」

花だけでなくその木も見たいとは思ったが木はどこにあるやらAも知らぬとの事であったからそのままにしてしまった。甘い重い匂のするのを嗅ぎ耽っていると後園はもう下りてしまって前庭へ出て今度は表門から道に沿うて隣家の石門の方へ出る。道に出たと思ったら例の川沿いの楊柳がもう目の前に、現れて来て、その楊柳と石門との間の道路には何事か老幼の村人の一群が罵り騒いでいるのであった。それが我我の近づくのを見ると皆一斉に振り返って鄭重な敬礼をし、我我の長者老林氏の前に来て何やら大声に訴えわめく者を我我の長者は相手の訴えにちょっと耳を藉していたがやがて二三人の男共を相手に何やら淳淳と説き且つ叱っているらしかった。叱られている者共は幾分酒気を帯びているかのように見えた。我我と一緒に一歩退いてそれを見ていた若い林氏は急に足早に叔父とその相手との方に接近して行って何やら一喝すると、酔ぱらい共もそのあとに従って群れていた者共も急いで停車場の方角へ去ってしまって門前は静かになったが、何事であったか判らぬままにAに説明を求めると、

「何、酒の上で喧嘩をはじめた者が仲裁者の言葉を聞かないでお前などの口利きでは駄目だとでもいうのでそれではとここへ長者の説諭を請いに連れて来たのでしょう。――この辺の村にはよくある昔ながらの風景ですよ。林氏は祭りでもない日に酒を飲んで遊んでいるさえよろしくないのに尚その上に喧嘩をはじめるなどとは以ての外と云うとそれぞれに小うるさくそれぞれの言い分を述べ立てるらしいので若旦那は気短かに、「お前達よく喧嘩をする奴だな、そんな奴は警察へ行くがいいのだ。今日はうちはお客様だ。お前達の相手はせぬ。また明日にでも来い、二人ともよく叱ってやるぞ。さあ今日はもうこれで帰れ」といきまいて申し渡したら皆帰ったのです。何事にも旦那衆を力に思い旦那衆のいう事をよく聞くところはさすがに平和な田舎らしくていい」

Aは出来事を簡単に説明した上で更に余計な批評をも一句加えた。

再び分家の方の林氏の応接間へ来て既に茶菓の用意のある卓に招ぜられた。さて一息入

れると主人が、

「どうも徳育が普及せぬ地方なので只今のような出来事が絶えませぬ。汗顔の次第で」

とあとは軽い笑いに終ったが、これを口火にして更に改まって今度は僕に対して一礼をして話し出したのをAが通訳する。

「失礼ながら老人で、青年達のごとく内地の語に熟しないので不本意ながら通弁によってお話申上げまた貴見を伺うより外ありません。先ずこれを御宥し下さい。さて、貴下の当地方御旅行の目的は？」

という型の如き挨拶である。

「いや別段目的という程のものも持たないので」

と軽く受けて置こうとするのを、

「でも全然無目的というわけでもございますまい」

と何やら曖昧な返答は好まぬと言いたげな調子である。それではと、

「唯の旅行者の共通の目的です――異域の風光を見て心中の憂悶を和げ、同時に聞見を博めたいというわけで」

「成程、しかし本島はほんの一孤島、風光の見るべきものにも乏しいし、亦就て問うべき名家も絶無であるから、貴下が特に本島をその旅行地として選択されたことは特別の理由

がおありでしょう」

　と、どこまでも面倒である。

「ただ同郷の旧友の本島高雄に来て歯科医を開業せる者があって、両人帰省中久しぶりに顔を合せて近状を問い合った後彼が本島に居住することから本島の風光の美を説くので、遊意を催して彼に従って来たわけです」

「はあ、そういうわけでしたか。それでは偶然の機会が貴下を本島へお連れして来たわけですね。何にしても本島にとっては甚だ幸福でした」

　と頗る要領もいいし辞令も巧みである。また重ねて

「それで御友人は歯科のお医者というが、貴下とはあまりに別方面の方ですね」

「そうです中学時代の同窓で」

「成程」と承認してくれたがそのあとから、困った事には、役所の紹介状かそれともAの紹介の言葉によってか知らないが、相手は僕のことを文学士と信じ切っていてそれも何故か東京帝大の出身ときめてかかっているのであった。元来僕にはそんな事はどうでもよかったから先方の信ずるままにして置くと、宅の悴（せがれ）も二人東京帝大の法科に学んでいると言い出して東京に於ける僕の居住地を聞いてそれを本郷駒込と知ると息子たちは巣鴨にいるという。そうして僕の東京帝大出であることの答が不確なのが気になると見えてそれでは

姉崎博士に学んだ事があるだろうと今度は質問を側面から試みた。僕はきっぱりと学んだ事がないというと、重ねてそれでは姉崎博士は知らぬかと来た。話は変な具合になってしまった。最初に否と一言言ってしまえば何でもないことが今ではそれがへんに言いにくくなってしまったので、文学士にしてくれようがくれまいが相手の心持に任すことに肚をきめてしまっていると先方は文学士問題はそれ以上にこだわらなかったので、僕はやっと偽文学士になってしまって、次の質問を待っていると、

「それで役所からの紹介によりますと、貴下は約二ケ月前より本島御滞在で既に南方及び中部の山地地方は御遊覧済みとかでありますがその二ケ月間の御見聞中の御感想の一端を伺いたい」

と来た。ちょうどその時であった。室内に別に一人の客があってずかずかと我等の卓の一端まで来て主人と僕とに一礼をしたかと思うと末席の椅子に腰をかけたところであったが、彼は質問に答えようとする僕の傍に来て、名刺を渡して自己を紹介してから挨拶した。

「御清談中御邪魔をして相済みませんが上官の命によって御会談の模様を報告する義務を持ちますので、御席末を穢させて頂きます」

言葉は非常に鄭重であったが、名刺によれば警察の役人であった。何故に僕の林氏訪問がこの種の役人の立会を得なければならぬかは僕には判然しなかったがそれでも多少は察

せられぬではなかった。そうして、林氏の質問に対して僕が今や答えようとするその突嗟に彼が自己紹介をして現われたのは言外に警告的の意味あるものと感ぜられるのであった。おかげで僕はやっと相手の質問の意味をも本当に理解することが出来た。しかし僕はとぼけた調子をつづけた。

「折角の御質問ですがほんのぼんやりした旅行者で、貴問に応ずるほどの観察もまだ持ちませんが」

「ほんの旅行者としてあなたのお感じになった事柄を伺うのですよ」

「旅行者として先ず炎暑に悩まされました」

「それはここは熱帯に近い地方ですからね、わざわざお来遊になってお感じになるまでもなく予め御承知の筈で、もし涼味をお求めなら北方、否、東京附近にも軽井沢なり日光の奥の地方なり好適の地が少くはありますまい、また御郷里の方にだって。当地方は伺うまでもなく寔(まこと)に熱い。我我土民でも悩まされます。御旅行の御苦悩はお察し申上げます。それでその次には?」

「風光の奇異、交通の不便を挙げましょうか」

「はあ?　風光はなる程見慣れない方には面白くもありましょう。ですが交通の不便とは?　私共は今日甚だ便利を感じて十分な設備に感謝して居ります。昔はどうして。なかなかこんなものではありません。道路さえ満足にはなかったところもありますよ。それでも貴下にはまだ不便でしょうか。人間の安逸を貪る慾求は無限なものと見えますな」

「更に交通不便な地方をも見ることは内地でもありますが先日の大暴風雨のおかげで大小の鉄路の破壊されたもののために私は予定の遊覧を果すことを得ぬ今日の場合特にこの感があるわけです」

「成程。伺ってみれば御尤もなお感じですね」相手は穏やかに社交的なことを言ってはいるが明かにもうじれて来ていた。果して「それでは質問をも少し小さく限ってお尋ね致しますが、本島には貴国人——内地の方あり、また我我の如き所謂本島人——台湾藉民もあります。更にまた山地居住の原住民所謂蕃人もあります。このようにさまざまと違った人間が同一の土地に居るという居住民が単一でないということの点は、本島が内地とは重大な相違のある点でこれはどの旅行者とても二ヶ月もいや二三日も経てば直ぐお気づきになる点かと思いますが、貴下は専ら天然や自然の点にのみ着目されて居住民の問題に関しては何事をもお感じにはなりませんか」

「居住民の問題、例えば蕃情の不穏の如きですね。これは御質問を待つまでもなく第一に気づいた点でありましたが、事は政治的の機微に渉るものですから我我その方面に就て知識を欠く者には容易に判断を下し難いものがありますのでただ重大な疑問を抱いているだけでいずれ徐ろに考究熟慮致してみようと存じ、就ては当中部平地地方では他に特に見るべきものとてもないのを知って、当家をはじめ二三の名家を訪おうと思い立ちましたのも、実は御質問の如き問題の一資料ともなろうかと存じたからでした」

職責を持っている同席者はこの時ポケットをさぐって手帳を取出し乍ら椅子から起立して

「ちょっと失礼ながら備忘のために二三のお言葉をここに筆録させて頂きます。——何分我我風情には御深遠なお考えのあるお言葉の真意などは到底理解し得べくもありませんが、単に報告の資料としてでありますから何分悪しからずどうか」

僕は彼の鄭寧な挨拶に対して一礼した。

質問者は僕の答えに対して辞令を尽した上で更に質問をつづけるのであった。

「着目すべき点を誤られざるのみならず、その問題に対しては単に小時日の狭小な御見聞によって軽卒に批判し去ることを避けて更にその資料を蒐集して御研究なさろうという御慎重な御態度は大に尊敬すべきものと感じ、この問題に対して苦しみ多い我我は貴下の如き態度の考察家の思索に待つ可き点の多いのを痛感するものでありますが、さて只今の御言葉には蕃情不穏なども問題のようでありました——成程、正に重大問題でありますが、これは本島人と内地人との問題に比べてはさほど重大とも感じないのです——と申すと我田引水のようでありますが、第一に蕃人の人口は本島人に比べて少い。それに蕃人は普通蕃人と呼ばれているが如く内地の文明な方方に比べてその智力に於て既に業に相隔つる所がありますからこれは自ら解決される問題かと思われますが、本島人の場合は内地の方の目からは如何かは知りませんが我我本島人自身の自負としましては現在はたとい無力ながらも古来伝統の深い文明を持っていた者であり、その文明の重要な一部分は内地の教養ある方方とも共通のものと信じているのでこの点が複雑になると存じます。御考察の資料をという御言葉に甘えて愚見を申述べるわけでありますが、忌憚なく申しますと、我我は日本政府及日本人の全体に対しては飽くまでも十二分の信頼を抱くことを言明致しますけれどもこの辺陲の地に派遣されて来る役人に対してはそれがどんな令名ある高官であろうともその手腕及人格等に対しては屢々不満を感ぜさせられますので——漫然とそんな事を申上げても御了解にはなりますまいからほんの一例を申上げて御高見を伺いますが総督閣下が赴任されてその対本島人の大方針を言明されるに当っても或は内地人本島人平等と言われるかと思うと次代総督閣下は親和と仰せられる。それでは親和かと思っていると別の総督閣下が又同化だと仰言る。個々の総督閣下としては矛盾はないかも知れませんがこれを総督府として見ますれば朝令暮改の観無しとも申されませんので、平等と言われてそのつもりでいるものが今度は同化と言われてみると我我本島人としてはその何れを真なりとして奉じていいかを迷わざるを得ない場合がありますので、それは内地人本島人の親和は、内地のお役人より以上に本島の庶民が希望しているところであるが、その親和の方法心持として同化であるべきか平等であるべきかはこれを根本に於て明かにして置きたい。その基礎的精神までがぐらぐらしているのは統治者はともかく被統治者たる我我としては不安極まるものだという気持がします。一体平等でありましょうか、それとも同化でありましょうか。平等とは両者の価値を同等と看做しているもののように思われるのに、同化に到っては二つを平等たるものと認めず同一のものたらしめようというにあるので、然らば何を何に同化するのであるか、内地人が本島人に同化しようというのならば知らない事、本島人に向って内地人に同化せよと強要するならばこれは本島人は容易に認め得ないところでありましょう。何となれば、人間は本来の性質として向上心を持っている者でありますが、本島人は既に自ら文明人なりとの自負を持っている。そうして忌憚なく申せば台湾に来ている一般の役人や商人などの文明よりも高い文明を持っていると自負している。その彼らが自分の高い自負を捨ててより低い文明に同化することは人間の本性として肯ぜぬところであります。自負は要するに自惚れ根性で客観的の事実ではありませんが、然も人間は頑としてその自負によって生活し行動しているので、この点は本島人のみではなく内地の方にしても御同様で、してみれば内地人と本島人との文明の高下はこれを客観するためには現状に於てこれを比較し更に遡っては過去の歴史にまで及ばなければならぬとすれば、これは容易に決定し難い加之頑強な自惚れがそれぞれにこれを固守しているのだから鴉の雌雄を知る者は遂にない道理であります。併しながら我我とても事実はこれを事実として承認せざるを得ないものであり、またそれに対して吝ではないつもりでいますから、内地人の現在に於ける本島に於ての政治的地位の優越はこれを充分に尊重して居るのでありますが、政治的地位の優越必ずしも文明の優秀を意味するやを問題とする者であります。それで凡庸な小政治家などの意見はどうでもいいとして私はこの問題を自己の重大運命とする者であるから機会ある毎に内地の定評ある諸名士に訊してみるわけで先年上京した折には姉崎先生にも垂教を請うた事がありますが、先生は即答し難い問題として暫く宿題として置けとの御言葉を賜わったきり実は今だに御解答は頂けないで居りますが。それで姉崎先生の代りにというわけでもありませんが、今度貴下の如き高名な文芸家の御来遊の好機を逸せず御垂教を請いますが貴下は根本に於て同化論に賛成せられるか、それとも平等論に御賛成か——御参考のために申添えますが現今の総督閣下は同化論者であられたかと思います」

言い乍ら最後の句に就ては同席の青年達——つまりA君と甥御とにも確めて居た。この通弁の間A君は時には拳を上げて身振り入りで雄弁を揮った。立合の警察官は手帳の上に鉛筆を動かすのと一座の顔附を見較べるのとに多忙を極めて、最後には回答を急がせるかのように僕を一瞥した。

「姉崎先生の如き大家が適当な解決を得ない問題を我我若輩のよく解き得る筈もありませんが」

「いや大家だから解答のないところを新進の士が突破して新生面を開拓した例は古今東西の史上諸般の例に乏しくありません。御謙遜は御無用です」

「御言葉に従って愚見を申述べますが、御高見は同化だの平等だのと限られた範囲で御考察されたところに根本的の面倒があるかと存じますので、私は敢て同化論でもなく平等論でもなく別に友愛によってという一説を立てさせて頂こうと思います。つまり同化とか平等とかの考え方の根底には内地人と本島人とを最初から区別した考えに基いているところがあってその根本にひそんでいた区別が論を進めているうちに一層顕著になるところに、この論が本島人にとっても内地人にとっても一様に不快を感じさせるものが潜在することを思えばこれはこの出発に於て出来るだけこの区別を撤去することを考えるべきでしょう」

「事実に於て存在する区別をたとい議論としてもどうして撤去することが出来ましょうか。もし出来るとしてそれが遂に論に終るとしたら何の甲斐もない話になりはしませんか」

「そうです。ですから、事実はそれ自体に於てこれを撤去するのが第一なので」

「それでその方法は？」

「本島人とか内地人とかいう地理的歴史的な小区別を固守する代りに同じく人間というその同一の点に立かえってそこに立脚点を置いて、人間同志の友愛に訴えようというのです。これは内地人も本島人も何人も同じく主張し得るところで且つ何人も些も譲歩するには及ばないのであります。土地的種属的区分に囚われないで偕(とも)に現代の世界に於ける人類の一員という点に専ら基礎を置く可きと思うのです。そうして今日これをなし得ないのは本島人内地人共に過度時代の未開の文明を持ってお互にそれを固守するに急なためであります。――A君、僕の言葉は出来るだけ言葉通りに通訳をして下さい。大づかみな要点だけを伝えるものではなくね」

「え！」とAは通弁の間に答えた。「今までもそのとおりにして居りました。それに林先生は通弁はなくとも十分にお言葉はお判りになっていますよ、御自分で話されないだけで聞くのはよく聞かれますから」

　僕の話のと絶えたのを見て相手は言う。「それで今日未開の文明をそれではどの文明の方に発達させますか」

「それはそれぞれの快適とする文明に従ってもよろしいでしょう、それが相方とも発達した時には結局は同じようにそんな小区別などは脱却するものと思いますから」

「成程成程、つまり小我に執して蝸牛角上の争いに日もこれ足らずというわけですか。友愛に依るを善しというお説。成程これは私もこの問題に対しては諸先生の御意見を種種伺ったが未だ嘗つて拝聴する機のなかったものです。今日これを先生から拝聴し得たのは最も欣快と存ずるところです多謝多謝」

「豈敢豈敢」

「ところで御説のごとき文明は来る日がありましょうか」

「あるものと信じて居りますが」

「そうして、それは果して五十年後でありましょうか、百年後二百年後でありましょうか」

「そう百年二百年三百年五百年の後であるかも知れませんが、許婚者との結婚に際してさえ三年五年を待つことは常にある事です。況んやこれは許婚者の結婚以上に重大且面倒な問題であってみれば一年二年ではなく一世紀二世紀を待つだけの気長さをも必要としましょう。それに我我の個人の五十年の生涯を根本として考えれば一世紀二世紀を待つことは永すぎますが、しかし人間全体の文明なのですから人類そのものの生命をもととして考えるべきもの、その一世紀二世紀は我我の一年二年位にしか相当しないかも知れませんよ」

「成る程目を大局に置かれた卓説ではありますが、失礼ながら、現実的に苦悩を負わせられている側にいる我我は一世紀二世紀は愚か一年でも二年でもいや一日でも二日でもこの重荷が少しでも軽くなればいいと切望するに急で、この苦しんでいる側の状態の切実さを問題とすることをいつの間にやら閑却された傾のあるのは堂堂たる正論たる貴説のために最も遺憾ですね」

僕の論敵は飽くまでも社交的な辞令を重ねていると見せながらも短剣一閃、僕の所論の致命的な点を一剔し去ったのを僕は感じた。そうして僕は大蛇の死体の如くに長長と横わっている自分の怪説の残体を自分の胸のなかに蔵して居なければならないのを厭わしく感じた。

「折角の御話の御邪魔を申上げましたが」とその人は鉛筆を丹念に挿し込んでいた手帳を上衣の胸ポケットの中に収めながら椅子から腰を浮かせて「もう報告の材料もほぼ十分かと存じますから引取らせて頂くとしましょう。失礼を致しました」

立上って室外へ去ろうとする彼の後姿を見送りながら僕は、総督府から客のごとくに遇されている自分が、土地の名望家と面会するにまでこの種のお役人の監視を煩わさなければならないというその厳重な警戒振りのなかにこそ、林氏などの所説の言外の意を裏書するもののあるのを感ずるのであった。

魔鳥

初出：『中央公論』一九二三年十月号

写真は、台湾原住民の機織り（一九一〇年代の写真帖より）

緒言

私が今述べようとする話は或る野蛮人の迷信に関するものである。

一たい野蛮人にだって迷信はある。この点は文明人と些も相違はない。但、文明人のものは複雑で理窟ばっているのにくらべて野蛮人のものはもっと直感的で素晴らしいだけだ。野蛮人にだけ迷信があって、文明人にはそんなものはないと若し考える人があるとすると、それは飛んでもない事だ。文明人が見て野蛮人の風俗習慣のなかにたくさんの迷信があると思うように、野蛮人が見たら文明人の社会的生存の約束のなかにそれこそ多数の迷信を発見するだろう――我々が道徳だと思ったり正義だと考えたりしていることでさえも、彼等野蛮人はひょっとすると迷信だと考えないとは限らない。ちょうど我々が野蛮人の道徳や人道を迷信だと思うのと同じことだ。

一

話の正当な順序として私が君に説明しなければならないのはこの野蛮人のなかに――そ

の生活のなかに、一種不可思議な鳥がいるということである。彼等はその魔鳥の名をハフネと呼んでいる。

ハフネはどんな鳥であるか。ちょっと鳩のような形で白くって足も赤い——ということではある。が、その形態をこれ以上によく知っている人はこの世界には無いのである。というのはハフネを見たことのある人は生きている人間のなかにはひとりも無いからである。というのは、一度この鳥を見ると人はきっと死ななければならない運命を持っているからだ。尤も死なない人間でこの鳥を見ることの出来る人間もごく稀にはある。しかしそれはハフネ使いだけである。この魔鳥ハフネを自由に駆使する人間のことを彼等はマハフネと呼んでいる。普通この蛮族は、名詞の頭へM音をくっつけることで、その名詞を動詞化する。そうして動詞化された詞はそのままでその行為をする人という意味にもなる。——しかしこういう言葉の詮議などは私もあまり詳しくはないし、第一、話に関係もないから、魔鳥と魔鳥使いという風に覚えていて貰おう。そうだ。その他にも地名や人名なども一切略することにする。

二

野蛮人だって生命は大事なものにする——この点は文明人と決して変りはない。そこでこの蛮族の仲間では、それが目の前へ見えて来たら死ななければならないというこの魔鳥は無上戦慄になっている。そうしてこういう魔鳥を自由に操って人を悩ませる魔鳥使いを人類の呪いとし、人類の最大の敵としている。これは極めて当然のことである――一旦こういう魔鳥が実際にあるものと信ずる以上は。

従って魔鳥使いが発見されるような場合には、仲間の人々はその魔鳥使いを一刻も早く殺してしまうことは無論、ただ魔鳥使い其の人だけではなくその一家族をも一人残さず戮殺することになっている。それは魔鳥使いの能力というものは遺伝的なもので、一人の魔鳥使いを出す家族である以上、その一家族のすべての人間が何時どんな機会に再びその怖ろしい能力を発揮するかも知れないからである。またこの場合、たといどんな恩徳を受けたことのある人間でも、魔鳥使いの一家族に何等かの助力なり助言なりをする者があったならば、その者も亦魔鳥使いとして一族が殺されなければならない。――これが彼等の正義だからである。

三

それ故、彼等の社会では魔鳥使いであるということは最大の罪悪であり、魔鳥使いと言われることは、普通の人間が魔鳥を見たよりもさらにより以上な戦慄である。普通の人間が魔鳥を見た場合には死ぬものはたゞその当人だけである。しかも魔鳥使いであることはたゞ当人ひとりではなく、一家族の無残な死を意味しているのである――然も、この蛮族は異常に家族を愛する種族である。こういう危険を冒してまで、人はどうして魔鳥使いなどになるのであろうか？　この事は私にもどうしても了解できなかった。それ故、私はその蛮族の間を旅行しているあいだ屢々その事を、彼等に質問した事があった。彼等の答は略々(ほぼ)一様に次のような簡単なものであった――

「それは判らない。我々は魔鳥使いではないから。けれども、多分ヤッカイ・オットフが来て唆(そその)かすのであろう」

ヤッカイ・オットフというのは、祖先の霊のうちの悪いもの――悪霊という意味である。ヤッカイ・オットフが来て唆すという言葉は極く単純ではあるが、すべての悪を伝統的で神秘なところから来るものと考えるこの彼等の心持は案外に暗示的でない事もない。また超自然でそれがしかも自分にだけ特別に持つことの出来る或る力が若しあったと仮定して見ると、我々は実際、その前には善悪の判断や至高の犠牲などをも忘れてその奇異な能力を得られることの誘惑に身を投ずるかも知れない。これは考え得ることだ。人間のなかには確にそのような性質がひそんでいる。それを多量に具えた人間もある。かくれ蓑かくれ笠の伝説があり、しかも少年たちはその話をどんな蠱惑的な気持で聞くか。こう考えて来ると、魔鳥使いになる人間があったとしても、これは必ずしも不思議なことではなさそうである。

四

ただ、そういう魔鳥があり、また魔鳥使いのようなそんな途方もない能力を自然が人間に与えるものかどうかということだけは、いうまでもなく考え得られないことである。それだのにこの蛮族は皆一様にその魔鳥のあることを疑わず、そうして生きている者は決して魔鳥は見ないという理由で、見たことのないものの存在を正当なものにしている。そうして瀕死の蛮人たちはその絶望的な幻影のなかに、皆、この祖先からの謂い来りの白い羽の趾(あし)の赤い小鳥をきっと見るのかも知れない。

それにしても魔鳥使いというものはどういうふうにしてあるのか。その魔鳥使いを誰がどんな具合に発見するのか。これがまた面白い問題である。

五

要するに、仲間の者が魔鳥使いに仕上げてしまうのだ。皆でそう認めてしまうのだ。その外に何の証拠もあるわけではない。あり得るわけもない。それではどんな人が魔鳥使いにされてしまうのか。ほんの偶然のことだ。仲間たちにどうしても腑に落ちないことのある人間、その腑に落ちないことが度重なる人間、そうしてその同じ人間が他人に害を与えたような場合には、これはどうしても魔鳥使いだという疑いを免れることは出来ないはめになる。

例えばひとりの人間があるとする。どうも急に平生とはそぶりが違ってくる――どうしてそんなに人嫌いになったり鬱(ふさ)ぎ込んだりするのだか、その理由を誰も知らない。人々は彼を注意するようになる。――「どうもあの目つきがおかしい」というようなことを言うものが出て来る。人々は一そう注意して彼の目つきを見る。彼はふと、自分が魔鳥使いだと思われているのじゃないかと気がつくと、無論、慄然とする。人を避けるようになる。彼を仲間の者は疑を持って見るし、仲間の者の持っている疑を彼は測ろうとする。もうこうなってはいけない。彼等は親愛という合鍵を互に失ってしまう。そうして互に閉された霊は疑を糶(せ)り上げ合う。仲間の或る人間が魔鳥使いだと思われている者と行き違うとする。彼は異常な嫌悪で相手を見る。相手は怖れ憚るようにそっと彼を見る。折から偶然のことにも彼は家へ帰ってから発熱すると仮定する。病床で彼はその発熱の原因を捜してみて、魔鳥使いに出会った時に悪寒がしたのを思い出す。そこで言う――

「然うだ。あの男に出逢った。寒けがするのはそれからあとだ。あの男はやっぱりどうやら魔鳥使いらしいぞ」

もう一ぺん偶然のことに、この彼の熱病は何か流行性のものであったとする。そこで見舞に来た人間が皆その熱を感ずる。その人間たちは皆で言う——

「何と魔鳥使いというものは怖ろしい者ではないか」

彼等の病気が重くなって中には死ぬ者が出て来る。三人も死に、五人も死ぬ。何れは魔鳥を見て死ぬのであろう。もうこうなっては魔鳥使いだと言われていた人間は、本当の魔鳥使いになりきってしまって、だから仲間の者は唯では済さなくなる。

こういう風に魔鳥使いは、何かの拍手に、仲間からそう認められてしまうだけなのである。病人たちが目の前へ今に魔鳥が見えて来はしないだろうかと考えることは、その刻々、気味の悪いことであろう。それにも増して、何かの拍子に魔鳥使いだと認められはしないだろうかと空想することは、それこそ世にある限りの戦慄ではないか。

六

しかし、彼等とてもそう無暗と、誰でも彼でも見る人を出鱈目に魔鳥使いにしてしまうわけではもとより無い。

彼等が人を魔鳥使いではないかと疑い出す最初の動機は、その疑われる人間が殆んど全ての場合、前にも述べたように、いかにも怏々として不安げな表情を長い事持ちつづけていて、それの理由が他の人々に決してわからないことに起因するらしい。私はこの点に就てこの迷信の意味に富んだ暗示を見るのである。

一体、この上もなく簡単な野蛮人の原始的な生活のなかには、当然のこととして、それほどに深い憂鬱というものはあり得ないものであろう。もしあるとすれば、それは病気などのごとき肉体的の苦痛が重なるもので、これは一見して誰にでも会得出来るものである。外にまた例えば他種族との間の不和というような社会人としての彼等の憂愁もあるに違いない。けれどもこれは一般共通のものである。それ故に前述のものとその類を全く異にした個人的の憂悶で、しかもそれは他人に打解けて説くことも出来ないようなものを霊に抱いているとしたら、これは成程考え方に依っては、その理由の何なるかを問わずその事自体がすでに一つの重大な罪悪であると言えるかも知れない。憂鬱なる霊を悪とするところの準拠は、実際成り立たない事はないのである。そうして種族の精神のなかにそのような不透明なものの影を絶対的に滅却しようとすることはいいことであるかも知れない。事の是非は論決出来ないまでも要するに、彼等は自分達の大多数と表情の違ったところの人間を滅亡させようとするのである。何という無法な事だ！――とそう考える人もあるかも知れない。そうだ。それは無法でないこともない。けれども注意すべき点は、この無法は決して彼等所謂野蛮人だけに特有なものではなく、全くその通りのことが所謂文明人のなかにもそっくり行われているという一事である。

私はこの同じ旅行中にも或る文明国の殖民地を見たが、そこではその文明国人が殖民地土着の民で――けれども相当の文明を持っている人間を、その風俗習慣を異にしているということの為めに、殺しはしなかったけれども牛馬のように遇しているのを見た。これなども文明人が他の表情を異にしている文明人を圧倒しようとする有りふれた一例である。また私は或る文明国の政府が、当時の一般国民の常識とややその趣を異にした思想――それによって一般人類がもっと幸福に成り得るという或る思想を抱いていた人々を引捉えて、それを危険なる思想と認めて、屢々（しばしば）その種の思想家を牢屋に入れ、時にはどんどん死刑にしたのを見聞したこともある。文明人たちも亦、野蛮人たちと同じく、自分たちの理解しないものを悉く悪と決定し去って、その不可解な表情――霊の表情を持っている人を根絶することに努力する。――文明人のなかにも亦、「魔鳥使い」と認められた人々は多数にある。だが、私は今は文明人たちの話をしようとしているのではなかった。だから、話を再び野蛮人たちの方へ引き返すが、前述のように魔鳥使いだということを認定されて剿滅（そうめつ）させられた家族は、蛮人たちのなかにも昔からなかなか少くはないらしい。今にそれぞれ彼等の口に伝わる歴史に残って来ている。その不幸な一家族がどういう道程で魔鳥使いということを認められたかを一つ一つ調べて見ることも或は面白いかも知れない。しかし私はそれには、格別、それほどの興味を抱いてもいなかったが、たった一つ、この旅行中で私が偶然に知った話だけは参考のために記してみようと思う。恐らくそれはそれらの例のうちでも最近のものであるらしい。

七

このよほど大きな島の大部分は所謂蕃地であって、従って未だ人々の究めなかった地方が随分にある。いや、寧ろ蕃人領の山地は殆んど人に知られていないところの方が大部分だと言えるであろう。冒険家は無論のこと蕃人自身でも知らないような場所さえ間々ある。近年全く偶然のことで或る冒険家が発見した有名な場所のごときも、恐らくはそのような地方の一部分であったらしい。そこは一万尺を少しばかり越えただけの山地に過ぎないのだからこの場所がそれまでの間、人に知られなかったというのはその奇妙に険悪に出来ている地勢のためであろうと思う――危険な蛮地であるからということは言うまでもない事として。またその奇妙な険悪さが同時にこの土地を近来それほど有名にしているのである。というのは、この土地に行くには今までのところ殆んどたった一つしか道はないので、それは西部の地からだけ進んで行けるので、東の方からは、殆んど絶壁と言っていいような急度の傾斜で、しかもそれがこの山地から殆んど海岸まで——従って、この高地に立って見下すと雲の下はすぐ海であるような有様である。それだから東の方から行くということは絶対に不可能であり、また南と北とから通ずるためにはやはりそれ相応の険路と、それに数え難いほどの蕃社とを通過しなければならないのである。西の方からならばその点が割合に楽な上に、通りすぎる蕃社の数もそう多くはないし、従って蕃情も殆んど統一されているから、その地方の蕃人の事情が特別に不穏でない限りは大した不安なしに、この珍らしい景色を見ることが出来るのである。それにその地方の蕃人は古来から蕃人のうちでは温和な習慣を持っているそうであるし、殊に私が旅行した時の如きは特別に我々の民族に好意を示していると言われている時でもあったし、私は敢てその景色を見て置こうという気になったのであった。たといその景色がなかったにしても、どこでもいゝ蕃地を歩いて見たいという旅行者には、当時、その地方が一番よかったのである。しかし蕃情というものは全く予想しがたいもので、聞けば、その地方も最近——私がこれを書く今日では、為政者のちょっとした見込違いから、我々同族に対しては大へんな反感を抱いているとかで、もしそうだとすれば、私はちょうどいい機会にあの景色を見て来たことになる。

私はその前夜は、一晩、蕃人の部落にある警察署で宿泊した。警察署と言っても、それは小さな一つの砦(とりで)である。そのぐるりにはこの附近の水成岩を拾い集めて積み上げた胸壁が二重に取囲んでいたし、別にまた武器小屋のそばには寝ずの番が犬と一緒に終夜見張をするそうである。そこで一夜を明してから、今朝は未明に出発して、正午前後には目的の場所でそのロマンテックな光景に接する筈である。私たちはこの朝も昨日と同じく川に沿うて遡って行くのであった。しかし川に沿うてという概念が与えるように川岸を行くと思ってはいけない。寧、川をいつも脚下に見下しながら——これも面白い眺めであったが——極く高い道から四方を見下しながら行くのである。蕃地の道はいつでもこのように高いところを伝うてその展望を利用しながら、不意に現われるかも知れない蕃人を警戒しつつ進むのである。私は武装した二人の警察官に左右から守られた。どんな平穏な蕃地を行く時にでもきっとこれだけのことはしてくれるのである。その私たちの後からは全く帰化している蕃人が二人、道案内を兼ねて荷物を背負うてついて来る。この話は——なかなか本題に入らなかったこの話は、それらの荷物運搬人が、この道中で交々話したのを警察官のひとりが私に通訳してくれたのである。

これは恐らく魔鳥使いの一族が亡ぼされた事実の最近の一例であろうと思うが、しかし無数の口を通ってから私の耳に来たらしくもういくらか伝説のように感ぜられるところがある。大ざっぱな話方で、けれども大たい筋が通っている。しかも、それは想像によらないでは知る方法のない事をも述べているところを見ると、蕃人のなかにも亦そのような才幹があって、いくらかの暗示のもとには理路をつなぎ合せたり、或る場合にはまた全く創造したりすることもするものと見える――何れは単純なものであるが。

八

ピラはサッサンの娘である。コーレはピラの弟である。サッサンには外にも娘や息子があったそうである。けれども皆一緒に殺されてしまった。その時、生き残ったのは一番年上のピラと一番幼いコーレとだけである。

一たい事の起りはピラにあるのだ。ピラは十八にもなったのに刺墨しなかった。ピラは美しい娘であったから嫁に貰い手はいくらもあったのだ。どんなに美しくってもこの蛮人の仲間では額と頰とに刺墨のない女を誰も美しいとは言わない。またそんな女を娶ることはもとより女として思いを懸けることも彼等は恥としている。若しそんな女と夫婦らしくする男があったら、人々はその男のことを未熟な果物を食ったと言って賤しむのである。ピラは美しかったし、それに織ることも縫うことも何でも出来たし、もう十分に年をとっていたのに刺墨をせずに、自分で自分を未熟の果物としているのである。これが第一に解らないことである。それにピラのうちでは父のサッサンを初め皆地面を見つめて歩く癖があるし、また人と行き違う時には慌てて目を上げるが直ぐに目を外してしまう。彼等の一族では子供たちでさえも決して笑った事がない。誰しもサッサンの家の者を魔鳥使いではないかと思うのは無理ではない。そればかりではない。その頃、この蕃社には大変な不幸がふりかかっていた。というのは、蕃人たちの知らないうちに何時の間にか彼等自身の領土のなかへ入り込んでいた或る文明国の軍隊の長い隊伍が蕃人たちの土地を貫いて強行軍した。それは蕃人たちが考えることも出来ないほど沢山の人数であった——平地にはそんなに沢山の人間が住んでいるかと疑い驚くほどの人数であった。その上この平地から来た無数の人間たちは蕃人に対して、いかに平地の人間でもこんな非道なことがよくも出来るものかと考えられるような行為を敢てしたのである。彼等は手向いも何もしない蕃人に向って、理窟もなく降服せよと言って命令した。その屈服のしるしには或る建物のなかへ蕃社の男は皆集れと言いつけた。彼等は言ったのだ——「蕃人の男どもは集れ。そこに集ったならば、その者たちは正直な帰順した者どもと思う、そうしてそれぞれ土産物を頒けてやる。定めた場所に来ない者は反逆者として討伐する。」蕃人たちは、そんなに多数のしかも武器を執った人間を見て驚いている最中であった。この意味の解らない言い伝えを受けてどうしていいか判断に迷ったが、ともかくもこの際、言われた通りにするより方法がないと考えた。彼等は言いつけられた建物のなかへ集った。その人数は八十何人かあった。しっかり戸をしめたその建物の外から突然火が燃え上った。そのなかにあった蛮人たちは皆焼け死んだ。「この蛮社の蛮人どもは平生最も兇暴な奴等だった」と軍隊では言い触した。それからその蕃社を出発してまた行軍をつづけた。

サッサンの住んでいた蕃社はその焼かれた蕃社ではなかったが、その次の蕃社であった。サッサンの蕃社でも、八十何人かというような人数ではなかったが三人や五人位は殺された――この行軍の通り道になった蕃社ではどんなに少なくとも三人や五人は犠牲になったのだから、蕃人たちは、自分たちの種属のなかへ降りかかったこの災難を見て、これにはきっと魔鳥使いの呪術があるに相違ないと信じていた。

それだのに、その軍隊のあとへついて歩いているピラを見かけた人があったという噂であった。そのころピラは十六ぐらいだった。初めのうちはそんな途方もない噂を誰も信じなかったのである。けれどもそれから後のピラや、その一族の様子を見ては、皆、その頃のピラの噂をもう一度新らしく思い出した。そうしてその少女がその狂暴な軍隊のあとを慕うていった理由は誰にも判らなかったのである。なかには、しかし、ピラがその軍隊の兵卒に犯されたのだと言うものがあった。彼等は言った、だから、ピラは額にも頬にも刺墨をしないのだ。刺墨をしてももう他種属の民と交ったその女を誰も娶るものがないであろう。そうして刺墨をしようと思えば、その女は今迄自分の身に起ったすべての出来事に就ては何もかも刺墨の時に打明けて話さなければならない――これがこの種属の掟だからである。ピラのことをそういう風に言うものも少しはあったけれども、しかし大部分の人はその娘たちを魔鳥使いときめてしまった。

九

サッサンの小屋へ火をつけた。逃げ出して出た家族を、小屋を取囲んでいた人たちが引捉えた。それから斬って殺した。人々の捉えたなかにはピラとコーレとが見つからなかった。きっとピラが最も小さい弟のコーレを抱いて逃げたのであったろう。けれども彼等がどこをどう逃げたかということは今だに判らない。しかし逃げてしまって居たことは間違いない。

一〇

ピラはコーレを背負ってどんどん人げのないところへ逃げ込んだらしい。しかし三日ほどしてピラはコーレを背負うたままもう一度自分の部落へ出て来たのだ。それから何もかも告白した――それは初め、部落の人たちの或る者が言った噂と同じことだった。ピラはそこで命だけは助けられた。その代りにそんな不浄を永いこと匿していてその上に社内を騒がしたというので、部落から追放されることになった。そういう女を部落のなかに置くことは蓄人の社会では恕され難いことだからである。

命だけ与えられたピラはもう一度コーレを背負うて山のなかへ這入って行った。ピラは山のなかで何年かの間コーレを養うてコーレと二人で住んでいた。部落の者たちは時折に遠い狩に出て彼等の小屋——というよりは洞穴を見ることがあったが、皆、見て見ぬふりをして通り過ぎた。

一一

ピラはコーレに言った——

「私たちは魔鳥使いではなかったのだ。私たちのお父さんもお母さんも殺されたけれども、誰も魔鳥使いではなかったのだから、皆のオットフはハンゴウ・オットフを渡ってポケンに行っているのだ。ヤージャオに居るのじゃない。私たちにはただ不幸がふりかかったのだ。その不幸を与えたのは誰だか知らない。でも、私たちは不幸を与えた人に復讐をしなければならない、コーレ、お前は新月の出る時にいつもその方へ矢を射なければいけない。で、なければ私たちは意久地のない人間になって、私たちはハンゴウ・オットフの怒を受けなければならないから」

ピラはそこでコーレに弓のようなものをこしらえてやった。コーレは木の枝の矢を新月の方へ放った。新月はいつも西の方――彼等の追われた故郷の上へ現れた。

一二

（オットフというのは霊のことだ。また自分の影のことをも、脈搏のことをも彼等は同じようにオットフと呼んでいる。この一語のなかにこの蕃族の生に対する哲学を見ることが出来る。それから、ハンゴウ・オットフというのは霊の橋という意味で、オットフはそこを渡ってポケン即ち極楽へ行くのである。ポケンという言葉は亦根元という意味でもあり、故郷という意味でもある。ポケンへ行くことの出来るものは、しかしもとより善き霊――バラック・オットフだけで、悪い霊――ヤッカイ・オットフはヤージャオに行かなければならない。霊の橋は虹のようなもので、悪い霊がその上を渡ろうとすると、橋は消えてしまって悪い霊はヤージャオのなかへ墜ち込んでしまう。――ヤージャオというのは地獄の意で、そこにはそこに墜ち入った者を処置するために、空想出来る限りでの巨大な蟹が住んでいると言われている。――また復讐は彼等の社会に於ては一個の道徳的義務であるから、どうしても遂げられそうにもない復讐を、しかしその意志だけは決して失っていないことを祖先の霊に認めてもらう為めには、彼等は普通いつも新月の期節に、神聖な新月に向って誓いのしるしに矢を放つのである。）

一三

十三歳になったコーレは山のなかにいい遊び場所を見つけた。或る日、この地方に特有の激しい驟雨に驚いて、コーレはその遊び場所から帰って見るとピラは死んでいた。蛇に噛まれた指尖から毒素が腕を伝うて頸の方まで昇って行ったのだ。コーレはその死骸のそばで長いこと泣いた。気がついた時にふと見上げると、驟雨はすっかり晴れて虹が現われていた。しかもその虹は彼等の小屋の上から出ているのであった。ピラがその虹の上を歩いてポケンに行ったことを、コーレは疑わなかった。――虹はきっかりと大きく空にかかっていつまでも消えなかったからである。

一四

コーレは虹の橋の懸っている末には、自分を母のように育てたあの姉やそれからまだうろ覚えにその面影を忘れずにいる父や母や兄弟たちがそこにいるに違いないと思っている。それにしても何故、あの日――姉を失った日にいつまでも消え残っていた虹の行方を追っかけて行かなかったろう――コーレはたったひとり生き残った自分の不仕合を慰める術はなかった。ただ獣のようにあちらこちらをうろつき歩いた。再びもとの小屋へ帰ろうともしなかった。もう帰って見ても人は居ないし、食べるものも残ってはいなかった。コーレはひょっくりとどこか見たこともない草原へ出て来た。そこには白百合の花が一面に咲いていて、それが折からの風に皆同じように揺れ動いていた。百合の花がそのように動くことは、彼等の信ずるところでは何か嬉しい事のある前兆であった。コーレはしかし何の望もなく歩きつづけた。樹の茂みの下の道でシイレク鳥が一羽啼いていた。それはコーレが行こうと思っていた道の中央にいたのである。何というやな前兆だろう。この占いはメラアフだ——大凶だ。けれどもコーレは別に何の絶望もなく行きつづけていた。コーレに今更、これ以上の絶望や不幸があるであろうか。きっと白百合の花の占いの方が当っているのである。遽に大粒の雨が落ちて来た。けれどもこれは別に異象ではない。いつもある驟雨にすぎない。コーレは一番大きな樹の下にしゃがんでいた。驟雨はすぐに晴れ渡って、まるい虹が現れた。

コーレは歓喜の声を揚げると、空を見入りながら一さんに駆け出した。どれだけ走ったか知らない。コーレは不思議なところへ出て来ていた。——もうこれ以上に駆ける路がなかった。目の下は急に低くなった雲であった。——その雲のなかへ深く落ち入って虹は一抹の青い雲の底できっぱりと消えていた。——コーレはぼんやりと唯立っていた。

一五

一隊の蛮人たちが赤い飾のあるラッタンを着て、狩の支度で林のなかにひそんでいた。追い込んでしまった鹿がもう一度出て来ることを待っていたのだ。ふと彼等のひとりは、遠くに、うしろ向になって立っているひとりの少年を見かけた。彼はそれを指ざした。彼等は足音も立てずにその方へ近づいた。それが自分たちの蕃社の者でないことを認めると、彼等の一人は鉄砲の覘い（ねら）を定めた。

少年は頭を地面にたたきつけると真直にぶっ倒れた。

狩の蛮人たちは這いながら出て来た。

ひとりが声を揚げて後れたものを差し招いた。

「来い。早く来い。来て、この首を取るのだ――お前の嫁とりの資格は出来た！」

若者が出て来て、その見知らない少年を覗き込んでから刃幅の広い刀で首を落した。

一六

……きっと裸で、そうして首のない小さな屍がひっそりとしたところへ残されていたであろう。そうしてその上であの大きな虹がおもむろに薄れて行ったろう。そうしてその断崖には海の方の下界から夜が来ただろう……私は蛮人たちの話を聞きながらその屍がそんなふうに横わっていたという場所を、私たちが今行こうと目差しているその並はずれた風景のある場所を空想していたが、やがて歩きつづけて行くうちに、私は蛮人の社会にもあるところのさまざまの迷信に就てまた文明人の迷信に就て、何かと考えて見たのであった——それはこの文章の前半に書いたとおりのことである。

奇談

初出：『女性』一九二八年一月号

写真は、台湾出兵の原因となった琉球漂流民殺害事件（牡丹社事件）の犠牲者の墓（一九一〇年代の絵葉書より）

ベランダの籐椅子に倚りかかりながら、シャワアの後の一杯のビイルに口を湿しながら、この家の主人は旅の客に話すのである。

あの花ですか。あれは名も無い花ですよ。そうでしょうとも。きっと方々行く先き先きで御覧になったでしょう。台湾の草原なら、どこにでもいやというほど茂り蔓(はびこ)っている奴です。あんなものを庭の垣根にからませて置く者は私だけでしょう。一たいこの庭はこんなものでも庭と言えますかどうですか、何しろ私が役所の休みに半日かかってひとりでこしらえたもので、それも台湾にありふれたものばかりを集めてみようというつもりだったのですから、所謂庭木らしい庭木は、ただあの蛇木の下にある茉莉(パクリ)ぐらいなものでしょう。それにあの花を垣根にからませているについては、ただ私の似而非(えせ)風流ばかりではなく、少しばかりこれに纏る因縁話があるのです。そのために私は三十年近くも、家は幾度か代ったが庭にはいつもあの花を植えます。

もともと内地にはないのですから日本の名前はありますまい。それに、学名も知れないのです。私自身では無論、つてを求めて知名の学者にもしらべてもらいましたが、根から見当がつかないのです。私だけは、あれを松原朝顔と名づけているのです。松原というのは私の友人の姓です。それをここの土へ植えつけた男なのです。アフリカから持って来たのです。そう、全く日本的な花ですね。日本にあったものとしても少しも不似合ではありませんね。花はまるで白朝顔だし、葉はまず麻の葉でしょう。松原がわざわざそんな種を持って来たのも、これに日本的ななつかしみがあったからかも知れません。

明治二十九年のたしか春であったかと思います。ここでは春も何もありませんが、ともかく三月か四月の事でした。役所へ、シンガポールから珍らしい手紙が来たのです。それがあまり珍らしいというので上は総督から下は殆んど小使までも残らずその手紙を回読したほどでした。その手紙は今でもどこか役所には残してあろうかと思いますが、それは約二十年前、その当時から約二十年前に日本の土地を離れて、この間まで現にアフリカで農場を営んでいた或る日本人がよこしたもので、言わば懐郷の念と愛国の情とが、下手な前後入りみだれた文章のなかから言外に溢れているものなのです。

約二十年前に日本の土地を離れて以来、奴隷になって印度からアフリカの諸方を売られながら流浪し、最近では或るもののわかった英国人に助けられて、それの親切からやっと奴隷の境界を放れ、最初にはその主人の助力によって、後には独力で、アフリカにささやかながら一個の農園を営んでいた。しかし、その旧主人には一昨年死なれてしまうし、身は日本人だというので事毎に肩身は狭い。国内にいる人は何も気がつかないかも知れないが、海の外では日本人は黒ん坊も同じものである。今まで身に覚え込んでいる侮辱は数限りもない。どうにかして、自分の生れた国の旗の下で生きてみたい。事業をするのならば日の丸の旗の樹っている所、という考は今日や昨日に始まったものではなかったけれども、十七の歳に国を出たきり、帰って見たところで寄辺もあるわけではないし、又これぞと言って格別に身を助けるような職も芸も覚えていない自分を省みると、ただの一時の感情に任せて故国へ帰ってみたところが、有金を費った後では食うに困るような結果になりはしないかと思いかえしては、いつも躊躇していた者である。ところが、今度、台湾がわが日本の領土となったにつけては、もしそこにでも住むことが出来れば、熱帯地方の生活には住み慣れてもいるし、また外の職業は出来なくとも土地の開墾には多少の経験もあり、そう考えると矢も盾もたまらなくなって、農園は捨るがごとく売払って一気にシンガポールまで来たのであるが、ふと今になって気がついた事には、日本の政府当局が果して台湾統治についてどういう方針を定めているやら——というのも、実は、この土地に来て外国人どもの噂を聞けば、日本の政府は台湾を持ちあつかっているから、これを占領したというのも一時の名ばかりで、今に再びもとの支那かでなければどこかへ手放すのが関の山だろうなどという者もあり、もし万万一そういう事でもあるならば、自分の折角のこの希望も水の泡である。自分は日本では台湾より外の土地では住めないのであるから。こう気がついたものだから、こうして途中から手紙を以て問合せるのである。自分は、今までにも外国人たちの言うところを真にうけてこの間まではわが国は支那に負けたものとさえ思っていた程である。自分の国の力さえ知らないという情けない事実もそれほど自分が故国を離れ去ってしまっているからである。それにつけても政治上の深い問題などは何人にもわからない事として、ただ台湾という土地には私のようなものでも生きる余地があるだろうか。また統治者はこういう希望の一国民に便宜を与えてくれる事が出来るだろうか。――と、まず手紙の要領というのはこうでした。この手紙を見て我々は非常に動かされたものです。その手紙の差上人が即、松原であったのですが。我々は異口同音に松原を迎えようと言い合って、総督も早速に返事を出させたのです。

我国の国力は充実している。台湾の統治ぐらいは現に着々と歩をすすめている。そうして徹底的に遂行しなければならない。この際、君のごとき人物は国家にとって最も有能の材だと信ずる。君が台湾に来ることを総督府は歓迎し、出来るだけの便宜を取計らう。こういう返事を得た松原は二ヶ月ばかりすると、もう台湾へ渡って来たのです。

松原の手紙を読んで最も感激した者は、こういう私でした。私は役人のうちでも最も年少であったし、それに私自身が十八の時に戦争が始まったと聞くと家を飛び出して、殆んど即席仕込みのような南京官話で陸軍の通訳官にされたかと思うともう戦争がおしまいになったのが残念で、再度志願して台湾へまわして貰った。その用事がすんでもまだ内地へは帰ろうとしない男なのを御承知になったなら、私が松原に同感した理由は別に述べるまでもありますまい。そのころ、私たちのような青年は日本にはざらにあったものです。既にここにも我々の仲間に、同じようなのが四人までいて、それが皆すぐさま松原の友人になったのです。松原は私などよりはずっと、――十五六も年上だったのですが、満足した落着いた生活をしたことがないというだけに、いつまでも青年らしいところの残っている人でした。それに変った身の上でまた世間が広いだけに、人をわけへだてするようなところもなく、一言にいうと彼の方でも私たちの意気に投合してくれたのです。松原には細君がありました。海外を流浪しているうちに偶然に知り合ったというのですがやはり日本人でした。仲のいい夫婦で、彼等はいつどこでもふたりづれで歩いていました。この当時の日本の風俗からいうと、夫婦づれで歩くなどということは珍らしかったのです。細君はまだ三十になるかならないかの人でしたが、十二の時から国外にいたというので様子もどこか外国人染みて風俗もすっかり西洋風で、それに馬などへも上手に乗りました。煙草を好きで、それに酒も少しは飲みました。ごく快活な性質で、松原とは全く似合いの夫婦でした。私たちは松原とその細君とが来たので、自分の生活が賑やかになったような感じがしたほどでした。彼等は下手な、訛の多い日本語を使いました。夫は九州の南部だったし、細君は長州の日本海に面した地方の生れだということでした。私たちがその下手な日本語を時々笑うと、彼等はこれでも日本の言葉を忘れてはならないというので、毎日夫婦して稽古していたのだ、とそう真顔で答えた事がありました。

総督府では松原の希望を容れて、松原のために土地を下附する事になり、その場所も無論、松原の選定に任したのでした。私は半ば松原の頼みと、半ば総督府の命令とで、彼を私の心当の場所へ案内してみせたのでした。私は戦争がすんで、もう通訳官など必要でなくなると、蕃地を踏査してみたいという志を立てて、そう奥深くない場所はもうその時多少歩いてみていました。（そうです、その後約三十年近くの私の生涯の大部分は蕃山で暮したわけです）それで私は喜んで松原の土地選定の相談相手にもなり、案内役にもなりました。最初私が松原に見せたところは東海岸の北部、花蓮港の少し奥の地方にある一つのスロオプでした。松原は大へんそこが気に入りました。それで早速、その土地の下附を願ったのでしたが、それはとうとう許可されませんでした。というのは、その折角の土地は附近一帯の蕃人が第一に豊饒な土地としている場所であったので、それを取上げてしまっては、蕃情が不穏になる惧があるという報告を、総督府がその地方の役人から受取ったのです。その報告をした人というのがまた、ひどく蕃人を怖ろしがっていて、蕃人を治めているというよりは蕃人の番頭をつとめているようだという非難などもあった人で、総督府も松原のために随分努力したのだけれども、らちがあきませんでした。事情を知ると、松原はあっさりと誰よりも早くあきらめてしまったものです。――蕃人であろうが何であろうが、折角人が大切にしている所を。そんな所よりももっと誰もそう重宝がらないところの方が、開拓しがいもあるからね。そこで私は二度目にはずっと南端の方、恒春というところがありますが、あとで地図をお目にかけましょう、そこの奥に山と山との間にちょっとした平野が開けているのを思い出して、そこへ松原を案内したのです。御存知でもありましょうが、そこは台湾討伐の当時の激戦地で、その山間で日本の一小隊が全滅したというので、当時唱歌などにも歌われた有名な三角湧のすぐ近くでした。ここは花蓮港の奥のスロオプにくらべると広大でもなかったし、一たいあれ程よくなかったけれども、ここならば誰も苦状をいう者もなかったし、それに、松原には同胞が三十何人かそこで討死したというその歴史が、案外に気に入った様子で、少し狭いのは、ここがもし成功した上でまた附近に別のところを捜すつもりにして、ともかくも一時、この土地を下附して貰うことにきまったのです。私も勿論、松原の意見に賛成しました。この地方の蕃情はまだよく定ってはいませんでしたが、ここは蕃地ではありませんでした。その上私は松原の下附された土地からやや離れているけれども、やはりこの地方の或る蕃人の頭目とは極く懇意な間柄でした。懇意という以上で、その頭目は私を命の親だと言い、その部落全体がひどく私を徳としていてくれるのでしたが、その頭目がこの地方でかなり有力な人物であったから、私は彼に会って松原のことも一度よく頼んで置こうなどとも考えていたので、そういう意味でも、この土地は好都合に思えたのでした。有力な頭目が私を恩人としているというのは、いや何でもない事で、一度その地方で蕃人が乱暴を働いた事があった時、それを討伐してその代表者として頭目が台中の憲兵の手につかまえられて殺されようとしているのを、私が命乞いをしてやった事があったのです。頭目を殺して見たところが、一時の見せしめにはなっても、永い目では決して好結果ではなし、又事件は別に組織的にやったわけではなかったのだから、何も頭目ひとりの責任でもなし、そんな無益な殺生をするよりは、寧ろ罰金の意味で何か彼等には重すぎる程の負担をかけてやった方がよかろう。そういう方法が蕃人の習慣にも協(かな)い、従ってその意味が彼等にも納得しやすい上に、その方が蕃社全体が直接に困りもするのだから、結局見せしめにもなるわけであるというので、私は憲兵隊の知り合に自分の意見を述べて、それではというので、牛三頭と小銃を十五挺とを罰として納めれば、頭目の命は今度だけは見逃すということに処致をしてもらった事件がありました。その時、頭目は折角助けてもらえる事にはなったが、その負担は彼等には堪えきれなかったのです。小銃の十五挺は、広い部落だったからどうやらこうやら自分たちのを寄集めたりして持って来ましたが、さあ、牛三頭がどうしても買えないというのです。一頭はどんなに安く見積ってもどうしても三十五円はする。それを三頭はなかなか以て手に入れられないというのです。ひどく困って、憲兵隊へ泣きついて来たのを、こちらではそれが見せしめでもあり、半分は面白がって、それじゃ仕方がない頭目を殺すばかりだなどと言ってからかっていたのです。私もせっかくここまで来て、それ以上考えてやらないのも仏作って霊の入らぬわけだと思って、蕃人に智慧をつけてやったのです。附近の平地では蕃地でも耕作に慣らしているから牛は高いが、山地の方面なら野育ちの牛が、平地の一頭の値で三頭手に入る。憲兵隊では畑で使うわけではなし、多分御馳走に食べるぐらいなものだから、どこの牛でも同じことだ。お前たちにすればいずれ人工(にんぐ)は厭わないのだから、東海岸へ出て行って遠くからつれて来るがよかろう。こう教えてやったのです。ところがそのとおり実行しているうちに途中で三頭のうち一頭は死なしてしまったりして、三頭を二頭ですませて貰うことなども私が通弁して口を利いてやったりしたというので、それだけの事を先生たちは大へん有難がって、後に私がその蕃社へ訪ねて行った時には部落の者が全部集って泣くばかりに喜んで歓迎してくれました。頭目は私に二才になる赤ん坊の娘をくれようと言い出して、断るのに困ったりしたものです。その赤ん坊を育てて女房にするがいい。自分で育てられなきゃ俺が預かって育てて置いてやるともいうのです。或るアメリカ人の書いた本に、やはり台湾の生蕃が赤ん坊をくれると言ったことを記して、多分それを御馳走にして食べろという意味だろうと解していますが、それは全くの誤解で、この蕃人には食人の習慣は絶対にありません。私が赤ん坊を辞退すると、それじゃ代りに何でも欲しいものを言えというので、それならトンボ玉があったら少し貰いたいというと、よし来たいくらでもやると言って、長くつないで珠数になった奴が両手にこぼれ出すのをとり出して、さあ持って行けという。そんなに貰っても仕方がない、ここに置けば大切な財産だが我々にはそう用はないから五つ六つもくれというのをきかずに、つないだのを半分くれましたが、それが一尋以上ありました。皆が珍らしがって、一つくれ二つくれと言うものだから、女や何かに簪にしろだの、帯止の玉にもなるの、男なら煙草の緒〆なんて、別に大して欲しがりもしない人にまでやって居るうちに殆んどなくなりましたが、まだ十や五つは残っていましょう。随分古いのがあって、何しろ数も数ですし、そのころ或る骨董屋見たような男が千五百円で売れというからケチなことをいうなと言うと二千円ならというから、売り物に貰って来たのじゃないといった事がありましたが……。

飛んだわき道へ這入りましたが、松原はその土地へ落ちつくし、私たちは私たちで毎日役所の仕事をしていたのです。仕事と言ってやっぱり蕃山を調査することが主でした。そうして半年以上も松原には会わなかったのです。そのうちに例の連中で久しく松原にも会わないし南の方の蕃地でも踏査して、序(ついで)に松原に会って来ようというので出かけたのです。東海岸から這入って途中でも三四個所仕事があり、いよいよ恒春の近所へ来たのです。そこで途々われ〳〵四人の議論が二つに別れて、私はその夜直ぐに松原の山の小屋へ行ってとまろうというと、私のようにずべらでない一人は、それはいけない。恒春の役所へ立寄って今夜は徹夜してでも今までの報告書を一先ず纏め上げて、その上で明日の朝、松原のところへ行こう。あまり夜になって行って驚かしても悪いし、第一、松原のところで呑気に遊ぼうと思えば、報告書を片づけて置くに限ると言うのです。これは私の説よりも確に、そのとおりなのだから、松原を訪うのは別に一刻を争うわけでもなし、それではというので皆、恒春の役所へ落ちついたのです。書類の整理におそくまでかかって床に就いたのは二時でした。私はまだ本当に寝入らないでいたのでしたが、門の戸を破れるばかりにたたく者があるのです。

大へんです。松原さんが、殺されたのです。

一人の憲兵が小使に案内されて、我々の寝室の前に来ると、息せき切ってそう報告したのです。多分、蕃人の仕業(しわざ)だろうというのでした。

門前に、その憲兵の乗って来た馬ははずませた息がまだ納まらずにいました。私たちも用意された馬に跨りました。現場へ出来るだけ早く馳けて行ったのです。

山の小屋のなかでは入口の次の部屋に、頭の無い屍体が血に浸って打倒れていました。明放した扉のすぐわきにです。血を踏まずに次の部屋へ行くことが出来ませんでした。次の部屋には細君がやっぱり頸が無かったのです。細君の屍体はこれはベットの直ぐ下にありました。そうして、そのベットの上には、松原の頭が置いてあるのでした。これは小屋から二十間ほど離れたところに投げ捨ててあったのを拾って来たのだと言います。床や壁や扉には血で染った手がたが残っていて、それはしかし松原が激しく格闘したあとというよりも、事件の後にたくさんの闖入者が残したもののように思えるのでした。四個の大きなトランクは錠がねじ切ってあってなかのものは奪われてありました。私たちは一見してそれは決して蕃人の所為でない事を確信したのです。蕃人の習慣について少しでも知識があればこれは直ぐわかる事です。一たい蕃人は一種の宗教的迷信で人の首は欲しがりはしますけれど、それは首が欲しいことが唯一の目的で、命をとることはそのための仕方のない犠牲と考えるので、もし出来ることなら彼等は命は残して首だけ持って行くか知れないと思えるのです。それほど欲しい首を折角得ながら、途中に捨てて行くというのは考えられない事であり、況んや、蕃人は殺人の序に財物を掠めたり、婦人を犯したりするような例は全く無い事なのです。ごく近ごろ一度、男子の生殖器を切断し姙婦の腹を割いた例がありますが、それはごく最近に他国人の残忍を見習って覚えた仕方で、それにしても財物を盗むことはこれこそどうしても考えられないのです。蕃人は自分のものでない限りは落ちているものでも拾わないのです。私たちの判断では、これはどうしても本島人――つまり支那人の土賊がしたものと思えたのです。蕃人の業と見せかけるためにこういう仕方をしたのでしょう。何にしても、誰も目撃者はありません。発見したのは、この小屋に松原の下男として使われている本島人の男ですが、それはその夕方から夜の十時ごろまで家を開けていて、帰るとこの様を見たとのことなのです。彼の言うところでは、その日、馬が病気らしいので、そんなことに精しい友人のところへ馬を見せに村里へ行って居たのだそうです。しかし、わざと留守にして置いて、賊を手びきしたかも知れないという疑は充分に容れられます。下男はもう既にその場から憲兵につれられて行ったと言うのですが、それは当然のことと思えたのです。

ランプの油がなくなって、それでなくとも部屋のなかはとても久しく居るに堪えられないものでした。私たちはもうじきに夜の明ける戸外へ出てぼんやりと立尽していたのです。蕃人の所為だと聞いた時、私は何故あの頭目に松原をよく頼んで置かなかったかと、馬の上でそればかり悔んでいましたが、唯の賊だとわかるとこの後悔は無くなりましたが、その代りにもしその夜、私たちは恒春の役所へは行かずに、すぐ松原のこの小屋に来ていたならばどうであろうと、私たちはそれを考え、話し合ったのです。しかし、たとい我々四人がいたからと言って、到底、松原を救えたろうなどとは思えないのでした。むしろ、我々も松原と一緒に殺されてしまったぐらいなものだったでしょう。賊は多数で来たに違いないのです。それともその夜は私たちがいるがために賊は襲うことを見合せるにしても、いずれは目星をつけられて松原はこういう運命はのがれられなかったかも知れないのです。松原夫妻が外国人流に指輪だの首飾りだの金や宝石などを集めて持っていたことを知られたのが悪かったのです。——私たちはあとの祭に、こういうことをそれからそれと思いながら、時々、皆ただ二言三言まじえるのでした。

夜がすっかり明けて来て、松原の耕作地を見渡しますと、そこには僅に五寸ほど延びたコーヒーの苗が並んで植わっていました。これが松原の日本へ来てした仕事のすべてでした。私たちはその一本をとって、それを記念のために押し花にして置こうというのでした。ふと見ると、家の外壁は朝顔が咲いている。よく見ると朝顔ではない見なれない花なのです。私はそれの種をもいで来たのです。いつぞや、松原が彼の抱負を話した時、農園に植えたいと思って持って来たというたくさんの種のなかには、こんな花まで混っていたと見える。——それにしても、あの時のいろんな種類の種はどうしたろうか。そう思い出して私たちは相談の上で松原のトランクを捜しました。種のふくろは見つかりました。

総督府でも松原の志を哀れに思って、後に松原の持って来た種を残らず試験的に栽培して見ました。そのなかにはこの土地で完全に発育するものは一つもありませんでした。松原は台湾の風土をもっと熱帯的だと思い込んでいたらしいのです。そうです。ここではコーヒーもよく育たないのです。そのなかにたった一つ、今の朝顔に似たあの花だけが、これはいずれ松原か、或は細君かが慰みに持って来たものでしょうが、これだけがここの風土にどんなにしっくり適していたものか、いつの間にか全島へ拡まって、あなたもごらんのとおり、今ではこの島の雑草の中でも一ばん目ぼしいものになったのです。あなたのような文学者の前で、そんな下手なことを言ってはおかしいが、私はこの花を見ると、いろいろ支那の話などにあるように、松原の霊が花になったかとさえ思えるのです。

「それでその」私はやっと口を利いた。「松原夫妻は外国ではどんな生活をしていたのか、それが判りませんか」

「そうそう。それを申しませんでしたね。私たちも、それに興味を持ったのです。一度、松原と一緒に酒を飲んでいる序に、誰かが松原に、君は台湾開発史上に名を残す人なのだから、君の今までの生涯を聞かせないかと言い出すと、松原はそれではというので話し出しました。もとは船乗りで船のなかで喧嘩をしてシンガポールへ着くと、上陸したまま船へは帰らなかった。陸では言葉が判らないのでだまされて人に奴隷に売られたのだという事が、自分でも後で気がついた。細君は十二の時に人買に泼われてやはりシンガポールで曲馬団に売られた。松原はそんなことを少し詳しく話し出して、傍には、日頃は快活な細君がじっと沈み込んで聞いていたのを思ったら、彼女は思いがけないヒステリカルな声で『そんなことを言わないで下さい。そんな事を人に知られるくらいなら、わたしは死んでしまいます！』とわめき出した。と一緒に、その場へ泣き崩れてしまったのです。私たちはもとよりですが、松原も非常にうろたえて、話はそれっきりになりました。松原は呆気にとられている私たちをふりかえって『馬鹿な』というようなひとり言を言いながら、その顔は泣き笑いをしているのでした。細君は子供のように泣き入って、なかなかやみませんでした。その時の印象があまり不思議だったので、私たちはいつかは一度聞きたいものだと思っていたのでしたが、それは永久に判らなくなったのです。松原夫婦を殺した者ですか。それは判りました。あの馬の病気を見てもらいに行ったという人物は、きびしく取調べたけれども何の手がかりもなく、またその男というのは事実関係はなかったらしく、その平常を調べると律気な男だということが知れたし、ともかくも放免してその上でそれとなく暫く厳重に監視したが、何の変ったところも無かったそうです。そうして一時はもうあの事件はそのまま判らぬものになってしまって居たのです。その時代の、そんな地方としては判らない方が寧ろ当然でした。ところが後十年近くも立って、台中の附近でつかまえた強盗の一団体があって、それの首魁が精巧なピストルを持っているというので、その出所を詰問していると、松原夫婦を殺した事実を白状したのです。そのピストルは松原の所持品であったらしいのです。その仲間は無論、みんな銃殺されました。

話を聞き終った記者は、もう一度垣根の花をつくづくと見て、それの種を内地へ持って帰ろうと思い立った。台湾では殆んど年中花が咲くし、内地でもよく育ち、夏はきっとよく花咲くだろうと、この庭の主人も言ったからである。庭へ下りて見たが、垣根一面の草の上には露が一ぱいたまっていた。濡れないようにと思いながら注意して捜したが、熟した種は一つも見当らなかった。さっきのひどいシャワーに洗い落されたのだろうと思ったので、更に土の上を見たがやはり見つからなかった。きっと土に落ちたのは洗い流されたのであろう。主人はそれを見て、そのうちにいいのを取って手紙の中へでも入れて送ってやると言ってくれたので、私は再びベランダへあがった。十二になる可愛い女の子が、外から父とその客とのそばへかけ込んで来て、空には大きな虹が出ていたが、もう消えて行ったと教えに来たのである。

かの一夏の記

——とじめがきに代えて

佐藤春夫の台湾小説集『霧社』は、一九三六（昭和十一）年七月、昭森社より刊行された。収録作は『日章旗の下に』（『奇談』改題）、『女誡扇綺譚』『旅びと』『霧社』『殖民地の旅』の五篇で、『かの一夏の記』はそのあとがきである。本文庫では配列を変え、『鷹爪花』『蝗の大旅行』『魔鳥』の三篇を加えたために、収録作や装幀に関する文中の記述と齟齬を生じたが、資料として原文のまま収録した。昭森社版は梅原龍三郎が装幀を手がけ、箱と表紙に台湾原住民の伝統意匠をあしらった特色ある造本である。（編者注）

写真は、打狗（高雄）の港（一九一〇年代の絵葉書より）

大正九年の暮春であった。自分は年二十九歳であったと思う。既に十数年前の事である。鬱屈に堪えぬ事情があって、新緑の故山を見ようと帰った。その時、町中でぱったり出会ったのは九年振りで見るH君であった。彼は自分の中学校の同窓、在校中の親友で卒業後も同じく上京して二三年の間は交際もあったのに、志が違っていたからその後相見る機がなかったのを今この邂逅である。胸底の鬱悶を残らず打明けるという程の友人でもないが事のあらましぐらいは語ると、彼も、現に台湾の南部に開業して、将来の目的も立ったから今度医院を新築してその費用の補助を一族に仰ぎに来て居るというのであった。快活な彼は彼の現住の地の面白さを言葉巧みに聞かせて頻りと遊覧を誘うのであった。未見の南国も幻に現れたし、旧友の情もうれしいので、小首をかしげ聞いていた。遊意が動いたと見て彼は近日帰宅の時に是非同行しようと言う。彼は昔ながらの性急な男であった。

明後日にも是非とも同行しようと迫るのを一週間かそこら待たせて旅装を調えた。

盛夏の候に場所もあろうにわざわざ台湾とは物好き千万なという人もいる。物好きには相違ない。暑い地方は炎天の下に、北方は雪中でなければ真の趣を得られないというのが自分の持論だから、この物好きは自分だけには合理的なもののつもりである。それに痩せっぽっちの自分の体質は暑気にならいくらでも堪える方であった——みなむかしの話である。老父はそれでもマラリヤの用心にキニーネの丸薬をカバンに入れてくれる。母は燈下のおぼつかない針のめどを苦にしながら大急ぎで麻の着物を仕立ててくれるという騒ぎである。その間にもHは毎日急がせ、気の変らぬように念を押しに来る。請負師との約束もあり、信用上六月末日までには是非とも帰らねばならない。途中広島にいる兄弟にも用があるから二三日位のゆとりは見て置いた方がよいからと、慌しく家を出たのは六月の二十三四日であったろう。出る時はせいぜい一ヶ月位かそこらの予定であった。

基隆（キールン）港外の何とやらいう（その名も今はもう忘れ果てた）小島で琉球の女が蛇味線に合せて顔に似ぬ声で「たびやはまやるいこさをまくら」（旅は浜のやどり草を枕の意？）と節も古雅に歌うのや樹かげの天上聖母の廟の扉に大きな柘榴の実の模様のあるのなどに早くも尠からぬ旅興を覚えて、五十数時間の海上の鬱屈は直ぐ消散した。

基隆の駅でプラットフォームから、車室のなかへ踏み込んだ時の暑さといったら天下一であった。この旅行中でもこの時ほど暑さを感じた事はない。思わず「これはかなわぬ」と歎息した。今まで午前中は涼しい島にいたのが、急に窓を閉め切って日中に蒸されていた車室へ踏み込んだのだから暑いと感じたのも無理はない。しかしこれは特別の場合で動き出した汽車の窓を開けると内地の夏と変りのない涼風のある台北へ一先ず下車した。

この地の博物館に館長代理をしている森氏という方に先年もHの従兄の美術学校を出たのが漫遊の時いろいろ世話になっている。丙牛先生はこの上なく深切なそれに豪快な人だから是非一度逢って交を訂し且つ旅行の心得や道筋なども相談して貰うがいいから紹介して置くとHに誘われるままに、万事は彼に一任した自分だから彼の意のままにその後に従って、夕立もよいの空の下を森氏を博物館に訪うたり公園など歩き、台北地方の見物は後日を期して先ず南方を志し、夕方発駅の汽車でHの家のある打狗（今の高雄）に向った。

Hは車窓から軌道に近い山麓を指す。朝日を浴びたその新築の一戸が彼の家だと知れた。停車場から僅に二三丁ばかりではあるが坂道になっている。それだけに南方に町全体を見晴したいい場所である。屋後は山つづきに果樹などを植えたところへ、見ているうちに鹿とそっくりで小形なのが出て来る。どんな字を書くのかキョンという動物だという。樹の芽を食っていけない奴だがまあ遊ばして置いてやろうとHは面白がっていたが急いで飛下りて追いに行ったから、聞くと隣の従兄が昨年故郷からわざわざ送らせた蜜柑の樹に花がついているのをやられるというのであった。さすがに庭までは下りて来ないがこの山には、猿が沢山住んでいる。旦暮、群をなして峰から峰を渉って歩く、その長い行列が四五丁もつづいている時もある。黙って見ていると先方からこちらを指してからかって通るほど人間に慣れている。禁猟区域になって保護されているためであるというが、もともと猿の多かったところと見えて、外国人はこの山を猿山と呼んでいることは後に偶然知った。日中はキョンを見たり、猿を見たり、午睡をしたり、Hの家のやっとこの程這い出したという子供を相手に遊んで、日が暮れると涼を追うて入江を渡り、旗後の本島人の部落へ見物に行く。旗後というのは砲台の背後にあるから起った名であろうが、廃墟のようになって雑草に埋っている広い砲台に登ってひとり「海に日の沈むを見れば……」などと口吟しつつ、落日や夕雲を見ながら海を渡って来る風に吹かれているうちにいつの間にやら背後から月が出ているらしいのを自分の影で気がつく。こうなると荒涼たる周囲は少々不気味だから急いで巷の方へ下りて行く、巷にはHの弟子で技工の手伝をしている某という本島人がいる。自分の姿を認めると家のなかへ呼び入れて杏仁のお湯などをくれる。時には自分の案内を口実に附近の芸者屋などへつれて行く。外にもこの地方でHの知り合いの本島人で自分の友人になったのがまだ二三人はいる。旧城の陳などは今でもよく覚えている一人である。気の合った旧友が夫婦でまごころから歓待してくれるのでついに二三日と思ったこの地に思わぬ永逗留をした。

Hの家を根拠に台南以南の見物に興じているうちにこの地の暴風季になって来たし、旅費も大分無駄づかいしてしまった。そんなにのんきに構えている位なら一そ対岸地方も見物して来たらどうかと丙牛先生の提案があった。対岸地方というのは厦門泉州などを指すので汽船を一晩乗れば台湾海峡は渡れるのである。いつまた来る地方か知れないから序(ついで)に行って見てやろうという気になった。何しろ少々やけくそ見たいに積極的になって居るのであった。ひょっとすると風土の影響かも知れない。

泉州は駄目であったが厦門漳州のあたりを二週間かそこら彷徨して来た。別に「南方紀行」があるから本書には対岸地方の事は一つもない。打狗にいるうち安平を見て感興を得たものが女誡扇綺譚である。外「鷹爪花」というこの地方の尼寺を見物した記事の小品があるが童話「蝗の大旅行」とともにこの集には採らなかった。小説を主としたからである。女誡扇綺譚の建物や安平の風景は実景のつもりである。その他は中部地方での見聞に空想を雑えて作った。

打狗滞在中、台北の丙牛先生が再三下さった懇書は、最も短時日に台湾の見るべきところを尽させてやろうという深切の溢れたものであった。自分は専らそれを力に歩いた。懇書は今も取揃えて保存している。自分の歩いた途順や日どりなどそのなかに明瞭である。自分は事情の許す限り先生のプランを遵守してこれを多くは変更しなかったからである。

プランは少しも変更しないのが一番都合がよかったのに、出発数日前に凄じい暴風雨があって行くさきざきにその影響が現れて番狂わせが多かった――

九月

旅行日程（予定）表

八日　打狗出発　嘉義泊（ホテル）

九日　嘉義附近　北港媽祖宮見物　営林所訪問（阿里登山打合せ）

十日　嘉　義　発　交力坪乃至奮起湖泊

十一日　阿里山着　一泊（阿里山事務所官舎泊）

十二日　阿里山滞在　附近山林視察　新高山の遠望

十三日　阿里山発下山　途中一泊

十四日　嘉　義　発　日月潭泊（涵碧楼）嘉義を一番列車に発し二八水より乗換。湳仔より軽便鉄道、新年庄より歩行約十町。

十五日　日月潭発　埔里社泊（日月館）日月潭附近を見物して午後出発新年庄より埔里社まで軽便鉄道。

十六日　埔里街発　霧社泊（霧ヶ岡倶楽部）午前中霧社に赴き午後は附近蕃社視察。

十七日　霧　社　発　能高山泊（駐在所宿舎泊）能高山は此方面の中央山脈の突尖にして標高一万千尺、道路可良、宿舎設備比較的完全。

十八日　能高山発　埔里社泊（日月館）

十八日　埔里社発　彰化泊（彰化ホテル）

十九日　鹿港見物　台中泊（春田館）
二十日　台中見物　夜行にて台北へ。
　以上にて十二日を要する見込前文の日割より短縮しましたが（以下略）

右の予定のうち、阿里山は出発数日前に襲来の大暴風雨のために交通全く杜絶してこの計画も亦破棄された。しかしこの表では嘉義を出ればその日到着の筈の日月潭も同様交通の障害のため予定どおりに運ばず、途中集々街に一泊する等の事を生じた。集々街で一泊中霧社の蕃人蜂起の事を聞いて、前程にまた新らしい障害の生じたのを知り、この蕃情を知るために予定外の一日を日月潭で宿泊する事になったから阿里方面で短縮した予定はここで伸長した。

霧社の蕃情は容易に平定する模様もなかったが、霧社能高は予定どおりに決行した。阿里登山中止のため丙牛先生の前便に万歳山より新高山遠望、「ここまで参りますれば台湾の雄大なる大自然に接し且つ中央山系の大観を飽くまで眺められます。台湾御旅行中の最大印象を与うるものと思います。」とあった景観の美は終に味うを得なかった。その代りというのもおかしいが霧社の騒動を見たことになる。

台北では丙牛先生のお宅で御家族同様に遇していただいて滞在半月ばかり内地に帰る気もなくなったが、家書に故山の秋風を思うとさすがに帰思を生じて九月（ママ）のはじめに台湾の地を去った。全く一夏を台湾の地で過したわけである。

この時の旅行記を必然的に地方によって各体々を変えた短篇小説集を以てしたいという計画は旅行中に思い浮んだが、その後、懶惰な自分は十年余を費して、やっとこれを遂行し得た。かの旅は放浪自適、実にわが青年時代のなごりであり、この集は能く曾遊(そうゆう)を記してわが壮年期の記念と成った。集は作の年代にはよらない。旅程に従って南方から北部に及んでいる。

この書は梅原氏の好意によって過分に立派な本に出来上って喜ばしいにつけても、この旅行中言い尽し難い程お世話になった丙牛先生は既に道山に帰して年久しくなったのを思うて事新しく追慕の念に堪えない。

書の将に成らんとするを聞いて慌しく禿筆を呵してかの一夏の記を作り、以てとじめがきに代える。

編者解説　植民地を行く旅人の目

河野龍也

一　近代旅行文学の珠玉

とろけるような抒情、浮世ばなれしたロマン――。佐藤春夫はともすれば、夢見心地の大正時代という一つの甘いイメージとともに語られてきた。

散歩中に迷い込んだ森の中で、無人の西洋小屋を守る奇妙な犬に出会う『西班牙犬の家』。都会から郊外に逃れてきた芸術家の卵が、荒れた庭の片隅に咲いた薔薇に己の末路を予感する『田園の憂鬱』。あるいは隅田川の中洲を舞台に、金銭の支配を受けぬ無上に清らかな町づくりを目指した夢想家の物語『美しき町』……。繊細でハイカラな春夫の世界は、ロシアで革命が起こり、米騒動が全国に波及しても、一見そんな嵐とはお構いなしに温室で育てられた青い夢の花かと見える。

だが、はたしてそれだけだろうか。本文庫に収録した「台湾もの」を読むとき、春夫文学の幅広さに改めて気付かされる。そこには「現実逃避」や「耽美」といった決まり文句の形容では済まない批評精神が横溢している。また、もし「親日」や「美食屋台」のイメージで台湾にはまった人がこの文庫を手にするならば、春夫が描き出す一世紀前の台湾は、さながら異世界であるに違いない。

一九二〇（大正九）年夏の三か月あまり、佐藤春夫は台湾を旅した。一八九五（明治二十八）年、日清戦争後の下関条約で台湾が日本の領土となってから二十五年の歳月が経過していた。七代続いた武官総督時代は終わりを告げ、一九一九年、初の文官総督である田健治郎が着任。武力制圧から文化政策へと移行した総督府の方針は、原敬内閣の「内地延長主義」にもとづき、台湾の制度と社会を内地に近づける「同化政策」を推進していた。

ところが、春夫の描く台湾には、古風な辮髪を断たず、日本の支配に不屈の態度を示す漢詩人の姿がある。あるいは、反抗の意思を「出草」（首狩り）という誇り高い民族の伝統的手段で支配者に突き付ける原住民がいる。「内地人」（日本の移民）、「本島人」（漢族系の住民）、「蕃人」（原住民）と呼ばれて区別された当時の台湾の住民間には、同じ「日本人」と言ったところで、現実の政治的不均衡や差別の問題が存在し、それが反目を生む原因にもなっていた。実際に台湾を旅した春夫には、総督府の言う「同化」が画餅に過ぎないことがすぐに分かった。

一九二〇年の台湾と言えば、移動に多くの不便や危険がともなった時代である。それだけに、古い文化の面影がまだ各地に色濃く残る時代でもあった。都市と交通の整備が進む一九三〇年代より前に、台湾の姿をこれほど緻密に書き残した近代作家は、佐藤春夫以外に見当たらない。その意味で彼の台湾ものは、歴史の貴重な証言であるとともに、自らの偏見に常に敏感であろうとする知性の瑞々しさにおいて、近代旅行文学の珠玉と言える。この自由さ、柔軟さを、春夫はどこから手に入れたのだろうか。

二　「日本人ならざる者」

一八九二（明治二十五）年四月九日、佐藤春夫は和歌山県東牟婁(むろ)郡新宮町（現・新宮市）に生まれた。新宮は紀伊半島の南端に近く、熊野川河口に位置し、木材の集積地として名の通った地である。明治中期、鉄道網の発達にしたがって都市部に東北材の供給が進むと、新宮の木材業者は新たな取引先として新領土の台湾に注目した。土地柄から言っても、新宮は台湾とゆかりの深い町である。

日露戦争開戦の年に新宮中学へと進んだ春夫は、その戦勝気分と好景気の中、新宮が最も繁栄を謳歌した時代に多感な時期を過ごした。木材の富と、水運による盛んな人的交流を背景に、新宮には進取の気性と反骨精神がよく育った。放縦な言動と文学への熱中により中学三年で留年したり、中学五年当時の学術演説会で披露した即興演説のために停学処分を受けたりしながら、一九一〇（明治四十三）年三月の卒業と同時に、春夫は評論家の生田長江（いくたちょうこう）を頼って上京する。与謝野寛（鉄幹）の新詩社に加わり、やがて永井荷風が教える慶應義塾大学予科文学部へと進んだ。

春夫が文学三昧の日々に入ったころ、新宮では思いもよらぬ異変が起きていた。医師の大石誠之助らが突然逮捕され、幸徳秋水を中心とする明治天皇暗殺の謀議に加わった容疑で秘密裁判にかけられた。世に言う「大逆事件」である。無実の罪ながら、大石らの処刑は一九一一年一月二十四日に執行された。父豊太郎が同業だった関係から、春夫はこの事件に強い衝撃を受け、同年三月の『スバル』に詩『愚者の死』を発表する。

「千九百十一年一月二十三日（ママ）／大石誠之助は殺されたり。／／げに厳粛なる多数者の規約を／裏切るものは殺さるべきかな」。詩はこう始まって皮肉たっぷりに続ける。「死を賭して遊戯を思ひ、／民俗の歴史を知らず、／／日本人ならざる者／愚なる者は殺されたり」。「逆徒」とされた者への弔意を公言できない時代に、表向き罵倒の言葉を連ねるしかなかった事情があるにせよ、この「愚者」が反語であることは、詩の構造から十分読み解ける。春夫は詩の終盤、大石の刑死に「恐懼（きょうく）」する郷里の様子を述べ、「うべさかしかる商人（あきうど）の町は歎かん」（なるほどね、小賢しい商売人たちの町はさぞ歎くだろうよ）と、風評被害を恐れる町人の算盤勘定を、「賢（さか）し」という誉め言葉で嘲っているからである。

『ツァラトゥストラ』を訳した長江の弟子として、春夫がニーチェの熱烈な心酔者だったことを思い合わせれば、事情はさらに明白である。危険と遊戯を愛する者は、保身を良しとする「賢さ」からは愚かに見える。しかし、その愚をあえて冒す者こそ挑戦者であり「超人」だとするニーチェの論理は、「愚か」と「賢し」の意味を逆転させる。

　春夫は『愚者の死』で、「日本人ならざる者」をひそかに「超人」とたたえ、また「超人」であるがゆえに迫害された彼に深い共感を寄せたのだった。正しい日本人であることを要求する学校に居場所がなかった春夫らしい挽歌である。「日本人ならざる者」を自負したことがあるからこそ、意に反して帰属先を強いられる苦痛に、春夫は無関心たり得なかった。台湾原住民に対する抑圧を描いた『霧社』や『魔鳥』、漢族のプライドを描いた『殖民地の旅』へとつながる春夫の批評の原点がそこに見えはしないだろうか。

三　傷心を抱えて台湾へ

　上京後の春夫は、短歌から詩そして散文へと活動の幅を広げる一方で、石井柏亭や高村光太郎の影響から洋画家への転向も摸索するなど、自己の資質のありかを探しあぐねていた。生活を立て直すため、一九一六（大正五）年には元芸術座女優の妻・遠藤幸子（ゆきこ）（舞台名・川路歌子）とともに神奈川県都筑（つづき）郡中里村（現・横浜市青葉区）に隠棲するが、半年ほどで東京に戻ってくる。やがて幸子が去り、その後輩女優の米谷（まいや）香代子と結婚するなどの曲折はあったが創作を続け、一九一八年七月、文壇の檜舞台であった『中央公論』に、幻想小説『李太白』および探偵小説『指紋』（臨時増刊）の二作を載せる快挙を遂げた。さらに中里村での生活体験を小説化した『田園の憂鬱』（『中外』一九一八年九月号）が、田山花袋・広津和郎らの絶賛に迎えられ、春夫は満二十六歳で文壇の寵児になる。

この華々しい登場を支えたのが、前年に出会った谷崎潤一郎である。谷崎は春夫の第一短篇集『病める薔薇』（一九一八年十一月、天佑社）の出版を助け、みずから序文も書いた。翌年の一九一九年に発表した春夫の作品『青白い熱情』（『中央公論』一月号）、『美しき町』（原題『美しい町』、『改造』八〜十二月号）、『海辺の望楼にて』（『中央公論』九月号）などからは、芸術至上主義の旗手として自信を深めていく春夫の高揚感が伝わってくる。三月以降、互いに駒込の近所に住むようになった谷崎とは、銭湯の行きがけに家庭を訪ね合って議論を交わす仲となり、両者の交流はさらに白熱していった。

ところが一九二〇年、春夫は突然執筆不能の状態に陥る。妻と弟がひそかに親密になっていたことを知った苦悩が、後年の小説『この三つのもの』（『改造』一九二五年六月〜一九二六年十月号）からは読み取れる。一方、谷崎は妻である千代の妹を愛し、千代は理由も分からぬ夫の冷遇に耐えていた。谷崎に口止めされ、同じ苦しみを千代と分かち合うこともできずに、自己憐憫とも同情とも見分けがたい心は、いつしか千代に惹かれていた。

この煩雑な人間関係から逃れるため、二月に新宮に帰った春夫は、初夏のある日、偶然、新宮中学時代の親友・東熙市に再会する。上京当時、湯島の素人下宿に同居した仲である。酒に強く豪宕な性格の男だったが、今は東京歯科医学専門学校を出て、台湾に歯科医院を開業しているという。一緒に来ないか、と誘われて話に乗った。

新宮から大阪経由で広島に寄り、門司で日本郵船の備後丸に乗船。七月六日昼前に基隆に到着した二人は、港外の社寮島（現・和平島）に遊んだのち台北に移動。台湾原住民の文化に造詣の深い森丑之助（号・丙牛）を総督府博物館に訪ねて、春夫の旅行計画を相談した。それから十時発の夜行で一路打狗（現・高雄）へ（『かの一夏の記』の「夕方」は疑問）。翌朝東家に到着すると、利発な東の妻・ミサヲと、ハイカラなその妹・ツネが迎えた。

久々に明るい家庭の雰囲気に寛いだ春夫は、以後二か月のあいだこの東家に世話になった。昼間は二月に生まれた長女のテルと遊び、夜は仕事あがりの東と誘い合って町を飲み歩く。あきれたツネに叱られて、年上の春夫が恐縮したという逸話が、今でも東家には楽しく伝わっている。

台南市街にあった「廠仔」『女誡扇綺譚』の廃墟のモデルのひとつ

打狗で執筆を行ったかは不明だが、取材は後に活かされていくつかの作品になった。東医院の出資者であった陳聰楷に連れられて、安平台南間の運河地帯を散策した印象からは、名作『女誡扇綺譚』が生まれた。『鷹爪花』には、同じく陳に鳳山の尼寺（明善堂）へと案内された際の経験が描かれている。また、東歯科の技工助手で厦門（アモイ）出身の鄭享綬とともに、約二週間（七月二十一日打狗発～八月四日厦門発）の日程で海峡対岸の厦門および漳州（しょうしゅう）を見学した旅からは、史劇風の小説『星』（『改造』一九二一年三月号）と、内戦の前線地帯を行く紀行文『南方紀行』（一九二二年四月、新潮社）が生まれた。

四　「台湾もの」の舞台と作品

春夫が南部・対岸の諸都市で見聞を広めている間に、台北の森丑之助は旅行日程を仕上げ、最終案を九月二日に打狗に送った。ところが、まさにその晩から大型台風が台湾を通過し、全島に甚大な被害をもたらす。河川の氾濫と交通の寸断により、春夫の打狗出発は九月十六日であった。

阿里山行きの情報収集のため嘉義に二泊。その間、航路守護の女神として信仰を集める北港の媽祖廟（朝天宮）に参詣する。『蝗の大旅行』は、阿里山を諦めて北上する汽車の車内の逸話。嘉義から二つ目の大莆林駅（現・大林駅）には、新高製糖の大工場があった。

ここから乗車してきた蝗に、同じ旅人として親しみを寄せるうち、虫も人も宿命の前には等しく卑小な存在に過ぎないと感想を抱く大人の童話である。

『旅びと』は、二八水（現・二水）で明治製糖中央線に乗り換え、湳仔（現・名間）から台車（トロッコ）と駕籠で辿りついた日月潭での出来事を描く。日月潭周辺では、一九一八（大正七）年設立の台湾電力により、巨大な水力発電所の工事計画が進んでいた。完成すれば、台湾全体の動くものも光るものもことごとく電化するという輝く南方植民地の未来よりも、「私」はやがて失われる景観を静かに包む闇の世界に親しみを覚える。湖畔の一軒宿は涵碧楼（八五ページ参照）。内地に深い未練を残す女性が一人そこで働いていた。様々な事情をかかえて故郷を離れ、植民地をさすらう男たちは、悪縁によって会えなくなった人への思いを彼女によって掻き立てられるのかも知れない。台湾に生活する「内地人」の心に共通して存在する喪失感をすくい取って見せた作品である。

九月十八日、霧社北方のサラマオ（現・梨山）で起きた原住民の蜂起を、春夫は日月潭宿泊の前日、集集街の宿で耳にする。『霧社』はその討伐隊が続々山地に集結する騒擾のさなか、埔里から台車で霧社に至り、能高駐在所までの山道を往復する登山の際の見聞を描いた記録風の一篇。安い賃金で酷使される人々、梅毒のために鼻梁が欠けた男、純真な眼差しとは裏腹に巧みに客を誘惑する少女の娼婦など、貨幣経済に蝕まれ、伝統的なモラルを破壊された原住民の暮らしぶりが描かれる。また、かつて懐柔策として奨励された内地人警官と有力者の娘との婚姻政策が、かえって怨嗟を買う結果を招いた「理蕃」（原住民を統治する政策）の失敗もえぐり出されている。

学校の授業参観で、生徒には想像もつかない存在を「えらいお方」と答えるよう指導がなされる場面には、国民や国家といった抽象概念そのものへの問いかけがあり、またそれを強いる情景に「支配」の本質が可視化されている。なお、霧社は全島で最も「理蕃」が成功した土地とされていたが、十年後の一九三〇（昭和五）年十月二十七日、まさにこの学校の校庭が、日本統治期最大の原住民蜂起である「霧社事件」の凄惨な舞台になった。作品が描く霧社には、将来の惨劇を予感させる不穏さが確かにある。

さて、霧社から台中までの経路は明言されていないが、「無名の山駅」で名月を見たとあるのは裏南投ルートの亀仔頭（現・福亀）であろう。能高駐在所に残された春夫の署名に九月二十二日と添えられていたという別の登山者の記録から計算すると、実際は中秋の前夜となる。翌朝、土城から台車を使い、草鞋屯（現・草屯）で明治製糖線に乗れば、夕方台中に至る。

『殖民地の旅』の記述は台中到着の場面から始まる。強烈な民族意識と雄弁さを持つ案内人A君のモデルは台中州通訳の許媽葵。春夫は彼の案内で、鹿港（ロッカン）の詩人・洪棄生の詩集を手にし、また書家の鄭貽林（いりん）、葫蘆屯（コロトン）（現・豊原）の画家・呂汝濤、阿罩霧（アダム）（現・霧峰）の民族運動家・林献堂（作中の林熊徴は誤り）との面会を叶えた。これらは森丑之助のプランには含まれず、文人墨客を訪問したいという春夫自身の希望によるものである。

結末の林献堂との対話には、息を呑むような緊迫感がある。日本の支配に対する台湾漢族の抵抗は、武力抗争から権利請願へと移行したが、後者を主導したのが林で、春夫が訪ねた翌年には、帝国議会に台湾議会設置請願書を提出している。相手に逃げ場を与えない林の談話術は圧巻。また一見良識的な「友愛」の理想が政治的に優位な者の口から語られるとき、それは無責任な遁辞か欺瞞的な自己陶酔にしかならないことを、春夫自身が自戒をこめてストーリー化したとも読める。Aが車中で憤慨していた地名変更も、総督府の進める「同化政策」の強要的な側面を語る伏線として、終盤の展開に活きてくる。

十月一日、目的地台北に到着。折しもこの日は台湾の行政制度を内地と同一基準にする地方自治制度実施の当日で、田総督による「同化政策」の最大の成果を祝って街は沸いていた。翌日、春夫の旅行中に便宜を与えた下村宏総務長官（一九一九年に民政長官から改称）に無事の到着を報告。台北では森丑之助の自宅に逗留し、ここで森に聞いた話から『魔鳥』と『奇談』が生まれる。

『魔鳥』には森の著書『台湾蕃族志』（臨時台湾旧慣調査会、一九一七年三月）の記述が活用されている。作品は文明人にも多数の「迷信」があるという逆説を提示する。そのなかに、台湾での圧政や「大逆事件」の記憶が挿入されている。発表されたのは関東大震災の直後。流言によって朝鮮人の殺害が横行した当時の状況の暗喩とも読める問題作である。

『奇談』は台湾南端に近い恒春近傍四重渓の温泉地に入植した松原次郎（二郎・治郎吉とも）の悲劇を伝える実話。台湾における「内地人」は、政治上は支配者と言うものの、庶民の多くは内地に居場所を失って「新天地」に夢をつないだ人々であり、「強者」と一括し切れない植民地の複雑さについて考えさせる。

森の自宅に二週間世話になった春夫は、十月十五日基隆発の備後丸で内地への帰路についた。旅行中、妻との別離を決意していた春夫は、内地到着ののち小田原に住む谷崎宅に直行し身を寄せることにした。谷崎から千代との再婚を頼まれた春夫が、やはり谷崎の突然の翻意で投げ出され、激しい応酬の末絶交にいたるという人生最大の波乱が幕を開けたことを、このときの春夫はまだ知らない。

五　『女誡扇綺譚』の謎

最後に表題作『女誡扇綺譚』の謎について述べておきたい。安平と台南の廃港を舞台に、台湾漢詩人の世外民と、内地人記者の「私」が、幽霊屋敷の声の真相を突き止めようとするミステリー仕立ての小説で、台湾でも人気の高い作品である。

声の謎そのものは、中盤の酔仙閣の場面で「私」があっさり解決してしまうため少し物足りない。しかし、この小説の本当の謎は終盤にある。「内地人」との結婚を主人に強い

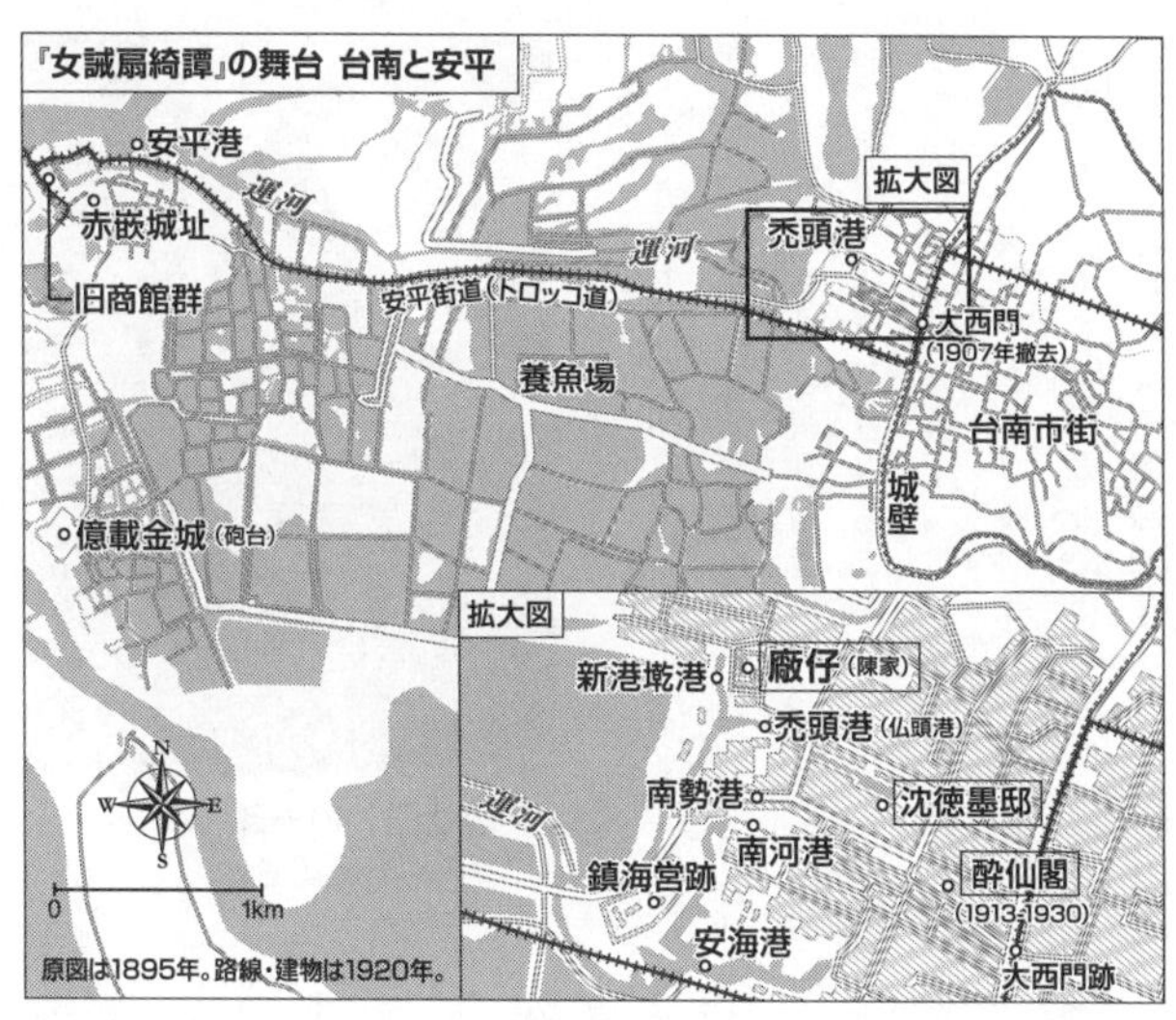

られ、恋人と会えなくなった「下婢」（台湾では「㜮媒嫺（ツァーボーカン）」と称する）は、なぜその場で心中を選ばず、「私」が取材しに行った後になって自殺したのだろうか。恐らく彼女には、未練があっても恋人と心中できない理由があり、だから主人の娘に庇ってもらったのを、新聞記者が好奇心から暴きに行き、結果的に彼女を追い詰めてしまったらしい。それゆえ「私」の回想は、終盤に近づくほど後悔と罪悪感のにじむ語り口に変化していく。「下婢」の側で何が起きていたのか。この謎に取り組むのは読者である。

また、台湾でこの作品が好まれるのには別の理由もある。「女誡扇綺譚の建物や安平の風景は実景のつもりであ

「酔仙閣」の一部　2016年に現存が確認された

る」という『かの一夏の記』の証言もある通り、廃屋のあまりにもリアルな描写は、いかにも台南西部の運河地帯のさびしい一角にモデルとなる家があったことを思わせ、興味をかき立てる。

　実際に台南では、戦前の日本統治時代からこの廃屋探しが始まっていた。旧制台南第二高等女学校の国語教師だった新垣（にいがき）宏一は、教え子に通訳を頼んで数週間の探索の末、一九三九（昭和十四）年、仏頭港（俗に「禿頭港」）より一つ北側の新港墘（シンカンケン）に面した場所に、清代から陳家が経営した造船所の「廠仔（チョンア）」を見つける。ここは城壁に囲まれ、銃楼を具えた要塞のような風格で、作品の舞台にふさわしい。当時の入船町二丁目一六三番地、現在の台南市中西區民族路三段一四八巷と一七六巷の間である。惜しくも二〇一九年まで残っていた「廠仔」の一部は壊されてしまったが、狭い路地の奥に陳家の守護神であった「代天府」という廟が今もある。実際には、永楽町二丁目一三六番地にあり、文字通り禿頭港に面していた北勢街の豪商・沈徳墨（鴻傑）の家のイメージも借りたのだろう。しかし、こちらも新垣の調査以前に道路用地となって今はない。景福祠の前の道を海安路に出たところである。ただ、神農街と改称された旧北勢街の町並みは整備されて観光地になり、往時の建物を見ることができる。

もう一つ、世外民と「私」が幽霊の正体をめぐって口論する「酔仙閣」の建物の一部現存が、二〇一六年に確認された（台南市中西區宮後街一九號）。ここはもと南部台湾を代表する高級料亭で、二人の酒席には「芸者の玉葉仔（ゲフュア）」も呼ばれていたという。当時の漢詩人にとって、詩と音曲の伝統文化にひたるこのような酒楼は、「内地人」に踏み荒らされたくない風雅の拠点であった。その点からも、世外民の「私」に対する特別な信頼がよく分かる。しかし、彼を嗤う「私」にその友情が十分届いていたのかは心もとない。

若さと思い上がりゆえに相手の立場を理解できなかったことの後悔を知る。そのような、「私」の変化を語る物語として『女誡扇綺譚』を読んでみると、この作品が台湾でも人気を誇る理由が見えてくる。渡航百年にあたる二〇二〇年、台南の国立台湾文学館では台湾初の佐藤春夫展が開催され、彼の作品は、日台共通の古典として、ますます注目を集めている。

（こうの・たつや　実践女子大学教授）

編集付記

一、本書は『定本 佐藤春夫全集』(臨川書店、一九九八〜二〇〇一年)を底本とし、独自に編集したものである。いくつかの例外を除き、旧字旧仮名を新字新仮名に改めた。また、底本中の明らかな誤植と考えられる箇所は、各篇収録の単行本などを参照し、訂正した。難読と思われる語には新たにルビを付した。

一、本文中、今日の人権意識に照らして不適切な語句や表現が見受けられるが、著者が故人であること、発表当時の時代背景と作品の文化的価値に鑑みて、原文のままとした。

一、台湾の先住民族の呼称については、当事者が誇りある自称として現在広く用いている「原住民」の称を尊重し、本書の解説などもこれに準じた。

中公文庫

佐藤春夫台湾小説集
女誡扇綺譚

2020年8月25日　初版発行

著　者　佐藤春夫
発行者　松田陽三
発行所　中央公論新社
〒100-8152　東京都千代田区大手町1-7-1
電話　販売 03-5299-1730　編集 03-5299-1890
URL http://www.chuko.co.jp/

印　刷　三晃印刷
製　本　小泉製本

Published by CHUOKORON-SHINSHA, INC.
Printed in Japan　ISBN978-4-12-206917-6 C1193

定価はカバーに表示してあります。落丁本・乱丁本はお手数ですが小社販売部宛お送り下さい。送料小社負担にてお取り替えいたします。

中公文庫既刊より

各書目の下段の数字はISBNコードです。978－4－12が省略してあります。

な-73-1
麻布襍記（あざぶざっき） 附・自選荷風百句
永井荷風
東京・麻布の偏奇館で執筆した小説「雨瀟瀟」「雪解」、随筆「花火」「偏奇館漫録」等を収める抒情的散文集。初の文庫化。〈巻末エッセイ〉須賀敦子
1000円
206615-1

な-73-2
葛飾土産
永井荷風
石川淳が「戦後はただこの一篇」と評した表題作ほか、短篇・戯曲・随筆を収めた戦後最初の作品集。久保田万太郎の同名戯曲、石川淳「敗荷落日」を併録。
1000円
206715-8

な-73-3
鷗外先生 荷風随筆集
永井荷風
師・森鷗外、足繁く通った向島・浅草をめぐる文章と、自伝的作品を併せた文庫オリジナル編集。巻末に谷崎潤一郎、正宗白鳥の批評を付す。〈解説〉森まゆみ
1000円
206800-1

た-30-11
人魚の嘆き・魔術師
谷崎潤一郎
愛親覚羅氏の王朝が六月の牡丹のように栄え耀いていた時分――南京の貴公子の人魚への讃嘆、また魔術師と半羊神の妖しい世界に遊ぶ。〈解説〉中井英夫
476円
200519-8

た-30-25
お艶殺し
谷崎潤一郎
駿河屋の一人娘お艶と奉公人新助は雪の夜駈落ちした。幸せを求めた道行きだった筈が……。芸術とは何かを探求した「金色の死」併載。〈解説〉佐伯彰一
533円
202006-1

た-13-7
淫女と豪傑 武田泰淳中国小説集
武田泰淳
中国古典への耽溺、大陸風景への深い愛着から生まれた、血と官能に満ちた淫女・豪傑の物語。評論一篇を含む九作を収録。〈解説〉高崎俊夫
743円
205744-9

ホ-3-3
ポー傑作集 江戸川乱歩名義訳
E・A・ポー
渡辺温
渡辺啓助 訳
全集から削除された幻のベストセラー、渡辺兄弟のゴシック風名訳が堂々の復刊。温（おん）について綴った江戸川乱歩と谷崎潤一郎の文章も収載。〈解説〉浜田雄介
1200円
206784-4